曉葛篇篇

曉葛——著

自序

曉葛是個純粹天眞的大孩子，
透過細膩眼光與深刻文筆，
將生命重整堆疊蛻以文字。

有時寫著寫著，不禁莞爾；
有時寫著寫著，潸然淚下。
春華或秋實，陽光和驟雨，明朗與糾結，
字裡行間，步步皆爲成長印記。

那些笑過的、哭過的、抓牢的、鬆手的……
在在成爲養分，使後來的你我更加堅韌果敢，
咱不都是這麼過來的嗎？

因此曉葛筆下，

不僅娓娓傾吐自己人生，
抑或悠悠道著您的故事。

篇篇是座花園，當曉葛輕揚種子，
透過您的閱讀聆聽、咀嚼品味，
使它沐浴曉光中，浸潤春雨間。
是您點滴的滋養，悉心地照料，
因此發芽壯大，所以繽紛美麗！

於網路筆耕墨耘，終將篇篇出版成冊。也許電子書刊便利性略勝一籌，然曉葛仍鍾情紙本。哪怕失手烙上烏龍茶漬，角落漫不經心的折痕，行伍紛紜雜沓之筆跡，滄海桑田於書架泛黃陳舊地老去……不論如何，這一頁頁曾踏實眞切傳遞你我溫度，串起情感連結，將你我交會一瞬，化爲永恆！

本書獻予生命中陪伴曉葛成長的每一位，並正閱讀篇篇的您。
感謝與我同行，有您眞好！

目錄

第二部 家的模樣

第四部
我的天使們 249

楔子—不朽

■傳承

某次至鑄字行客製印章，面對眼前數以萬計之粒粒鉛字，著實讚嘆。它們自宋代畢昇活字印刷一路隨歷史汪洋漂泊動盪，載浮載沉至今，仍有心跳，看似脈搏微微，實仍帶著力量穩妥前行。

輕撫紙背，那扎實堅定的壓痕，字字句句娓娓道來；有抑揚頓挫、有血淚、有溫度，也許耗時費工；然，誠如相簿泛黃的老照、兒時郵差捎來的信箋，即便舊了、陳了、皺了，都烙著一份情深意重。

我佇立星星點點字海間，默默，是文字的力量。

有時無聲，勝有聲。

■不朽

世上何能永垂不朽？閉月羞花之紅顏會衰殘，霸氣輝煌之帝業會傾頹，刻骨銘心之愛情會凋零。人們各自精采一生，最終留下什麼？

有人說時間能沖淡一切，倒非無情，而是人類記憶有限。天真爛漫的童年時光、青澀懵懂的學生歲月，酸甜苦辣的職場生涯、津津樂道的軍旅傳奇……不論當時如何驚天動地，一旦成往事，終究隨光陰黯淡模糊，甚至被徹底遺忘。

小學三年級，導師頒布命令：「天天日記一則，起床、盥洗、用膳這類流水帳不許入文，睡前回顧當日印象至深之事以記之。」於是曉葛層層疊疊地，將本子載滿自己琳琅滿目的每個小日子，而後不慎文字成癮，便再戒不掉。從此，以文字封存自己的飛揚、落寞、喜悅、惆悵……透過文字將韶華化爲不朽，如同年輪忠實記憶樹木的歲歲年年。

隨意翻閱日記，回到八歲掉了顆門牙的小曉葛，於某個窮極無聊的週末午後，著厚襪於老媽初上蠟的地板，化爲身著水藍舞衣的溜冰選手，裙襬鑲著水鑽於燈下閃閃發光，背景樂是小約翰．史特勞斯的《藍色多瑙河》。我徜徉舞池間踏著華爾滋，身段曼妙優雅，腳步輕盈和拍，正於曲目將告一段落，觀眾正打算投以熱烈掌聲；忽一陣昏天暗地佐以姐姐的淒厲慘叫：「媽！妹妹流血了！」鮮血自曉葛右眉角湧出，母親身形雖瘦小，情急下卻將我一肩扛起直奔診所。那一路倒不寂寞，姐姐於後頭沸沸揚揚直嚷，那鬼吼鬼叫如消防車呱呱噪噪的鳴笛，街頭巷尾全都知道，有個樂極生悲的小搗蛋，如何在家裝模作樣地滑冰，糊里糊塗給撞到桌角了。

至診所，醫生大落落道：「無妨，縫幾針便可回家。」聽聞「縫針」這驚悚關鍵語，我失控嚎啕大哭，母親連同護士壓制我的頑強抵抗與胡亂揮舞的四肢，哄道：「忍耐一會兒就好了。」我如待宰羔羊苦苦求饒，而劊子手身著冷冽肅穆白袍，嘴角透露不寒而慄一抹淺笑，幽幽道：「別怕。」環顧身旁林林總總刑具，當時眞覺世界末日。而今傷疤淡了，非得仔仔細細打量才得瞧見。儘管事過境遷，翻閱日記，那天仍生意盎然地於那一頁中活躍著。

最近重拾父親過去給予曉葛的信箋，當時不懂事亦不珍惜，隨意瀏覽便打落冷宮。而今父親不在，雙手捧著一封封運筆遒勁、力透紙背、洋洋灑灑的親筆信，將其貼於胸膛，五味雜陳。慶幸自己至少還妥善收藏，對我而言，那是父親以文字將愛封存於信箋了。

誠如上個世紀徐志摩與陸小曼那段震驚社會，鬧得滿城風雨、轟轟烈烈的愛情，雖已渺遠，然於《愛眉小札》字裡行間：「眉，我怕，我眞怕世界與我們是不能並立的，不是我們把他們打毀成全我們的話，就是他們打毀我們，逼迫我們的死。眉，我悲極了……」得窺見徐志摩當時內心的悸動、壓抑與糾結；而自堂堂國君淪爲階下囚的南唐李煜，將亡國血淚於《虞美人》：「問君能有幾多愁？恰似一江春水向東流。」中侃侃傾訴。宋代蘇軾於丙辰中秋，將對多年不見弟弟蘇轍的深切思念寄於《水調歌頭》：「明月幾時有，把酒問青天……」之絕妙好辭間；而李清照將對丈夫趙明誠的殷殷牽掛於《一剪梅》：「花自飄零水自流。一種相思，兩處閒愁。此情無計可消除，才下眉頭，卻上心頭。」中一覽無遺。

古今中外不勝枚舉的曠世巨作，即便與我們相隔百年、千年之遙，卻得以文字打破隔閡。我們仍嗅得著那氣息。也許是一份怡然自得，也許是一陣窮愁潦倒，也許是一往情深，也許是一葉清秋，也許是一片赤誠，也許是一抹浮雲……不論如何，這種種情懷皆於文字堆疊的平行時空中，繼續閃耀！

透過文字，我們不曾失去；
透過文字，昨日永遠鮮明。
也許不朽，便是文字的魅力！

甚願您，
亦得悠遊於曉葛篇篇字海間！

第一部

純真年代

一、在我心裡有一畝田

我自阡陌走來，於稻田間，
風，拂過，掀起陣陣稻浪。
時而綠油油，時而黃澄澄，
它們，窸窸窣窣地，歌唱。

左拐，右彎，我於其間迷了路。

■泥漿浴

小時候，總引頸企盼寒暑假到來，便得同姐姐和堂姐妹們至鄉間伯父家放風數日，那兒沒有城市的喧囂擾攘，沒有一味的競爭比較，不用寫評量，毋須永無止境對課業超前部署，可暫時拋棄父母的叨叨絮絮與殷殷期待，只管做個野孩子。

伯父家是三樓透天，前院坐擁大片水泥空地，上頭總寫意晒著被單、衣物、芥菜、蘿蔔乾；而空地邊緣以灌木叢夾雜幾株玫瑰區隔馬路。自樹叢外邁開三、四履步穿越路口，緊鄰一條澄澈見底的大水溝，無廢水、零汙染，小魚小蝦悠遊其間。偶爾伯母逕至溝渠打撈一陣，晚餐便多了道紅燒吳郭。

房屋右側一行樸質碎石子路，鐵馬經過，石子沙沙作響；溼漉漉的雨天，可細緻聽聞車輪轉動激起水花四濺的黏膩。路旁高高砌著大片茂密竹林，白日仙風道骨清爽宜人；夜裡透過孩子的無窮想像卻顯得鬼影幢幢。月色朦朧間，竹枝影兒化為一雙雙瘦骨嶙峋的手，牠來來回回踱步，尋找落單的孩子。涼風掃過，竹葉的喋喋不休成了毛骨悚然的鬼哭神號，傳說中，鬼魅總於半夜三更的竹林中飄飄蕩蕩。

沿碎石子路到底左拐至後院，左半邊兒是籬笆圍成的簡陋雞舍。雞舍裡，公雞、母雞、小雞，一家老小鎮日成群結隊低頭啄食，塡著深不見底、如何也補不滿的胃；也挺幸福，牠們就這樣清心寡慾度著每個小日子。倒是幾隻憤世嫉俗的大白鵝怪惹人厭，氣焰老大，每每經過非得呱呱噪噪宣示主權。平日柵欄上鎖無妨，偶爾柵門忘了帶上可不得了，牠們定殺出重圍、橫衝直撞追得你滿場跑，彷彿有不共戴天之仇，非得狠咬你一口才對得起爹娘，把我們這群小傢伙給嚇得魂飛魄散，亦惹得拴右側井邊的老黃狗跟著力竭聲嘶地咆哮，熱鬧得很。

而此仇是非報不可的，吃飽沒事幹，確認鵝宿舍柵門妥妥上鎖後，我們躡手躡腳繞至井旁，趁大白鵝不備壓壓汲水器，水嘩啦嘩啦地淌，大白鵝給驚得暴氣跺腳，卻只能無奈隔著柵欄對我們謾罵叫囂，我們樂得哈哈大笑揚長而去。事實上我們對大白鵝懼得很，灑幾滴水挑釁不過是弱弱地為自己討回公道。

佇後院，視線向前延伸，左側是一望無際的菜園，各樣菜蔬自成一格、各據一方，五花八門卻井然有序。右側是一畝一畝靜隨四季遞嬗換裝的稻田，白鷺鷥愜意起落其間，氣定神閒，不惹塵埃。那方方、畝畝，是伯父母的血汗與無窮的希望，播種、插秧、施肥、除草、灌溉……他們寸寸地守護、孕育這片生生不息。

日日寅時天還沉著臉，伯父便至田間農作。有回伯父心血來潮將我們一把喚醒，精神抖擻道：「走！帶妳們除草去！人生總要體驗一次！」我們壓根來不及梳洗，便一個串一個被伯父領至田間。清晨，除了濃得化不開的睡意，放眼望去盡是烏漆墨黑的一片。我們行尸走骨任憑伯父擺布，沿那片陰風陣陣的竹林碎石子路穿過後院至田埂，一路半夢半醒、迷迷濛濛，直至一腳陷入泥淖才深深刻刻地驚醒，一陣凜冽自腳底湧上，令人頭皮發麻的冰冷！

「好好拔草！清理乾淨才能回家吃早餐！」視線模模糊糊間，小傢伙哪兒分得清是稻還是草？由於心心念念被窩，於是秉持《三國演義》曹操對呂伯奢一家滅門的狠勁，「寧教我負天下人，休教天下人負我」。我們雷厲風行大開殺戒，簡直將田地給弄禿了一塊。伯父肯定是知曉的，卻一點兒不介意，他自在哼著不成調的曲，快活著，好似天地間啥都無關緊要。

「哎喲！」堂妹戲劇性高八度喊著，她摔得四腳朝天，活像隻泡過泥漿浴的河馬，滿身泥濘。其實無傷亦無痕，她卻與事件不符比例，大驚小怪地嚷，不知情的人大概以爲她被蛇給狠狠咬了口。「好了！好了！要不，妳先回去洗澡歇息吧！」聽聞伯父如此說，姐姐、堂姐和曉葛趁著天時地利人和，全都湊巧地滑了跤，再點綴幾聲驚天地、泣鬼神的哀號；我們了無新意完整複製堂妹的矯情劇本。「好啦好啦，都回去，都回去，眞是，這些孩子！」於伯父回心轉意前，我們連滾帶爬直奔家門，自入口至二樓浴室磁磚地，沿途讓我們詩情畫意給打上四串黑壓壓的腳印。正當我們忘情享受熱水大戰之際……「唉呀！這怎麼回事？」這回，輪到伯母淒厲厲的慘叫了。

梳洗畢，伯母千篇一律的早餐已然上桌，白稀飯佐花生、麵筋、肉鬆。而她熬的稀飯可是獨樹一幟，飯粒從不願同湯頭攪和一塊兒，米粒歸米粒、湯頭歸湯頭，它們志不同、道不合地分道揚鑣，楚河漢界清清楚楚，毫無灰色地帶。至今曉葛仍百思莫解，這究竟是如何形成的局面？雖不甚可口，倒也稱得上葛氏獨家祕方。

■翩翩蝶舞

大概爲方便管理，伯母始終維持剽悍形象。每每中午放飯後，便將四個蘿蔔頭趕至二樓陽台，那兒可是寬敞得足以容下一支棒球隊伍。鋪上草蓆，逐一唱名，要我們依序躺平進行一小時午休。一旁竹林總不安分地越界，隔空將枝葉蔓延至陽台邊。伯母會順手攀折一根竹枝，誰敢輕舉妄動便給抽一下。可別小看那細細弱弱的竹枝，鞭於嬌皮嫩肉的小腿，絕對讓人疼的再不敢造次。

那天，伯母生日，我們說好各自籌備禮物，比一比創意，亦比一比伯母的鍾情指數。午睡時間趁伯母鼾聲大作，我們鬼鬼祟祟轉移陣地，獨留伯母守著竹林靜幽幽。竊竊宣佈計畫後便就地解散，各自執行任務！

下樓，經碎石子路繞至後院，不長眼的大白鵝又對我狂嘷，看準柵欄鎖得老緊，我壓沒水器予以回敬，卻吵醒一旁休憩的老黃狗跟著吱吱嘷嘷地吠，這下可好，遠遠聽見伯母於陽台嚷道：「妳們上哪兒去？」想到竹鞭大刑，我頭也不回朝田園飛奔。

壓低身子越過絲瓜棚，綹綹綠色果實與零星星大黃花於架上披披掛掛。陽光睥睨斜視大地，微風梳整稻田，白色蝴蝶於方塊與方塊間穿梭飛舞，我追逐著。有時牠們調皮地停下腳步候著，當我趨近，又飛遠了，我始終不及牠們的翩翩。空氣裡，百分之三十菜香、百分之三十稻香，百分之四十純淨之自由，完美比例！蓮霧樹落了幾顆紅色鈴鐺，隨意拾取兩粒塞口袋坐樹下，腳邊溝渠透著清涼，我啥也不想，靜靜聆聽蛙鳴鳥唱與流水潺潺，還有福壽螺從容相伴。

正陶醉這份悠然自適，卻隱隱嗅到一股殺氣騰騰，回頭瞥見一人影朝我方邁進，吼道：「叫妳們不要亂跑，還跑？打哪兒去？」手上竹枝還牢牢握著。我機靈起身，藉蓮霧樹掩護，閃避伯母視線，一路屈身至活動中心兜兜繞繞找樂子。那日不知何故，廣場前遍布滿滿當當的黑色毛毛蟲，蔚爲奇觀，路過里民紛紛「唉呦！」一聲便落荒而逃；唯曉葛佇原地讚嘆不已，深深爲此著迷。「好美啊！」因我明白，牠們終成一葉葉翩翩飛舞的蝶。

「叮！」靈機一動：「何不裝一盒送伯母？她肯定感動萬分！」於是冒性命危險返家，火速抓了個廢喜餅盒，又自碗槽偷渡一雙木箸，再返活動中心幹活兒。偌大廣場獨曉葛一人，默默欣賞這片黑壓壓的毛毛蟲大軍。

蹲俯於地，認認眞眞一隻、一隻地撿，儘管牠們不情不願蜷曲扭動，我仍小心翼翼將其移駕鐵盒，還一邊喃喃與之對話，安撫一顆顆膽戰心驚。日頭漸行漸偏，影子越拉越長，約莫兩小時過去，倒忘了數數；然，我總算用心良苦將鐵盒塞實、塞滿、塞得密不透風、毫不馬虎，大功告成！心滿意足掩上蓋子，幻想伯母開啟一瞬，上百隻蝶自盒中隨風揚起，牠們洋洋灑灑漫天而舞，彷彿夜空燃亮的煙火，璀璨絢麗，雖如曇花一現；卻將永永遠遠烙印心坎，倒也是種超然的永恆。

晚餐前的送禮時刻，我們滿心期待伯母的喜出望外與欣喜若狂，或許隔天可破例少睡一場——除了伯母以外沒人睡得著的午覺。有人繪了幅令人匪夷所思的畫作，有人撿了幾顆奇形怪狀的石子，有人採了一束路邊野花。我心想：「這些簡直粗茶淡飯，我贏定了！」輪到曉葛獻殷勤，伯母微笑接過鐵盒於耳畔輕搖，揣測裡頭裝著什麼寶物；我神神祕祕打包票：「保證妳喜歡！」大夥兒好奇圍著鐵盒探頭探腦，伯母渾身洋溢幸福，興高采烈妙不可言。

終於，伯母打開盒子，剎那，一切變了調，誠如一把斷了幾根弦卻硬是彈奏的吉他，那樣荒腔走板。伯母斂起笑容，空氣凝結成霜。那一刻並無傾巢而出紛飛的蝶，我有些失望，可惜牠們來不及蛻變，只好耐著性子再待幾日吧。「啊喲！」伯母驚叫，踉蹌，一不留神打翻鐵盒，屋裡下起正宗「毛毛雨」。黑色毛毛蟲散落一地，密密麻麻到處流竄，牠們扭著、屈著，所有人驚慌四散逃至屋外，獨留我與滿室毛毛蟲面面相覷。

不一會兒伯母自後院持掃帚入室，面如西北雨來襲前的天空，陰沉沉地發黑。她一邊兒揚帚，忿忿地堆著毛毛蟲，一邊兒歇斯底里嚷嚷：「妳這丫頭，頭殼到底裝了些什麼？」我說不上

話，誰知原本擬好的腳本一點兒不靠譜？大家怎就如此心急，再候一會子，牠們便成一盒翩然的蝶了呀！

當晚，堂妹皮膚又犯過敏，焦焦躁躁鬧著大小姐脾氣。好了，這下所有人直直瞪著我瞧，我悶頭至後院用力壓著汲水器朝大白鵝抗議，水流嘩啦嘩啦，大白鵝呱呱噪啼，老黃汪汪地吠，青蛙、蟋蟀亦加入陣容。沒關係，今夜我寧可和大白鵝談心，也不同大家說話了！

■在我心裡有一畝田

伯父有其它主業，農務爲兼職，後來於勤務中因公殉職。儘管如此，稻田依然生氣勃勃，菜圃還熱鬧烘烘。那頭大捲髮、古銅肌，深邃眉眼間簇擁的高聳鼻樑，如木匠精雕細琢的輪廓還刻劃我心。

閉上眼，依稀得見凌晨三點鐘，稻田間辛勤耕作的剪影，那首不成調的曲子還悠悠地哼。我幻想伯父是鐵盒裡的一隻毛毛蟲，終究蛻爲田園翩翩飛舞的一葉蝴蝶。於絲瓜棚架上，於澄澈溝渠邊，於這兒、那兒守候，從未離開。

在我心裡有一畝田，它種的不是稻，是無憂無慮的童年。對席慕蓉來說，鄉愁是一棵沒有年輪的樹；對曉葛而言，鄉愁是兒時伯父殷殷耕作的那片田。長大後，當一切不再純粹，復踏上這土地，我淺淺笑著。原來鄉愁它並不愁，它是甜美的記憶，穩妥的力量，踏實的歸宿，於我心底輕柔地蕩漾。

我自阡陌走過，於稻田間，
風，拂過，掀起陣陣稻浪。
時而綠油油，時而黃澄澄，
它們，窸窸窣窣地，歌唱。

後來發現……
不論左拐，還是右彎；
都是通往，回家的路。

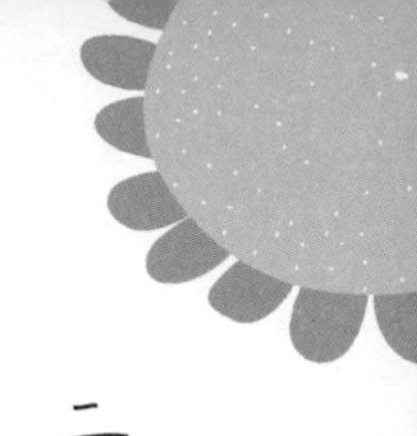

二、藍色蝸牛

■歲月寶盒

大概人們內心深處，都有一只歲月寶盒，用以收納生命之和璧隋珠。於風風火火的日復一日，盒蓋難免層層疊疊積了灰；即便如此，它卻不曾自生命抹滅。偶爾夜深人寂，林林總總教人輾轉反側，是否輕燃一枚燈光，至窗前，見外頭紛紛的雨點，於街燈照耀下，成了漫天飛舞的線線銀絲；心靈隨之起舞，流浪至很遠很遠的地方，與好久好久的從前。

於心底翻箱倒櫃一陣，去蕪存菁，終究於不起眼的角落重拾那只寶盒。它是極淨之域，非得慎小謹微地珍藏，才不致爲世俗沾染或被現實吞噬。久違了，自己！抽絲剝繭，敞開心，與自己面對面。輕揭寶盒，空氣揚起塵埃，用力打個噴嚏，並且淚流滿面。

盒中，也許是枚唱片，也許是張郵票，也許是首老歌，也許是部電影，也許是只懷錶，也許是泛黃信箋，也許是斑駁照片，也許是陳舊日記……不論爲何，它總獨具意義。或許於別人眼底不過凡桃俗李，卻是自己的崢嶸歲月。它是一扇任意門，領人歸回生命某個時刻，在那兒潛藏一份初心。

您的寶盒，珍藏了什麼？

曉葛珍藏一隻藍色蝸牛。

■藍色蝸牛

曉葛是鐵道迷，除熱愛旅行，更重要的是，它懷抱曉葛童年之菁華。曉葛兒時的快樂元素不少源於叔嬸家；叔叔與正言厲顏的父親截然不同，相對恬淡，靜默，從容。波瀾不驚的表象，難以望穿悲喜，無法懸揣起伏。他的情感深且沉，心地溫暖而內斂，笑容真摯卻靦腆，寡言然暮鼓晨鐘，才華洋溢但不露鋒芒。

小時候，嬸嬸不時利用寒暑假空檔，親領曉葛與姐姐同堂姐妹一塊兒搭火車至叔府度假。普快大概是火車界之蝸牛矣，牠漫條斯理地爬，大概已屆垂暮，不拘大大小小，牠非得站站歇息，喘口氣，再蕩蕩悠悠駛離月台，施施而行，朝下站蝸速前進。

曉葛倒挺享受藍色蝸牛的「慢慢」。慢慢，是人生優雅之姿，使人得細膩感受光陰流淌，體悟分分秒秒的千變萬化，來得及好好品味與感觸，不致於白駒過隙間讓生命流於無形。「空隆，空隆！空隆，空隆！」藍色蝸牛吹響自由號角，帶我遠走高飛。「課本再見！評量再見！」叔嬸總能網開一面，讓曉葛於他們的世界盡情撒野。

車箱隱隱透著柴油氣與黴味兒，四個蘿蔔頭簇擁著，硬是擠成一團。眺望窗外明媚風光，涉世未深的我們，眼底處處驚奇。藍色蝸牛引我們穿越轂擊肩摩的大城，平交道兩側挨肩並足的車陣，耐性等候藍色蝸牛的溫吞步履，彷彿列隊夾道歡迎我們蒞臨，多麼神氣！於是活蹦亂跳手舞足蹈地嚷：「哈囉！」偶有善心騎士揮手呼應。陽光自窗邊散落，我們駕著一隻藍色蝸牛，度著悠悠童年。

窗外布幕瞬息萬變，時而深邃湛藍的長長海岸映入眼簾，時而層巒聳翠或高或低地湧現，至期待莫過穿梭隧道間，我們浮誇喊道：「山洞！好黑啊！」扇扇窗成面面鏡，我們歪頭歪腦做足各樣滑稽表情，橫七豎八笑成一團。「嘿，坐好！」「噓，小聲點兒！」嬸嬸試圖張羅秩序，卻是枉費心機，車廂以滿載的笑語，成就我們甜美的兒時。

歷盡千山萬水與滄海桑田，終抵目的地，藍色蝸牛卸下我們，繼續緩緩地爬。出站後，嬸嬸一不做，二不休，載著四個蘿蔔頭「五貼」，浩浩蕩蕩將摩托車當公車駛。「抓牢喔！」我們前胸緊緊黏貼後背，嗚嗚啊啊地譁噪喧鬧，於熙熙攘攘大街倍受矚目。嬸嬸拎我們上牛排館祭五臟廟，一桌喋喋便便的蘿蔔頭令人頭疼；而鄰座大概見嬸嬸獨扛一串肉粽出門，惻隱之心油然而生，單是翻翻白眼互相覷覷，而嬸嬸則大方回以尷尬卻不失禮節的社交笑容。

■高牆祕境

叔叔的愛，靜默蘊藉；嬸嬸的愛，熱鬧直白。

那年元宵夜，四顆蘿蔔頭群聚客廳，意興索然盯著電視春節節目裡唱唱跳跳的歌手，一副百無聊賴。叔叔不動聲色出門，半小時而歸，領著四盞燈籠，小兔、小豬、小猴、小狗，他將一座小型動物園羅列桌面。「哇！燈籠！」我們歡欣鼓舞原地踏跳，叔叔莞爾，默默上樓。將客廳燈光熄滅，我們一人操一只燈籠於家中探險窮忙，沸反盈天，簡直把屋頂給掀了；而叔嬸逕至二樓避難，眼不見心不煩，任憑我們將家裡給鬧成漁市場。

清晨，總能於二樓陽台瞥見叔叔挺拔的身影。透過紗門，隱約得見叔叔以刻刀一鏤一鏤、屏氣凝神、目不轉睛地精雕細琢，木屑片片飄落，曉葛暗暗欣賞一份堅定。沉默原來更有力量，內斂的愛更爲深刻。

前陣子拜訪叔嬸，順道參觀叔嬸親手打造的夢幻野菜園。菜園沿高牆而建，右側牆邊一渠溝水緩緩流淌，左側是片不食人間煙火的竹林。沿高牆而行，路迢迢，正感乏味之際，一座綠意盎然、生機蓬勃的野菜園於眼前奮力綻放，讓人不由自主發出「哇喔！」之驚嘆。叔叔將其命名爲「高牆祕境」。

紅菜、山蘇、青椒、辣椒、茄子、絲瓜棚、地瓜葉、青蔥……更多我不知其名的菜蔬於方格間各自安好；還有幾位斥退鳥類，亦把膽小如鼠的曉葛給驚呆的稻草人，他們身著各色時尚運動裝高高在上地傲視一切。叔叔撩起褲管於菜畦間穿梭，這兒整整，那兒理理，口中一邊兒解說，手裡一邊兒忙碌；眼神、動作、口吻像極父親，一時間眞令曉葛有了錯覺。

澄澈見底的水，流啊，流啊！閉上眼，聽見它悄悄的旅行。它帶走樹葉、帶走蝌蚪、帶走小魚、帶走小蝦，卻帶不走我心頭的故事。

長大後，當簡單的快樂，成了稀世之珍，

「空隆，空隆！空隆，空隆！」

彷彿又聽聞藍色蝸牛的呼喚，
聲音自清晰，而日益模糊了。
那是曉葛，漸行漸遠的童年⋯

三、誰在淡水河畔等我

小時候，世界小小的。

家人、老師、同窗、書本、音樂，還有偶爾偷看的電視劇，那差不多是曉葛的全世界。那個年代，盡是繽紛，故事總有童話結局。這兒！那兒！於裙襬鑲著的白色蕾絲邊；於髮辮紮著的紅色蝴蝶；於鉛筆盒底部靜靜濃郁的香豆；於二樓教室窗外探頭探腦的椰子樹梢；於音樂教室洋溢的朗朗歌聲；於五顏六色變化無窮的萬花筒裡……童年，是學校的彩色圍籬，是寫意的塗鴉牆，是雋永的畫作。

小一、小二，曉葛連任四屆班長。導師說：「葛曉曉，老師不在時，由妳代替老師管理同學。」經曉葛充分過度解讀後，便逕向全班布達：「老師不在時，我就是老師，大家都要聽我的話喔！」而一向使命必達且認真太甚的曉葛，還真徹徹底底的實踐，引來班上男孩兒們怨聲載道與哀鴻遍野。

那些日子，曉葛簡直里長婆，啥都管。舉凡：男生掀女生裙、抓女生辮、借筆不還、打架鬧事、手越桌中線、遲入教室、缺繳作業、忘帶課本、鞋帶沒繫、服儀不整……皆於曉葛管轄範疇。那可是男女對峙的紀元，葛班長專找調皮搗蛋男孩兒們的碴。貌似活潑可愛的曉葛，內心實則大義凜然、嫉惡如仇。

黑板右側，除標記日期及值日生外，曉葛還列上OX龍鼠榜。女孩兒大多乖巧認分，而男孩兒則動輒得咎，他們一顰一笑、舉手投足，稍越雷池一步便被忠實載於X榜；而越是抱怨躁動，越是被無限上綱地打上重重落落的X。待老師入班，便得請他們飽食一頓刺激嗆辣的竹筍炒肉絲。

特別班上那位不偏不倚居葛府正對面的陳大霖，簡直與曉葛冤家路窄。每每開窗，老恰恰與其四目對望。他吐吐舌頭，我翻翻白眼；他返屋內回擊二下高音琴鍵，我拔盆栽綠葉朝對岸扔擲……而他的終極武器是家裡豢的一隻竹雞，心神昂揚便朝葛府「雞狗乖」地哼哼唱唱；心神不寧亦朝葛府「雞狗乖」地絮絮叨叨，簡直抓狂製造機，讓人不堪其擾。

屋漏偏逢連夜雨，到了學校，陳大霖又湊巧坐曉葛左側，無奈非得共享桌面，只得以粉筆劃一條斬釘截鐵的楚河漢界。但他老故意越線，因此X榜永遠大剌剌懸掛他的名。儘管一天到晚受罰，他卻樂此不疲。我們大概是彼此的童年噩夢吧！雖說雙方父母還稱得上其樂融融的好鄰，然下一代卻暗潮洶湧，誓不兩立。

低年級的呆萌時光於一道道悠揚迴旋的鐘聲裡，一頁頁展開，又一頁頁褪去。轉眼升小三暑假前夕，分班在即。怕生、極難適應環境的曉葛想到開學將邁入陌生班級，便抽抽咽咽地哭了起來。女孩兒們蜂擁而上，有的拍拍肩膀，有的傳遞紙巾，有的送上貼紙……

與曉葛特熟稔的三位閨密擠至前線，柔聲道：「曉曉別難過，我們長大後再約淡水河見面，好不好？」接著拿出一張白紙，中央大大寫道：「淡水河見」。紙上四角再各別烙上我們四個大名後，撕爲四等分按名發放。她們握著我的手，將曉葛專屬的這份置我手心，再次提醒：「曉曉收好，不要哭！長大後我們就可以在淡水河見面了！到時憑紙角相認喔！」我煞有介事點點頭，哽咽道：「好，長大後淡水河見了。」

此刻憶及不禁噗嗤，爲著兒時懷抱的那份清新。當時的我們，誰也沒見過淡水河，誰也搞不清淡水河位東南還西北；對我們而言，淡水河不過耳熟能詳的地理名詞罷了！想見面，下課合作社碰面不行嗎？放學校門口會合不好嗎？還非得大費周章地相約長大後淡水河見呢！

而長大定義爲何？十八歲？初出茅廬？成家立業？功成名就？還是心智成熟時？那麼現在的我們眞的長大了嗎？源遠流長的淡水河畔，具體又約哪兒呢？上游？下游？中段？左岸？右岸？我們的極致抽象約會法，大概唯志摩懂得：「我將於茫茫人海中訪我唯一靈魂之伴侶，得之，我幸；不得，我命，如此而已。」

後來的曉葛特至淡水作了幾回觀光客，買杯拿鐵坐落榕堤，晒晒金色水岸著名的鵝蛋黃，眺望河面的波光瀲灩，與隨遊輪來來去去掀起的陣陣浪潮。直至日頭西沉，直至薄暮冥冥，直至彼端的左岸與這頭右岸紛紛燃亮萬家燈火，呼應天邊一抹明媚月色。而我始終沒能等到另個持紙條的女孩兒在候著誰。

念舊的曉葛什襲珍藏那四分之一的泛黃合同，雖上頭歪七扭八的「葛曉曉」字跡已然斑駁，卻仍是生命首度許下的承諾。那是四顆純粹的初心，好久好久以前的老故事，曉葛至今仍惦著；而好久好久以後呢？

嘿！妳們都好嗎？
曉葛後來搬了家，與咱們對頭陳大霖斷了音訊。
前陣子重返母校，椰子樹已自二樓抽高至四樓，
它們亦隨我們，盪過了歲月悠悠之流……

可還記得我們長大後，淡水河的約定？
還有沒有誰，在淡水河畔等著我？

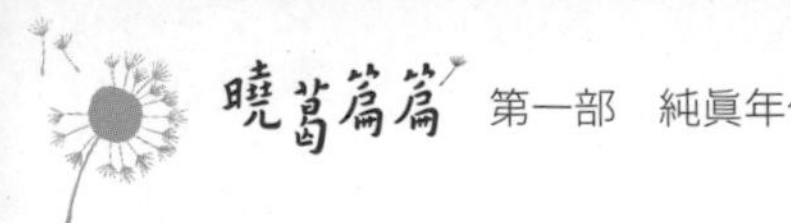

四、計算機女孩

對於學校傳遞的知識，學生時代你是否曾經存疑？

過去擔任班導，不免被學生問及：「老師，現代人背文言文幹嘛？」「老師，音樂課爲何不放周杰倫？韓德爾的彌賽亞好悶啊！」「老師……」面對如此大哉問，我笑而不答。

高中時期的曉葛，亦會抓著數學老師問：「三角函數未來派得上用場嗎？」抓著體育老師問：「不會三步上籃，對未來有影響嗎？」（話說曉葛三步上籃可是補考五次沒過）；抓著理化老師問：「氫鋰鈉鉀銣銫鍅，鈹鎂鈣鍶鋇鐳……背到滾瓜爛熟，然後咧？」曉葛可是不折不扣的問題寶寶，而當年老師面對曉葛的質疑，誠如曉葛後來面對學生的質疑，我們僅投以微笑。

畢竟人生並非所有問題皆有標準答案，許多事唯有長大後，靠自己心領神會。

人之初，始於混沌，無法呱呱墜地卽定志向，只好謙遜廣泛地涉獵知識，於人生漫漫長途逐步驗證，適合與不適合自己之元素爲何？再予以調整增減。而人人旅程各個獨立客製化，模仿不來亦強求不得；因此，各自剔除與保留的成分便大不相同了。只得容光陰細細雕琢刻鏤，輪廓終會逐漸明朗，最終還以本色，水落石出。

而曉葛成長過程刪去什麼元素？這會兒不得不提及曉葛令人嘖嘖稱奇、無與倫比的數學境地。

■ 濫竽充數

升國中暑假，父親成竹在胸為曉葛報名「資優數學補習班」（父親總是無可救藥的樂觀）。那補習班可不是蓋的，每回課後放學前進行隨堂測驗，滿分即可先行告辭；而未達標者，補習班則吃了秤砣鐵了心，和學生耗到底。一考、二考、三考、四考……直至滿分才得放行，這嚴厲的教學法條可是作育英才無數！

然，這風風光光的門楣卻差點被曉葛給拆了。話說上不到幾堂課，曉葛已無力應付那些冥王星方程式。某日課後測驗，眼見滿室同學一個一個蒸發，空氣逐漸稀薄，接著餘半數、三分之一員、五員，最終全數棄曉葛一人孤軍奮戰，連個頭盔鎧甲也不留，我只能赤手空拳，惶惶迎敵。

擠破頭，想理出個有建樹的答案，腦中卻一片空白。班導來來回回踱步，喀啦喀啦的跟鞋與牆上滴答滴答的鐘擺一搭一唱，如炸彈倒數計時，提醒著我：「要嘛，學劉邦尿遁一去不復返；要嘛，乾脆抱彈壯烈犧牲算了！」

這空檔，頗適合穿插一段寶萊塢應景的歌舞劇，由曉葛和班導領銜主演。我們眼周框著一圈煙燻，身著閃亮華麗金裝，時而低語呢喃佐以神祕西塔琴，時而千迴百轉伴以緊湊明快塔布拉鼓，時而笛聲裊裊滿室繚繞。我和班導盡情扭腰擺臀；方才先行告退的同學們，各著五顏六色華服，如雨天空拍之繽紛傘景，「碰！」地敞開大門，並於尾句精神奕奕加入大合唱，歌詞是：「妳好了嗎？」音階Sol-Sol-Sol-Do……！（拉長高音）。而曉葛容光煥發立舞台中央，印度式沒完沒了地搖頭晃腦，正打算氣勢磅礡作結……一抹淡淡香水讓歌舞劇提早謝幕。

班導大概累了，就近於曉葛身旁坐下。她神色自若，翹著二郎腿悠悠地晃，右腳板如帆船遇著風浪，船身上上下下，顛簸得厲害。我搖著自動筆桿，無意識切換開關「卡滋卡滋」，幫那帆船的震顫打打拍子。

「班導打算陪我天荒地老嗎？」「爸該不會以為我被綁架了？」「媽有準備消夜吧？」我再度悠遊小宇宙。是的，這世界牢籠得住我的身軀，卻困鎖不了我自由的靈魂啊！（哇哈哈，內心發出銀鈴般的魔性笑聲，並轉了幾個圈兒）。班導倏地起身，自鼻孔噴氣，如侏羅紀高大卻溫馴的腕龍，卻也讓我回歸現實的殘酷。沒錯，我仍位暴風中心，並且處境堪憂。

班導坐下，起身；又坐下，又起身；再坐下，再起身……彷彿跳針，不斷重覆彈跳定格畫面，怎地我不爭氣就想發笑。考卷作答密密麻麻乍看頗像樣，實則不知所云；不過囫圇吞棗、天馬行空地胡亂拼湊老師之前板書上的冥王星文。考了十幾遍，卻離六十門檻還遙不可及，滿分更是高不可攀了！轉眼半夜十一時半，我已做好於此終老，直至兩鬢飛霜的打算。也許八十歲的某日，曉葛突頓悟得道，成了此處最資深狀元，補習班授予金獎杯，大門前還立座銅像，讓曉葛風風光光作個紀念也說不定。

話說班導今日這雙紅跟鞋，若搭配格子裙應該亂有型，頭髮再以電棒上個大波浪便傾國傾城了。就在曉葛又於小宇宙洞口徘徊，班導大嘆口氣，教室風向都給轉了彎。她按住我裝模作樣還振筆直書的筆桿道：「今日到此結束吧！」補習班為曉葛背棄當初的海誓山盟，關於未達滿分不予放人的雄心壯志，的確還不如準時下班來得踏實溫暖。

待我拉拉雜雜收拾畢，班導領我步出教室，原本燈火通明的補習班只剩一盞搖搖欲墜的微光；至門邊，鐵門已下拉一半。老爸門外守候已久，得知我的狀況，大概心疼又著急，竟不明就裡數落起班導不是：「你們到底怎麼教的呀？」班導畢竟壓抑整晚，理智線瞬間斷裂，再按捺不住滿腔怒火，直言道：「你說你女兒是資優生？根本不是這麼一回事兒吧！怎麼教都教不會，她程度根本就不夠啊！」

班導點燃引信，正式，開戰！主任不時幫著班導助攻，彷彿懷抱與補習班名譽共存亡之決心。父親、班導與主任仨人，你一言我一語，戰鬥力節節高升，原本純粹欲以煙霧彈斥退對方，沒想到雙雙僵持不下，於是散彈槍、衝鋒槍、手榴彈、火箭炮全數出動。他們將曉葛晾一旁爭得你死我活，我倒是成了無關緊要的第三者，冷眼，觀戰。

二打一著實辛苦，老爸不得不亮出核武，祭出終極的一句：「我們不上了！什麼補習班啊？我們另覓名師！」這核彈正中主任下懷，他大概可預期，倘未來繼續與曉葛糾纏不清，教職員們爲了這濫竽得日日加班，搞不好還得支付員工龐大的加班費，甚至誘發離職潮，一點兒不划算。索性放生曉葛，於是帥氣接話：「好！我們現在、立刻、馬上爲您辦理退費！」

就這樣，爸爸最終取了疊鈔票塞入口袋，眼神空蕩蕩，好似冬日洗淨鉛華的枯木，氣壓低靡，他落寞，戰輸了。回家路上我們雙雙沉默，父親也許正思量如何縫補曉葛破碎的心，事實上我倒不太介意被退貨的事實，反而寡廉鮮恥地暗自竊喜自己重獲自由；而眞正難過的是，我讓父親難堪了。

也也許，那一路我們都在哀悼，我們替彼此設想出來的痛楚。

■ 濫竽搶救營

曉葛就這麼有始有終，讓數學一路吊車尾至高中，而高中更是每況愈下。似乎腦袋有個特別機制專篩數學這門學科，彷彿被接種數學疫苗似的，讓我對數學有著頑強抗體。升高二暑假，果不其然，數學又被當了！父親特地將我送至芬芬老師家閉關惡補一星期。芬芬老師爲父親摯友，亦爲數理專家，故特別請託好友前來救贖他的寶貝，痴心妄想女兒與天才同住七宿後，也許近朱者赤，近墨者黑，得於七夕翻轉命運，而成數學奇葩。

而那傳說中的歡樂（魔鬼）數學營，芬芬老師可是用心至極、目量意營地鋪排課程。日日六時晨起梳洗放飯，七時早課，正午休憩一小時，下午一時午課，晚上六時梳洗放飯一小時，七時晚課，十時準時熄燈，如此整整七晝夜。這世界大概偶有奇蹟，然那回，奇蹟終究未發生。

被遣返的早晨，一如過去六天，窗外鳥語啁啾，空氣新鮮如昔。芬芬老師於廁所門口坐板凳刷洗衣物，她肩膀顫顫地顫；我欲予關懷，不料見她淚流滿面、涕泗縱橫。我驚訝道：「芬芬老師，妳怎麼了？」她起身，也不顧滿手的肥皂泡，一把摟著我：「曉曉，我覺得好對不起妳的父親，不知道妳究竟怎麼搞的，怎樣都教不會。對不起，我眞的盡力了。」我呆立半晌，這可比竇娥還冤，人家竇娥下的是六月雪，而曉葛這頭則是七月寒霜。我竟把芬芬老師逼哭了！空氣凍結，這下回去該怎麼向父親交待？手忙腳亂間，只好輕拍她的背，呢喃道：「沒事，妳盡力就好

了！沒事的，我相信妳眞的盡力了，沒事的喔……」（回溯這幕，頗具星爺之無厘頭風範，不禁莞爾。）

返校面對數學補考，登愣！卅五分！莫驚、莫慌、莫愁、莫悲傷，偶像劇情節終於翩然降臨！數學老師似乎明白曉葛窘境，空有誠意惜無天賦，注定此生與數學有緣無分，於是給予曉葛第二次補考機會。我卻絕望道：「謝謝老師，但我數學眞沒救了，再給我考一百遍，結果也是一樣的！」老師湊至我耳邊，壓低嗓：「第一次補考和第二次補考題目一模一樣，妳務必牢牢死記第一次補考答案。」那日晴空萬里，老師立走廊邊，左臉被陽光晒得晶晶透亮，將右臉打出個十足立體的鼻影。他眨眨眼對曉葛投以微微笑，揮手，示意要我速速回家背誦。

而第二次補考，曉葛以九十五分傲人之姿，高空飛越關卡！從未想過自己的貴人竟是名數學老師。自此，曉葛的數學雖依然故我地破爛到底；然，因數學老師的恩重如山，倒也不覺與數學有什麼深仇大恨了。曉葛與數學，和解。

■計算機女孩

最感謝莫過於「計算機」這偉大產物，少了它，曉葛大概會被世界給放逐吧！

猶記初爲人師，有回批閱考卷無端發懶，心想，一百內加加減減的運算自己應可應付，便率性將計算機棄置一旁。不料，考卷訂正後宣達：「成績有誤者，請拿來讓老師確認並修正。」此話一出，學生紛紛離席，教室自講台往後排了一條長長人龍，座位只餘幾隻零星小貓。

我詫異自己的數學程度，十足印證了個發人深省的道理：「唯有數學白痴，能超越數學白痴。」沒錯，我又超越了自己！後來的曉葛，不論多簡單的數字加減，定以計算機爲準。故曉葛自封「計算機女孩」之稱號，可說當之無愧矣。

或許我們都不完美，卻也意味我們的獨特，有時大方擁抱自己的缺陷，反而陶然自得。

誠願你我皆能以自身特有色調，揮灑專屬自己的精彩！這是來自曉葛沒來由的自信，與對自己的的信心喊話！

五、時光之流

■時光之流

人們一出世，即搭上名為「時光之流」的列車，它僅饋以單程票，無從復返。不論情願與否，只得一站、一站向前；而公平的是，不論旅程長短，人人終歸一處。一秒前上班呵欠連連的你，已悄悄沒入時光之流；曉葛思索如何落筆之時，亦揮灑了幾寸光陰。曉葛倒不情願它們流逝得不明不白，故將其化為篇篇，與人們分享，亦與過去的自己對話。

曾國藩言：「天可補，海可填，南山可移。日月既往，不可復追。」李白亦云：「棄我去者，昨日之日不可留……」既然昨日一去不返，又何必大費周章地鋪陳？

對曉葛而言，寫作並非消極緬懷逝去歲月；抑或緊抓個結糾糾纏纏地苦繞不出。這是自剖的過程，透過文字穿越時空，回到懵懂童年、叛逆青春、初出茅廬與昨天。此刻的我依然是我，卻成自己汗青的旁觀者，以相對客觀成熟的角度檢視歷史鏡頭。有時簡直剝開結痂般殘忍，而我倒認為這於己有益。當人能坦然與過去直球對決，那麼過去再無法牢籠自己。看著鏡頭，淚流滿面是反省，會心一笑是釋懷。將這些心事消化後，提筆寫著寫著，也就與過去的自己和解了。

高山低谷、陰晴圓缺皆有價值，故毋須刻意刪減鏡頭；畢竟世無完人，NG經驗人皆有之。而正是這些喜怒哀樂的層層堆砌，才塑造成今日別具一格的自己。而此刻，曉葛倒不介意與各位分享兩個過去巴不得湮滅的畫面，它們亦為生命旅程之一隅，有了它們，才是完整的曉葛……

■之一——過失傷害，也是傷害

小學四年級的班導，每月月底為學生精心策劃慶生會。那可是班上月度盛事，任何一天皆可能有同學鬧肚子或著涼請假；然慶生會當日，全班肯定抖擻精神全員到齊。而慶生會高潮莫過送禮橋段，導師會請壽星閉目養神十秒，同學便可趁隙將備妥的禮物擺放壽星桌面。

曉葛小學頗受師長青睞，擔任班長和模範生為家常便飯。於那個天眞無邪的年代，班長與模範生總能莫名享受一份得天獨厚的優越，被衆星拱月乃司空見慣，自然無法理解角落的孤獨。

與曉葛同為十二月寶寶的小迪是名安分守己的好學生，她總頂著一頭柔順及肩的西瓜皮，搭配一副彬彬文質的玫瑰金眼鏡，聚精會神上著每堂課。寡言、惜字如金，恬淡如月球，從從容容守著地球規範，無聲無息地公轉。十二月初的週末午後，小迪邀請我至家中作客，那天，太陽笑容可掬，把我倆的小日子給晒得暖洋洋。

每至小迪家，曉葛便成了大觀園中大驚小怪、讚歎連連的劉姥姥。其父母為記者，家住雙層透天，偌大的空間卻熱鬧擁擠。地上、櫃中、牆面，四處寫意陳列、擺放、釘掛各式各樣令人大開眼界的紀念品。大概父母平日忙得不可開交，那些目不暇接的寶貝大多積了層灰，家裡如一座老老博物館，教人嘖嘖稱奇！而小迪居家顯得自在許多，她可是稱職導覽，仔仔細細向曉葛逐一介紹稀世珍寶。有時我們悶得慌，索性打開音樂課本賴在沙發引吭高歌；那個熱情如火、滔滔不絕的小迪，大概獨獨曉葛見過。

那日，離開小迪家前，她半倚門邊，手中把玩一把古色古香的檀香扇，開開闔闔，收收放放，香味四溢。她輕描淡寫道：「慶生會那天，我們為彼此準備禮物吧！這樣至少可以確定，我們的桌子不會是空的，我怕丟臉……」曉葛貪玩過頭，已超過預定回家時間，心不在焉幻想回家跪堂前讓父親問訊的駭人情節，心臟怦怦跳，匆匆道別便光速消失轉角。當然，小迪那席輕飄飄的低語，亦如那抹檀香，被風給吹散了。

轉眼慶生會翩然而至。老師依標準作業流程，請同學將座位呈口字靠牆排放，教室中央留白處則由壽星填空。十二月五位壽星置中排成一列接受祝福，曉葛居最右側，而小迪位曉葛左邊。我們春風滿面相視而笑，這是屬於我們的日子，五顆燦爛的星星，今日於宇宙閃耀光芒！

講桌上擱著二座繽紛水果鮮奶油蛋糕，蛋糕後頭襯著黑板上學藝股長的字跡；由右而左以白色粉筆羅列五位壽星大名，曉葛的「曉」字筆劃不易，只好給歪七扭八標成注音；最左側以黃色粉筆大大寫道：「生日快樂！」而黑板剩下的空檔，則被紅色粉筆給雜亂無章地塗了一堆愛心。

老師點燃蠟燭，全班參差不齊唱著生日快樂，幾位走音走得逍遙自在，自動分部至外太空，和學藝股長黑板上那蛇行字跡一致地放肆荒唐。然，無人介意的，於那個笑容唾手可得的純真年代，一個按顆鈕，旋即應聲彈開的豪華雙層筆盒；或是一套四十八色水彩顏料組，便可輕而易舉虜獲我們，教我們擁有全世界的快樂。

生日快樂曲畢，導師請壽星闔眼，全班倒數十秒。闔眼前，小迪對我逗趣的擠眉弄眼，這

實在不符她平日於學校的形象，令人一頭霧水；悟不出其默劇宗旨，只好報以葛式憨笑。「十，九，八，七，六，五，四，三，二，一……」睜開眼！馬克杯、相框、風鈴、陶土勞作、布娃娃、故事書……曉葛面前橫陳一座小山，我雀躍打開幾樣禮物，覺得人生美妙至極；無意朝左一瞥，驚見小迪桌上，空空如也！

鏡頭此時轉以蒙太奇手法呈現。螢幕左半部畫面定格於那個愉快的週末午後，雙人派對結束，小迪輕倚門邊把玩檀香扇呢喃之情景；右半部畫面則定格於現實中小迪空蕩蕩之桌面。接著畫面再度切換至曉葛桌上，那座小山山腳下堂堂正正地擺了本馬克・吐溫的《乞丐王子》；而封面以愛心貼紙黏了張淡粉西卡紙，上頭唯恐人不知地大大寫道：「小，迪，贈！」

彷彿交響樂團出演一陣，指揮手勢倏地作收，音樂戛然而止；某位觀眾迫不及待給予如雷掌聲，然音樂卻於下秒繼續演奏的尷尬瞬間，空氣結冰。是的，我就是那位不長眼、狀況外、亂放炮的觀眾，簡直想找地洞鑽。

小迪望著自己眼前虛無縹緲的桌子，抿嘴，呆愣；接著轉頭掃視我桌面那座小山，再將眼神直直落於我身，瞳孔深不可測的黑洞裡，盛著滿滿的驚訝、重重的負傷與深深的難堪。一股強大的愧疚令人窒息，我震懾地說不出話來；向她出示「對不起」嘴型，她別過頭趴在桌上啜泣，全班譁然。導師將小迪帶離教室，目送她顫著肩膀漸行漸遠的背影，那使我明白了，心痛的滋味兒。

接下來幾堂課，她倒是若無其事將課老老實實上完，而我卻一點兒溶不入課程，於心底淋了幾場大雨。「噹！噹！噹！噹！」放學鐘聲響徹雲霄，擬了一下午台詞打算好好向她致歉，而她一瞧我走近，便拎著全班最時尚的牛皮書包，心如死灰，直直奔離我的視線。後來，不論曉葛如何彌補、說明，我們終究回不到原點，她不再搭理我。

我知道慶生會那天，當她睜開眼睛，傷害她的不只是空無一物的桌面，還有令人痛徹心腑的友情。雖非蓄意，然，過失傷害也是傷害，再多理由或苦衷都抹滅不掉傷害已成之事實。曉葛從此失去一位眞摯的朋友。後來的我，凡事盡可能釐清事實，信守承諾，也算記取了教訓。

時至如今，仍試圖於茫茫人海尋覓小迪，她卻如一滴沒入海裡的雨點，徹徹底底地消失。倘有幸再相逢，甚願那是個冷颼颼的十二月天；或許可以一起靜靜吃頓飯，並肩度個簡簡單單的，專屬我們的生日……

■之二──鋼絲絨

升國二暑假，即將迎接開學的週末，打算理理蓬草，於是至家附近髮廊光顧。小小店面塞了三個座位，裝潢不甚講究，桌面隨意擺放幾本過季雜誌，而曉葛是店內唯一客人。揀了靠邊兒位子坐下，右側理應窗明几淨的落地窗卻不修邊幅、邋裡邋遢地成了霧面，不過倒也多了幾分隱私，窗外景致自動上了馬賽克似地朦朦朧朧；想必外頭朝店內望亦然。空中播放電音舞曲，凍滋凍滋震耳欲聾，不喜嘈雜的曉葛，十分困擾。

師傅看來精明幹練，淡淡妝容，頂著頭浪漫波浪，搭配一襲紅色碎花長洋裝，裙襬隨動作自在飄逸，活像水族箱裡悠遊快活的孔雀魚。她俐索地修剪，身後二條黑瑪麗魚亦步亦趨。那是二位約莫十七、八歲的實習生，身著黑色店服外搭黑色圍裙，圍裙口袋漲鼓鼓地，活像哆啦A夢百寶袋，估計萬金油、打火機、指甲剪，什麼奇怪傢伙都可打撈得出。（黑瑪麗魚一高一矮，爾後簡稱大黑瑪麗與小黑瑪麗。）

她們於孔雀魚身後勤勤懇懇傳遞工具，打掃自我頭上落下的綹綹髮絲。請、謝謝、對不起，彬彬有禮掛於嘴邊，儼然爲禮貌至極的兩位好姐姐。修剪畢，孔雀魚彎下腰誠摯告知臨時有事需外出，切切交待兩條黑瑪麗替曉葛周到服務，便拾起短夾從容游出水族箱。

想不到師傅才轉身離開，那兩位實習生便摘下面具，態度判若兩人，變得輕浮隨便；方才的知書達禮，原來是僅供孔雀魚觀賞的一齣好戲。

大黑瑪麗：「妳看她的自然捲好扯喔！」（她高亢的聲調已然壓過湅滋湅滋舞曲。）

小黑瑪麗：「對啊，煩吶，都梳不開……」（原來我造成困擾了，該道歉嗎？）

大黑瑪麗：「像不像泡麵？」（曉葛竟亦覺幾分相似，該附和嗎？唉唉！）

小黑瑪麗：「像鋼絲絨吧！」（小黑瑪麗想像力顯然略高一籌。）

大黑瑪麗：「如果我頭髮也長這個樣子，早就不想活了。」（她們眉飛色舞聊開。）

小黑瑪麗：「對啊，不如死一死算了！」（曉葛已然被當水草無誤。）

二隻黑瑪麗大言不慚當我面品頭論足，毫不掩飾地大聲喧鬧，甚至一度失控蹲坐地面笑岔了氣，一個捧腹嚷著肚子疼，另個激動的拍打地面。我彷佛被釘在椅子上動彈不得，句句利刃將我千刀萬剮，頭一次覺得自己原來是醜小鴨。我並無爲自己辯駁，甚至於內心反詰自己：「倘她們說的是事實，那我憑什麼回擊直言無忌之人？」

大黑瑪麗幫我洗頭時，肢體隨凍滋凍滋節奏搖搖擺擺，漫不經心噴得我一臉泡泡；小黑瑪麗隨後以毛巾輕擰髮絲，草草地吸點水分。接著，她們竟目中無人道：「頭髮妳就回去自個兒慢慢吹囉，橫豎沒救了，不論怎麼吹，妳頭髮也不會變漂亮的。跟妳收二百元，謝謝！」原來，人類的刻薄可至這步田地，簡直趕盡殺絕。

接過二百大洋，大黑瑪麗推開那扇至少一年沒擦的霧面玻璃門，送客。離家約莫五百公尺路程，頭髮一邊走一邊淌水，衣服溼了一大片。天還亮晃晃，街上仍熱絡，實在不願自己看來過分突兀，於是刻意抬頭挺胸走每步路，即便無人理會，但我就是盡力詮釋心中設定的腳本——佯裝自己剛游泳回家。（家附近正巧有泳池，劇情編排合情合理）

踏入家門，媽媽驚訝道：「怎麼頭髮沒吹乾啊？」我倔強擠出蠟像般的笑容，率性道：「懶得吹，夏天風乾就好！」便火速至廁所照照鏡子，爲著那頭別人寧死亦不願擁有的「鋼絲絨」，默默落下幾行熱淚。

此事影響深遠。後來的曉葳，放髮只敢於熟人眼前，否則非得戴個帽子、配個髮圈、夾個髮夾，或以太陽眼鏡箍著才行。儘管現今美髮產品與技術，已大幅改善曉葳渾然天成的自然捲，

然，我卻仍以當年黑瑪麗們的無情訕笑牢牢定義自己。放髮竟成了曉葛始終跨不越的檻，荒唐至極！。

殺人何需刀槍？單靠言語便可將人碎屍萬段，謹言愼行實乃必要。而倘有天與黑瑪麗們重逢，曉葛會發自內心投以眞誠笑容；決定原諒，因爲我選擇善良。

■借鏡

唐太宗悼念魏徵時道：「以銅爲鑑，可正衣冠；以古爲鑑，可知興替；以人爲鑑，可明得失。」其實過去的自己便爲此刻最好的借鏡，成與敗，得與失，軟弱或剛強，跌倒或復興；過去的明鏡總時時提醒我們，要成爲更好的人！

滴答，滴答！

曉葛乘著時光之流繼續悠悠前行，前往名爲「幸福」的下一站！

六、越獄

倘問曉葛：「人生截至目前，最具挑戰階段爲何？」

曉葛答案：「十八歲！」

十八歲，大概是意見最多，卻苦於無法自主的年紀。啥都明白些，卻啥也不明白些，懵裡懵懂，又不甘被操控。密不透風的家規、天羅地網的班規、動輒得咎的校規……這偌大世界，卻將十八歲的我們，就著一只書桌給框架。雖樊籠中有錦衣玉食，有書香濃郁，卻半點不由自己。

■割捨

曉葛的十八歲，除暗暗取了張神氣揚揚的機車駕照，勉強用以佐證自己人生邁向下個里程碑……其餘，放眼望去，行事曆鋪天蓋地的考試排程，櫃中櫛次鱗比的課本與重重疊疊的參考書。而父親與芬芬老師爲破釜沉舟，私下密會後，便將曉葛上學僅存之精神食糧——管樂團，給一舉殲滅；無人理會我的苦苦哀求，畢竟一切都是「爲我好」。

剛退團的午休時間，曉葛經常藉口茅廁，卻戀戀不捨於活動中心徘徊，形單影隻地倚門窺探舞台上，一如既往按表操課的戰友們。過去比賽出征與四處展演的歲月，不過昨日，仍歷歷在目，卻於一宿泛黃。高三生的腦袋瓜子，連心思意念都給嚴嚴監管，凡超越課本範疇者皆爲「雜念」，天理不容！

喬，是曉葛過去絕佳拍檔，我們彼此砥礪，相互打氣，更是忠誠之友。猶記每每團練畢，首要之務便是一齊倒置樂器，流瀉兩處清流（口水無誤），東倒西歪大笑一陣後，再以擦拭布仔仔細細清潔，直至它們晶晶閃耀，一點兒指紋不留。而今，喬仍於台上精神昂揚爬著音階，身旁就著新團員，除遞補曉葛騰出的空位，亦承接原來曉葛專屬的中音薩克斯風。眼見座位和樂器都有了新主人，不免落寞。

「對不起，我錯了！對不起，我錯了！對不起……」低音號手李若白老記不住教訓，他從不肯穩穩妥妥將樂器架好，剛才鐵定又將樂器給摔著，這可是樂團大忌。教練定規若犯，非得慎重其事當所有團員面跟樂器好好謝罪才行。大夥兒見若白對著一把低音號噥噥喃喃地鞠躬哈腰，窘得面紅耳赤，各自憋著笑意，肩頭亂顫。我於行伍脫隊了，此時此刻與大夥兒如此貼近，卻又千里迢遙。我愣愣瞌瞌地傻笑，鼻子卻一陣酸楚。

「嘿！曉曉，妳要歸隊嗎？好耶！」

「我只是經過，先回去午休囉！拜拜！」

不巧與人稱超級擴音機的譜務周筱凡不期而遇，曉葛正眼不敢覷，隨意應付幾句便落荒而逃。一轉身，曉葛「老」淚縱橫。是的，高三已然爲全校最資深學生，而長大的第一課原來是「割捨」。

■弘大大的符咒

小考、週考、月考、模擬考……高三生於大大小小考試中浮浮沉沉，於日日且漫漫的苦悶中熬煉；而校方還老是落井下石，趁人不備冷不防捎來一紙殘害國家未來主人翁的成績單，簡直冷血，心狠手辣。「葛曉曉！」老爸往往高八度嚷我的名，掐指一算，便知郵差叔叔鐵定又投彈了。

當時眞覺人生茫茫渺渺，曉葛性向窄，絕非五育均優之流，對學習科目更是愛憎分明。尤其老與自己相剋的數學，在曉葛看來，那長得橫七豎八的三角函數，與道士奮筆疾書的符咒簡直沒兩樣。特別是數學老師弘大大那獨具一格的板書，如散落的雨點於黑板上跳著某種邪門舞步，挑釁地對我齜牙咧嘴；而老師越是口沫橫飛，越能成功召喚曉葛不能自拔濃烈的睡意。

「葛曉曉，十五分！」

「老師，數學怎麼不出選擇題啊？至少可以用猜的……」

「哈囉！數學是用算的，不是用猜的。」

「老師，三角函數未來派得上用場嗎？」

「……」（弘大大笑而不答）

後來，倒忘了返校跟老師炫耀：「老師，我完全沒用到三角函數喔，有志氣吧！」

■越獄

白天上課，夜間自習，睡前枕數學講義而眠的日子，於一頁頁撕落的日曆中漸漸腐朽，而那幾頁日曆紙拿來墊便當、折紙垃圾桶倒好，也算另類紓壓。據大人說，牙一咬度了這關，自此便得萬里鵬翼、海闊天空。雖他們老愛扯小白謊，然曉葛到底尚未摸透這些許複雜的世界，也只得姑且相信。公布欄張貼的倒數計日，讓人滿懷憧憬希冀，我翹首企足，嚮往一點一滴臨近的自由！

模擬考當天，師長們的鄭重其事，把曉葛給嚇得魂不守舍，他們眼底湧著不成功便成仁的殺氣；於是曉葛屏氣凝神，兢兢業業同試卷中密密匝匝的陷阱搏鬥。上午考科還差強人意，而午休一想到稍後得與數學魔王正面交鋒，便愀然不樂。欲臨時抱佛腳，卻連個豬腳也抱不著，面對無可救藥的數學，只能巴望奇蹟了！

窗外天色澄藍，陽光輕盈灑落校園，一抹蕩蕩悠悠的浮雲乘風遨遊。「越！獄！」一內心閃過的念頭教我熱血沸騰。二話不說，火速收拾課本，撿起書包，出走教室，入辦，找導師。倒無精實計畫與演練，不過就著血脈賁張，勇敢追隨自己的心。懷抱卽便東窗事發、被懲治記過，亦無怨無悔的豪情逸致。

「老師，我要請假。」

「怎麼了？」

「不舒服？」

「哪裡不舒服？」

「胸口悶，不太嚴重，請假休息就好。」

「好吧，那回去務必小心喔！」

大概曉葛平日溫婉乖巧之形象深得「師」心，班導宗哥不疑貳，爽快放行。雖有些對不住，可曉葛一點兒沒扯謊，我是真不舒服，「心裡」不舒服！

背著沉甸甸書包於路上東轉西晃，校門口沙茶魷魚羹攤販仍汗涔涔地張羅，路上熙來攘往、車水馬龍。那頭候著公車的婆婆媽媽；這頭步履緊湊的上班族；還有被孫女趕鴨子上架，非得入超商買糖的爺爺……大夥兒各自擁有明確目標，唯曉葛不知何去何從。索性漫步至堤防，買杯蜂蜜檸檬，獨坐水泥台階沐浴一下午陽光。

週間堤防人跡罕至，倒好，獨享一份純粹的寧靜與偷渡的自由。直至夕陽悄悄隱沒，玉輪冉冉升起，夜自習差不多結束，曉葛才心甘情願隨人流搭車打道回府，重返師長們精心鋪陳的「似錦人生」！所幸宗哥未致電父親，形跡無敗露。當晚曉葛睡得格外香甜，我沾沾自喜，自己於寸秒寸金的十八歲難得瘋狂，也算對青春有了交待。

倘時光倒流千萬遍，我仍會義無反顧越獄，投奔一下午的自由。

這是十八歲少女的自我救贖，合情合理，一點兒不爲過！

■放逐吧

午後，覓得一處世外桃源，啜飲一杯夏日清涼，眺望眼前翠峰碧流與山明水秀，憶及十八歲越獄那天，同樣的風光明媚，同樣的悠悠忽忽。

不論幾歲，處何境地，於繁忙紛擾生活中爲自己留白實乃必要。放空不是罪，亦非浪擲光陰；而是後退一步，給自己足夠空間探索、沉澱、釐清，重整那些瑣瑣碎碎與細枝末節。誠如樂譜休止符與文章逗點，稍作喘息，再接再厲；路走得更長遠、更從容、更穩妥、更踏實。

嘿！如果累了，不如勇敢越獄吧！

犒賞自己一下午的放逐時光。

因爲，你值得！

七、純真年代

■純真年代

猶記自己十八歲的模樣嗎？

小時候總翹足引領，巴望十八歲翩然而至。幻想馬路駕車馳騁好不風光；打工攢錢挺起胸膛如大人樣；暢飲啤酒痛快沁涼；情竇初開苦澀芬芳。當時還以爲十八歲便得隨心所欲、放任自流。

那天，班上趁午休給了曉葛驚喜，桌面一座黑森林蛋糕，上頭種著十八歲蠟燭，還有卡片與禮物層疊的小丘。同學簇擁著，我們於熒熒燭光中哼唱生日快樂，環視一張張眞摯動人的臉龐，映著心中對未來的無窮想像，那是一整班的青春，是我們的純眞年代。

按標準流程許下三個願望，估計是健康平安、前程似錦、世界和平那類，總之那天陽光爲我閃耀，天空爲我湛藍，鐘聲爲我揚聲歌唱。

而生日過後，世界並無絲毫改變，我們繼續被各樣考試壓得喘不過氣；弘大大照舊於黑板上鬼「畫」連篇，一邊還叭啦叭啦吐著失眠終結者之神奇咒語；唯一可放風的體育課，仍老被英文老師霸氣借走不還……然後，十八歲就這麼不知不覺地靜靜挪移，與我們漸行漸遠了。

■青春宣言

高中畢業典禮上，曉葛擔任畢業生代表致詞。講稿至今仍珍藏密斂，那可是曉葛心中的烏托邦，是當時對未來的憧憬與嚮往，是十八歲的「青春宣言」！

越過了漫著百合花香迷濛的山谷；涉過了澄澈見底潺潺的溪流；跨過了青蔥翠綠、鮮滑油嫩、光鮮亮麗的草坪；亦走過了無垠無涯、無邊無際、無數個默默流逝的歲月……終於我們攀上十八歲顛峰，就要揮手向高中生涯告別，朝著人生下一個里程碑邁進。

可還記得那些令人難忘的日子？和知心好友於燦爛陽光下，樹蔭交織的大道上漫漫而行。偶爾陽光還滲過綠葉不小心遺漏的縫兒，淘氣地落在你肩頭；也或者於大雨滂沱、雨點縱情翩然起舞的操場上，和三五好友於泥濘之中征服這惱人的氣候，瘋狂地打場籃球？

上課時，趁老師別過身子書寫黑板的空檔，悄悄塞入最後一口剛才下課還來不及吃完的早點；有時上課不小心入了夢鄉而被罰得站瘦了腿；甚至為呵護一頭閃閃動人、婀娜多姿的秀髮，而成天和教官玩著捉迷藏與官兵抓強盜的把戲……很奇妙的，許多當時覺得苦澀難耐的事物，似乎都於此刻化為香醇甘甜了。

或許這裡有太多令人難忘的過往，讓你對此有太多太多的牽掛、太多太多的眷戀，以及太多太多的不捨。不論如何，且把這一份好好的收藏著吧！小小心心將它置入你心靈深處的口袋，當我們踏出學校大門，莫忘將一切美麗回憶帶走。相信它將於你人生的歷史書上，記下輝煌的一頁！

沒有人會知道自己的未來究竟長個什麼模樣。或許前面的路，沿途布滿漫山漫谷五彩繽紛的花朵，迎著和風吹來，是遍野百合悠悠的芬芳。但別忘記，循著大自然的軌跡而行，山谷中時晴時雨。時而是生機蓬勃欣欣向榮的春天；時而是熱情奔放風情萬種的夏天；時而又是蕭條冷清孤單寂寥的秋天；難免也會經歷冰雪凛冽萬籟俱寂的冬天。但不用擔心，於你稍不留意之時，溫柔曼妙的春天將再度輕悄悄地降臨。枝上又竄出新芽，鳥兒忘情的歌聲又於山谷迴蕩，暖暖的陽光與爭奇鬥妍的花朵，亦恢復他們天真浪漫的本性。

只管邁開步伐，秉持堅定的信念，放膽迎向前去吧！播下夢想的種子，辛勤地灌溉，小心地施肥，當收割的號角響起，我們撒下的每顆希望和愛的種子，都將綻放最嬌豔的花朵，使世界變得繽紛絢爛，更加豐富美好！

於此時刻，祝福我們。

謝謝！

台下如雷貫耳的掌聲，是歡呼迎面而來的自由奔放，是慶賀終於可以自作主張。

高中，拜啦！

■震撼彈——一日快炒店

曉葛天生懷抱無可救藥的純真，彷彿自帶濾鏡看世界，篤信人性本善，所見所聞盡如童話美好；而此亦父母憂心之處，他們總擔心曉葛的過度理想化與不切實際，將人性看得過分簡單。

脫離父母保護傘後，才發現這不是個非黑即白的世界。有種顏色叫灰色，它混濁不清，擅於屈伸；有種承諾叫說說，而聞者聽聽便罷；有時說實話遭撻伐，講假話卻博得滿堂彩；人們說好，不一定真好；說不好，倒不一定真不好……被這五花八門的潛規則搞得暈頭轉向，惱人的很。

大概如《桃花源記》「問今是何世，乃不知有漢，無論魏晉」中「往來種作，男女衣著，悉如外人。黃髮垂髫，並怡然自樂」的居民；只是曉葛踏出桃花源後才驚覺，外頭並非「芳草鮮美，落英繽紛。」於褪去濾鏡的現實生活裡，有失望挫折，卻於跌跌撞撞中變得剛強，這大概是所謂的成長吧！而成長的第一顆震撼彈，來自大學打工初體驗。

那是鬧區裡一間生意盎然的老字號咖啡屋，店面裝潢精緻品味，如層次飽滿的巧克力，小小一口卻能讓人暫時拋卻煩憂，因此絡繹不絕，形形色色的人們於其間來來去去。

空氣中，濃郁的咖啡佐以慵懶爵士。這兒有人帶了本書，點了杯拿鐵，花一上午興致勃勃與文字對話共舞；那兒有人閉目養神，桌上摩卡文風不動擺成裝置藝術，大概純粹想找個風雅之處圖謀清靜；還有對柔情密意的伴侶共享一份起士蛋糕，你一口、我一口，他們相視而笑，彷彿身處宇宙中心，周圍景物自動景深。而曉葛獨鍾角落那後倚牆垣、左靠棕色落地窗的座位。午後，陽光穿透玻璃灑落一桌一地，溫暖卻不刺眼。放眼望去，街燈、行道樹、紅男綠女與川流不息的車潮，可愜意欣賞這座城市忙忙碌碌，卻井然有序的魅力。

上班首日，曉葛身著T恤牛仔外搭店圍裙，頭上紮根馬尾於後腦杓搖曳生姿，十足鄰家女孩，純潔的像張白紙。我滿懷喜悅，一切都還新鮮。輕輕巧巧於外場游移，這兒補補紙巾，那兒遞遞茶水。店門把手掛了串可愛杏色貝殼風鈴，叮叮作響時，侍者們便異口同聲精神齊喊「歡迎光臨」或「謝謝光臨」，甚是愉快。心想，自己將於大千世界開疆拓土，興奮又偉大！

一名西裝筆挺的男士風度翩翩朝我招手：「小姐，麻煩來杯番茄汁。」我仿效前輩們微微上揚的嘴角與音調：「好的。」內場點餐後，一杯鮮榨番茄不多一會兒工夫便置托盤裡，冰塊於紅海中載沉載浮，上頭立了根繞圈圈的黃吸管，杯裡，座落一整個夏天。

我掛著反覆練習的招牌笑容：「您的番茄汁來囉！」那位紳士抬頭打量一陣，清清喉嚨，彷彿記憶斷片：「妹妹妳搞錯囉，我剛剛點的是柳橙汁。但沒關係，再幫我重上就好。」語畢，將菜單遞交予我，順勢握住我手對我眨眼。我狠狠甩開，後退一步納起笑容：「抱歉，我確定您剛剛點的是番茄汁，但仍可以為您重上。」他挪了挪椅子再度湊前，輕佻以指尖拂過我手背，滑頭道：「放心，我沒生氣，妹妹幫我重上就好。」他皮笑肉不笑，活脫脫是隻狡黠的狐狸。我深吸一口氣，板起臉，堅定重申：「我確定剛才沒有聽錯，請問您是故意的嗎？」

「您好，需要協助嗎？」（老闆娘君姐察覺異狀，機靈介入。）

「沒事，這個妹妹幫我點錯了，重上就好，無妨。」（那隻狐狸神色自若。）

「我沒點錯，而且這位先生剛才摸我的手！」（我大義凜然爲自己辯駁。）

「抱歉是我們的疏失，馬上爲您重上！」（君姐瞟了我一眼，同時朝客人頻頻點頭致意。）

「曉葛，跟客人鞠躬道歉。」（她斬釘截鐵道。）

「我又沒做錯事，爲什麼要道歉？」（睜著盈盈雙眼，我據理力爭。）

「鞠躬，道歉！」（她壓低音量，神色肅殺。）

「如果我錯了當然道歉，問題是我沒做錯！」（瞪著那隻狐狸，他趁君姐別過頭，竟又對我擠眉弄眼。我怒不可遏，巴不得將番茄汁澆他頭上，爲那縷縷青絲灌溉施肥；然，我只是呆佇原地。）

「不道歉就做到此刻，妳可以走了！」（君姐怕我聽不清楚，粒粒分明烙著每個字。）

「好，麻煩工資。」（我有著白居易左遷不得志的落寞，可惜沒遇著同是天涯淪落人的知音，亦無寫出耐人尋味的《琵琶行》，唯有身體不聽使喚地顫抖。）

「小妹妹，妳連三天試用期都過不了，還敢討酬勞？」（君姐聲音尖銳地覷著我，也許是不以爲然，她臉上的冷笑教我背脊發涼；而前輩們無動於衷，隔岸觀賞這齣荒唐戲碼，交頭接耳端

倪劇情走向。）

我不知能爲自己做什麼，她們的眼神無情地定罪了曉葛，彷彿做錯事的人是我，活該受罰。我佯裝灑脫，轉身至後台褪去圍裙拾起背包，甩著馬尾，頭也不回朝店門走去。推開大門，那串風鈴又叮叮作響，而前輩們於後頭整齊劃一地喊：「謝謝光臨！」踏出門外，我哭了。

原來惡者可以貌似風度翩翩；原來勝利不見得立於正義一方；原來掏錢的顧客永遠至上；原來即便人們明白眞相，卻未必挺身而出；原來……是嗎？不是嗎？我好迷惘。

曉葛的打工初體驗，一日「快炒店」，震撼至極！

■ 後來

輾轉度了幾個秋，女孩於社會打滾一陣，並無改變世界什麼，倒狀似被世界改變了些。偶爾言不由衷，也會語帶保留，學會一笑置之，練習修飾委婉，還能屏息忍住即將呼之欲出的淚。

高中畢典上那位神采飛揚致詞的十八歲女孩仍在，她同樣純粹簡單，只是爲溶入人群而學會上層保護色，內心著實與世界方枘圜鑿、格格不入。但也許，誰又不是呢？

席慕蓉說：「青春是一本太倉促的書」。既然倉促，那就寫寫續集吧！辛棄疾「風前欲勸春光住」的情懷人人有之，只要永保初衷，那麼即便人老去西風白髮之時，我們仍可於自己心底的純眞年代，繼續地瘋狂。

後來，誰知道呢？
肯定還精采。未完，待續。
敬我們心中，永不凋零的，十八歲！

八、浮油人生

別懷疑，本文題旨並無誤植，咱們確實要來談談關於曉葛的「浮油」人生；而非蘇軾於《前赤壁賦》所言之「蜉蝣」。故事得由曉葛大學時代，加入合唱團說起……

猶記入團考試當日，曉葛霸氣抽到一號，台下評審約莫十人整齊排爲一列，表情莊重嚴正；而後頭坐了一支軍隊，那是前來打探未來新秀的舊生們。「請一號，葛曉曉上台。」我準備好了，微笑從容、舉止端莊、步伐穩健；並無意外仆街，亦無專業伴奏。誠如曉葛不太轉彎的個性，評審未言開始，便逕自宏亮筆直地唱起個人情之所鍾的《肯達基老家鄉》。

「夏天太陽照耀我肯達基鄉，黑族人都快樂歌唱……」評審有的托腮，有的噘嘴，有的搖晃筆桿，還有一位眼睛瞪得老大，即便已盡力將五官導正，神情卻仍怪異扭曲。而後頭前輩們毫不造作，全無忌憚笑得東倒西歪，各個前仰後合；我摸不著頭緒，仍有始有終將曲子唱好唱滿。

「二號、三號……廿號……考生們輪番上陣，各個如受過精良訓練的特種部隊，音色厚實飽滿，曲目大致爲《紅豆詞》、《鍾山春》這類藝術歌曲。這下曉葛眞明白了，它們強烈對比著自己的《肯達基老家鄉》，我令人啼笑皆非地選了首兒歌赴試！

最終評比卻意外闖關，總評表示：「曉曉，我們認爲妳中氣十足、精神可嘉、具可塑性，未來請好好加油。」是的，本人贏面非憑藉天籟嗓音，乃倚恃一股渾然天成的傻勁兒。入團後，我過得愜意悠哉，而團員是否同我合作愉快？此刻回想，羅生門矣。

某次團練，指揮不斷要求重來，臉上的不耐隨練習次數節節攀升。團員們忐忑地將粒粒音符到位，唯恐不慎成了一根稻草。突然，指揮語重心長道：「有位團員，音色請溶入隊伍。」第二次，他縮小範圍，音量放大些：「有位『女』團員，音色請溶入隊伍。」第三次，他再度縮小範圍，音量再放大些：「『第二部』有位女團員，音色請溶入隊伍。」而第四次，那根稻草終究引爆火山。

指揮斂起他的婉轉，音量直逼上限，崩潰地連名帶姓道：「葛曉曉，我說的就是妳！音色請溶入隊伍。我給妳很多機會，但妳的聲音老像層油，浮於衆人之上，突兀得讓人無法忽略。這裡是合唱團，請妳務必溶入群體，直到我再也無法辨識妳的聲音！」

我驚訝，原來自己是層「浮油」！

後來的我，努力不懈地揣摩，只是永遠無法到位。效法他人，壓抑原來音色，卻始終無法融會，最終失去自我，成了四不像！直至初出茅廬，照舊跌跌撞撞，不論到哪兒，我似乎都是層浮油，枘圓鑿方。被提醒、被糾正，被期待與人們相同；要團結、要一致、要統一開模；不要個人特色、不要特立獨行、不要有其他意見……

難免感到疲憊，作自己被批駁，作別人又窒礙難行。戴上面具努力配合演出，令人沉重也迷惘。某日累到自暴自棄，才悟出個道理……倘注定是浮油，那就督促自己作層好油吧！音質與團員相違莫強求，架支麥克風獨唱也行；不喜探戈就獨舞芭蕾，有何不可？

無法溶入索性自成一家，以自己的頻率活得精采。
外人所謂的孤單寂寞，也許是浮油們的自得其樂。

您也是浮油嗎？
不妨與曉葛一同大方擁抱「浮油」人生吧！乾杯！

九、瘋狂成年禮

近日，送走赤日炎炎的八月，迎來金風徐徐的九月。

而您，喜歡什麼季節？

■哈囉，秋

曉葛最愛夏天，那個才撕開冰棒包裝，手中雪條隨卽涔涔溶解的夏。夏天是個大頑童，他以五彩繽紛顏料，活潑潑於天空刷上道奇藍，爲樹梢抹片檸檬綠，替散落的陽光揮灑一把鵝黃……

而秋天基底是知性的，除色調褪了一階，亦脫去夏日的滿臉稚氣，成就清新俊逸、楚楚不凡的氣度與品味。再過些時日，奧萬大、杉林溪、武陵農場、司馬庫斯……將被槭楓們給燒得透紅，座座山頭陷入熊熊烈焰，讓人們領略濃妝豔飾的深秋，是如何雍容華貴，教人驚嘆！

還是忍不住至海邊兜兜轉轉，趁這涼意還不致欺人太甚。自備輕便折疊椅，攜杯拿鐵，找棵視野絕佳又可遮蔭的樹下，曉葛專屬行動咖啡館便就地開張。知了不若前陣子熱鬧喧騰，牠們意興闌珊、此起彼伏地擺擺樣子，虛應故事。大概與曉葛同，望著夏天漸行漸遠的背影，還依依戀戀，微忡忡悵悵。

眼前汪汪大洋較以往從容自在，風輕吻我的臉，掠過髮絲，渺無聲息帶走夏天；而夏天乘著風，隨雲朵浪跡天涯，朝南半球而去。

■瘋狂成年禮

憶及如願考上教職那個夏天，它為曉葛的孩子氣與長大成人刻劃一道明明分野，一旦跨過界線，從此不許任性、不容胡鬧、不准耍賴、唯懂事擔當的分兒。

八月下旬曉葛接獲通知，得提早入校報到，以預先熟稔業務種種。偏偏一超級強颱氣勢如虹朝台灣襲捲而來，它吹響號角，如龍吟虎嘯，雨勢排山倒海，他們是遍地投彈的百萬雄師。一忽兒樹木潰不成軍，這兒、那兒，屍橫遍野，到處被攔腰折半的斷肢殘骸；我方一敗塗地片甲不留，戰況四面楚歌岌岌可危。

於宿舍靜聽外頭動地驚天的神嚎鬼哭，彷彿哀悼自己即將畢業的熱血青春。於屋內無所事事、百無聊賴。這可是蛻變前的最終暑假，難道就這麼家常茶飯、碌碌無奇地度嗎？一瘋狂念頭自腦中閃過：「不如，向超級強颱宣戰吧！」

一不做，二不休，著裝，備戰！隨手揀了件輕便防風衣裳，挾帶一把堅實傘具，憑藉萬夫莫敵之精神與勇氣敞開大門；豈料才跨步向前，雨中初綻放的一朵嬌嬈霎時不告而去，徒留一副骨瘦如豺的鋼架於手心，它對著曉葛譏刺嘲諷。而那陣桀驁不遜的暴風，倒激發曉葛一向無可匹敵的探險魂。雖棄械卻不投降，索性手無寸鐵於疾風驟雨中橫行，避開各式各樣障礙物，一路走走

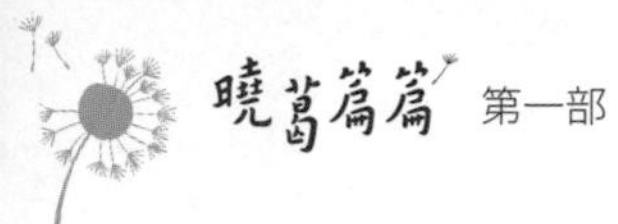

停停，費了九牛二虎之力終抵鄰近海域，找個安全無虞的礁岩，迎風佇立。

滔天巨浪洶湧澎湃，鋪天蓋地朝岸上拍打叫囂，它們怒不可遏，瞋目切齒地嘶吼鼓噪，一副勢如破竹、所向披靡，欲將萬物吞噬湮滅。我挺直脊梁攤開雙手，接納雨水的澆灌與海水的洗練，一身泥濘，瑟瑟地抖，卻也享受一份年少特有的輕狂。

「來啊！使出你的渾身解數吧！瞧你還有什麼本領！」我不自量力大放厥詞，對著怒海挑釁，將不知天高地厚之魯莽丫頭一角，詮釋得淋漓盡致。而那道強颱絕非雅量之士，他十拿九穩接下戰書。突然一陣目空一切的超級旋風瞬間將曉葛狠狠撂倒，一個踉蹌，曉葛扎扎實實於粗糙磨皮的礁岩翻滾二圈，四肢傷痕累累，遍體鱗傷，還滲血的傷口無意沾染鹹鹹海水。「哎喲！好疼啊！」唉唉哼哼中，花了番工夫才得重新站立。「好樣的，你贏了！」我豎起大姆指心悅誠服，對大海比讚。

儘管轟轟烈烈的風勢，教我不得不壓低腰桿屈身而行，卻束縛不了昂揚的心。我輕聲對自己說：「葛曉曉，該長大了！再過幾天同事們喚妳『葛組長』；學生們稱妳『曉葛老師』。妳不再是個孩子，得有肩膀、有承擔、有責任，納起妳的天真未鑿與畫意詩情，務必加油了！」眼眶盛滿晶瑩的水珠，卻分不清是雨水、海水、汗水，還是淚水。

沒齒難忘那個夏天，超級狂颱饋予曉葛一場別開生面的，成年禮！

■後來的我

後來的我們，眞的長大了嗎？

其實人們所謂的長大，也許不過是將面具戴牢些；理解世上只可意會不可言傳的潛規則；打破非黑卽白的框架；接納模稜兩可的灰色；練習以場面話粉飾太平；明白仗義直言有時等同自殺；懂得修整邊幅，著適切衣裝，佐以恰如其分之言行舉止……

是不是長大，其實就是學會壓抑呢？

有時，曉葛欲逃離現實，便戴上耳機，回顧過去教人捧腹大笑的《順風婦產科》，當時無憂無慮老是少根筋的美月而今亭亭玉立，她還同以往一樣快樂嗎？或是重溫《櫻桃小丸子》中，爺爺與丸子總是無厘頭的可愛對話……而卡通世界總是至爲幸福，畢竟他們永遠不必長大。

曉葛不時有種違和感，大概是因爲隨外顯智慧、經驗與能力的成長，卻未成正比地帶動內在的成熟、圓潤與老練。只好以精明俐落之表象，層層包裹，掩蓋還天眞爛漫的靈魂。

曉葛常與自己貌合神離；

而您，是否亦然？

第二部

家的模樣

一、大約在冬季

■曉葛漂流記

倘人生能有件事從頭來過，只許你花五秒時間考慮，你想到什麼呢？

曉葛浮現腦海的，是學生時代寒假的某個冬夜，父親至曉葛房裡探頭探腦，一副神祕兮兮，還刻意壓低音量道：「早點睡，明早爸爸帶妳澎湖一日遊，就我倆。」一陣毛骨悚然教人辭窮，只好以「嗯嗯。」二字終結尷尬。心想：「爸是哪根筋拐到？莫非腦袋被這二日的寒流給凍傷，怎地怪里怪氣？」

主角出場前，容曉葛先行介紹我那特立獨行的老爸，他固執的很（擇善固執），教育孩子從不打馬虎眼（無敵高標），起站坐臥、穿著打扮、言行舉止無所不盯。染髮？露趾鞋？膝上裙？除非有起義決心，否則還是深謀遠猷點好。

猶記某次放學，我入門隨口道：「哈囉，我回來了！」父親板起臉孔，正色要我出去將門帶上重入家門，然，這次得連同稱謂，彬彬有禮逐一向家人請安；我踩了他的雷，「尊重」與「禮教」。還有回趕時間，向老爸哩哩囉囉說了一串話，他默默聽完，冷回：「妳剛咬字不清，現在請字正腔圓、徹頭徹尾粒粒分明地覆述一遍。」我又踩了他的雷，「端正」與「分明」。舉冰山一角之例以助各位明瞭，與老爸單獨旅行何以讓曉葛誠恐誠惶、惴惴不安了。

言歸正傳。隔日清晨卯時天色未開，朦朧間……「起！床！」老爸抖擻的精神喊話打過房間東牆又回彈命中耳中，紅色警戒！我自床上倏地起身，雖不情不願離開那迷人的被窩，卻也只敢作出小孬孬的抵抗，弱弱近乎呢喃道：「蛤？」爸口吻堅定：「昨晚不是跟妳說過，我們今早澎湖一日遊嗎？起！床！」刺探軍情確認此爲命令沒得商量，於是渾渾噩噩梳洗畢，便隨意揀了幾件還像樣的衣裳將自己五花大綁，便隨父出征。

事實上，前晚曉葛並無意識事態嚴重，還愣頭愣腦與同學網聊至深更半夜；於是晨起，我那剪不斷理還亂的，並非李煜去國懷鄉之苦，而是黏稠稠的睡意。至今仍憶不起，自己當初如何上車前往機場，更遑論買票、登機，甚至越過那泱泱大海飛抵馬公。當時肯定頭腦渾沌如淖，秉持自暴自棄、行尸走肉之終極豁達精神，任由老爸擺布。

馬公機場一出，我徹底清醒。所謂櫛風沐雨，曉葛那頭剛烈強悍的自然捲經澎湖不按牌理出牌的東北季風梳整後，越發糾結難纏了。風放肆狂妄地吹，像個醉漢東倒西歪、亂七八糟地瞎攪和，滲入層層疊疊的衣服底部，穿透毛茸茸的圍巾質地。耳朵和鼻子凍到失去知覺，我一邊打著哆嗦，一邊愁著待會兒它們是否出其不意掉落地面，只盼這兒的好人家可路不拾遺我的耳朵和鼻子。

爸倒是興致勃勃，口袋塞著澎湖旅遊指南，帶我徒步前往附近租車行牽了台機車。我合理懷疑當日我們是車行唯一業績，放眼望去，琳瑯滿目的機車下餃子似地紛紛籍籍塞滿店家，我們領取一台後，整座停車場獨留一個小小空洞。

駕機車環馬公而行，我們就著旅遊指南一個點、一個點逐步尋幽訪勝。天色滄滄，海水茫茫，寒風中的馬公雖不見碧海藍天，卻別有番風骨，那是更具定見、更有力道、更震懾人心的壯志凌雲之美。由於海象不佳，視線所及不見船隻航行，浪頭堆得老高，如萬馬奔騰一波未平一波又起；後浪將前浪推至頂點後，碎落的浪花砰訇，震耳欲聾彷彿撕裂一切，它怒氣衝天地咆哮，我們立足於前，顯得渺小微微。雖當日連張照片也無可紀念，然一幕幕至今仍以最高畫質播放我心。

那天倒稱得上奢華旅，我倆可是包了整座馬公。爸雙手左右機車龍頭要我抱緊些，或許為了取暖，也或者因陣風不時企圖橫移車輛，教我們不由自主發出：「嗚……」的壓抑驚嘆。冷不防，爸將車停靠路邊回頭對我低語：「爸迷路了，不知為何始終繞不出。」父親一向倔強不服輸，這是我頭一遭感受到他的無助。環顧四周，除了海，還是海，此刻絕非吵架良機。莫名有股成了魯賓遜的偉大錯覺，想像我們是淪落荒島相依為命的一對父女，待會兒還得鑽木取火，去土裡挖挖蟲子。即便心中有股深深怨念，我仍從牙縫間用力擠出：「沒關係，我們先停靠路邊，待人經過再問路吧！」爸爸鬆了口氣釋懷道：「好，那我們這邊等等，有點兒冷，妳忍耐忍耐！」

四十分鐘後……我們顯然不是越冷越開花的梅，倒成了馬公路邊兩根栩栩如生的冰雕。

整整四十分鐘，竟然，沒有，半個，人影，路過！

就在我們瀕臨失溫，即將失去求生意志，遠方一跳動小點兒朝我們迎面而來，是的！那是人類！我和老爸如被拘禁月球多年，驚覺尚有其它人類存在般興奮，又叫又跳朝那越來越大的人影揮手嚷嚷：「哈囉！」想不到月球上的第三個人類見著我們，非但無驚喜之情，倒如桂樹遇著吳剛那般驚慌失措。她操著異國口音嚷道：「我聽不懂，我不知道！」接著拔腿狂奔，留下我和老爸一臉錯愕。莫非她眞不曾見過人類？我們決心自立自強，不再守株待人，乾脆盲目瞎闖亂竄，倘油料耗盡，那就慷慨赴義吧！

人生際遇有時就是如此奧妙，當你衆裡尋他千百度，偏偏遍尋不著；決心罷手，驀然回首，那人卻在燈火闌珊處。就在我們放棄掙扎，準備下車選個酷炫姿勢轟轟烈烈成爲馬公冰雕時，赫然發現綠洲！那是間海產店，我和老爸仰望一面老舊卻昂揚的白色招牌，差點雙膝跪下，得救了！

悄悄探頭，灰撲撲店裡半個人影也無。那是間務實店家，不假修飾，沒半點裝潢，任憑風中斑駁卻又老得恰到好處，它從容自得守著馬公，樸質地與海景呼應交融。聽聞聲響，此處有人類！我們簡直熱淚盈眶。

入店，空中傳來新聞播報，老闆埋首電視機前瞄了我們一眼，灰白髮襯著黝黑油亮肌，他沒特別招呼，僅以額上抬頭紋表詫異。我們簡直凍到無法言語，唇齒瑟瑟發顫。爸取菜單隨意點了海鮮粥，那粥熱氣騰騰冒著裊裊白煙，好暖啊！懷抱起死回生之體悟，我立下弘願，未來必定洗心革面好好做人（返家秒忘）。食畢，結帳，與爸爸達成共識：「回家，刻不容緩，事不宜遲！」還車後，以光速飛奔機場購票搭機，滿頭滿腦心心念念著熱水澡、薑茶、被窩……回程大概各自將人生倒帶了幾遍，並無特別對話。

踏入家門，恍如隔世，還擔心現實世界是否已隔三秋，打量牆上日曆，所幸一切於軌道正常運行。

媽一臉狐疑：「你們去澎湖，怎麼這麼快到家？」

我：「嗯。」（我很上道，此時無聲勝有聲。）

媽：「好玩嗎？」

爸：「那當然！」（大概怕我全盤托出，爸搶先接話封了我的嘴。）

媽：「那好……」（繼續料理家務）

■大約在冬季

現在想想，過去曉葛爲爭取民主自由，總刻意與父親保持距離；直至父親離世，回首來時路，才學會轉換角度欣賞。嚴肅或許是爸爸的保護色，他盼望自己成爲女兒心中堅實穩妥的大山，所以刻苦，所以壓抑。其實內心同我一致，還住著孩子；會害怕、會猶豫、會不捨、會黯然神傷。那趟澎湖冬旅與我同行者並非父親，而是父親心裡的大孩子，他興奮邀請我一同冒險，可惜我當時沒能心領神會，只覺他的計畫愚蠢可憐。怎地當時就不懂事，沒能明白爲父的心呢？

而今，眞想再同老爸去暢暢快快吹一場馬公狂傲的東北季風，享受那教人發顫、刺骨的豪情；而這回，曉葛肯定會記得合影留念。也許哪天寒流來襲，曉葛索性挾帶一張地表最帥老爸照片，說走就走，重溫舊夢，複習馬公冬日的凜冽，重拾當年曉葛與父親，兩個孩子於馬公島上迷途、相依爲命的可愛記憶。

你問我：「何時去澎湖？」

我也輕聲地問自己：「不是在此時，不知在何時，我想大約會是在冬季。」

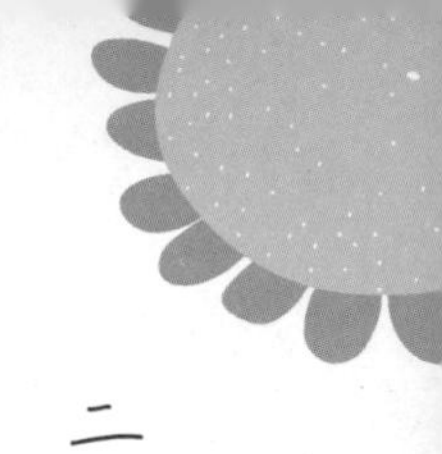

二、夏天的風

夏天到了！你要去哪裡？

曉葛唯一正解：「每到夏天我要去海邊！」

■出關

小時候，父親對曉葛的控管一絲不苟，時間掐得老緊；幾時放學，幾時返家，他可是精打細算、錙銖必較。假日欲至外頭散心？那有什麼問題！前提是……老爸奉陪！因此於葛爸密不透風的保護管束下，曉葛簡直遍尋不著與同學溜搭鬼混的縫兒。偶爾悶得慌，只好走走後門，爲自己爭取些年少該有的狂放。即便赫赫炎炎的暑假，他仍無絲毫懈怠。父親對曉葛總滿頭滿腦恨鐵不成鋼，曉葛只得鎮日於書堆中晃晃蕩蕩；累了、倦了，便懷抱一台鋼琴與之依偎取暖，哼哼唱唱地排遣寂寞。

那日，眺望窗外遠山近樹，不知哪來的勇氣，心一橫，決定離經叛道！身著模範生之標準配備：T恤、牛仔褲、帆布鞋、雙肩背包。我一本正經向典獄長提交外出申請，事由說明：「上圖書館去專心致志，去孜孜矻矻，去奮發蹈厲！」

「在家不能讀書嗎？」

「需至圖書館調閱資料。」

「嗯？」（葛爸以銳利眼神上下來回掃描測謊。）

「嗯。」（內心忐忑，屏息凝氣，故作鎮定。）

「我瞧瞧，妳背包裝了些什麼？」

「吼……你疑心病很重欸！」

和葛爸一向玩著官兵捉強盜的技倆兒，鬥法、鬥志、鬥狠，日積月累，總也理出些心得，深諳躲過查緝與通過安檢之精髓。他仔細翻了翻曉葛被教科書塞得嚴嚴實實的背包後，總算不情不願放行。

「等妳回來晚餐喔！」

「趕報告，沒辦法太早回來啦！」

「不准亂跑，聽到沒？」

「書包那麼重，是能跑去哪啦？再見！」

趁老爸尚不及反悔，趕緊「碰！」地帶上門，順利出關。

「耶！成功了！」壓抑一份喜出望外，只敢以氣音綁手綁腳地輕聲吶喊，以免樂極生悲。明白老爸慣性，他定於窗口癡癡探看，於是端莊得體地踏著每一步，為使演技更上層樓，我拾起一本傳說中可帶來千鍾粟的好書，嘴上喃喃地背誦，彷彿迫不及待朝圖書館飛奔，欲將浩瀚無垠之知識給蠶食鯨吞。

直直向前，朝右拐個彎兒，成功通過防線。與友人會合。出！發！去！海！邊！

■夏天的風

戴頂西瓜帽，熱辣辣的陽光晒得我雙頰通紅。沿途車流熙熙攘攘，穿梭街角捱三頂五的男男女女，呼嘯而過的水泥叢林，惺惺作態的交通號誌，縫縫補補的柏油路面，綿綿漫漫的標地線……在在都為我的假釋歡呼慶賀！一陣翻山越嶺與風塵僕僕，湛藍洋海終入眼簾，沿長長海岸蕩蕩悠悠，髮絲迎風飛舞，誠如青春的昂揚。

至定點，於一片耀眼金黃鋪張地墊，暫將沉沉包袱拋諸腦後，礙手礙腳的鞋一併給脫了吧！嘿！你該不會以為曉葛傻到著牛仔褲和T恤下水吧？所謂道高一尺，魔高一丈，超人克拉克還得精心找電話亭換裝；而曉葛加倍效率，大落落就地褪去外層煙霧彈，留下早已著好的內裡：背心及海灘褲。

爲這片時的自由芬芳而歡欣鼓舞，深深刻刻於滾燙沙地烙串腳丫子印，將踝子骨浸泡清淺溫熱的海水中。闔眼，靜聽潮起潮落，同大自然呼吸、吐納、心跳、脈動。周圍人聲鼎沸，一名幼童不慎吃了水，聲嘶力竭啼啼哭哭朝父母討抱；一票活力四射的高校生，汗水淋漓競著排球；有個男孩估計打賭輸了，被夥伴硬生生扔下水，他噸位不小，簡直深水炸彈揚起海嘯；而熱愛古銅肌的型男、辣妹衣著清涼，養眼地晒著人乾；還有幾隻米克斯犬快快樂樂奔馳，汪汪地吟唱。

細細端詳，濕地不乏橫行介士，牠們神經兮兮地側著身軀走走停停，不知究竟是臥底警探還是狗仔，兢兢業業地跟監。隨手撿起一顆小鳳尾螺，儘管有些破損，倒也勝任過幾隻寄居蟹的豪宅，值得尊敬，於是如獲至寶納入口袋，爲今日的自由之心作個永恆紀念。

影子與時俱進，越拖越長，日頭斂起他的不可一世，沙地不再盛氣凌人，天空換上絢麗金裝。斑斕晚霞映照海面，碎浪滾上金邊，鑲滿華鑽晶晶閃耀。遠方，一艘船隻於粼粼波光中踽踽獨航，我意識自己有限的自由正漸行漸遠，不禁悵然嘆了口氣。

「是不是該回去了？怕妳挨罵……」

「天黑再回家吧，我還沒待過入夜的海邊呢！」

「可是葛爸……」

「就讓我鋌而走險一次吧！我眞的好想見識夜裡的海。」

於是，曉葛戰戰惶惶硬著頭皮賴在沙灘。直至夕陽西沉，海上人家燃起點點漁火，天海連成

一片深邃的黛藍，旅客陸陸續續歸巢，煩囂喧鬧不再，唯曉葛還依依不捨地眷戀沙灘餘溫。

海浪聲益發清晰，一輪蛾眉淡月垂掛天際，星星眨巴眨巴與我深情對望，好美，夜之海！如此靜謐、穩妥、純粹。即便少了喝采，他潮起潮落依舊。默默淘洗人們的青春年華，綺麗夢想與悲歡歲月……

「走吧！我心滿意足了。」

■無所不在

「爸爸，我回來囉！」

「葛曉曉，給我站住！」

「……」

「妳上哪兒去了？」

「……」

「不就圖書館嗎！」

「上圖書館會晒黑？妳瞧，脖子都快脫皮了！」

「……」（失算！心虛望著自己簡直烤焦的手臂）

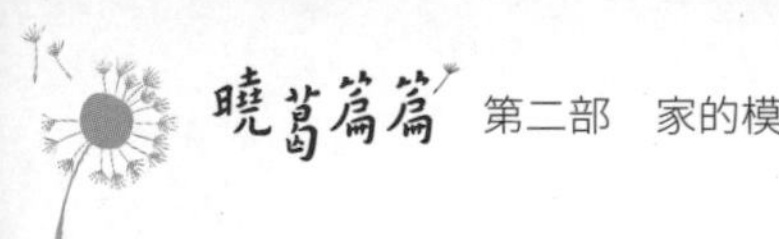

「妳去哪兒？給我交待清楚！」

「呃……就圖書館突然停電，所以我借了書，然後在館外榕樹下一邊乘涼一邊看書。」

（我支支吾吾地結巴，卽興杜撰了個連自己都難以信服的天方夜譚，自殺行爲無誤。）

「葛曉曉，妳眞覺得，妳老爸看起來像笨蛋嗎？」

「啊……就……眞……的……啊！」

「妳當我傻了是嗎？」

「我怎麼知道會停電嘛！」

「還扯謊！」

「吼，不信就算了啦！」（低頭，近乎呢喃）

「＠＃＄％＾＆＆＾％＄＃＠＃＄％＾＆…」

「＃＄％＾＆（＆＾％＄＃＠！＠＃＄％…」

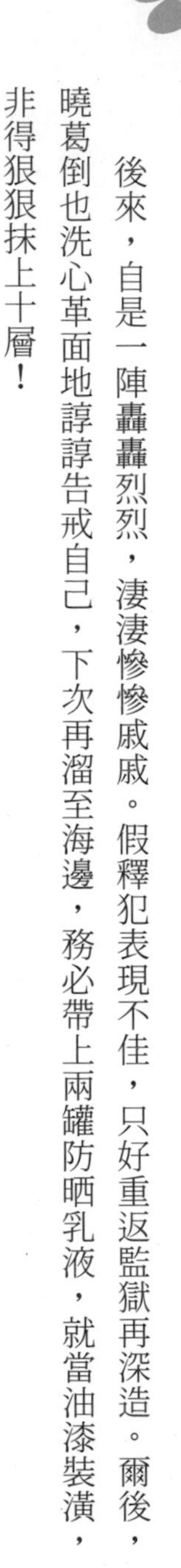

後來，自是一陣轟轟烈烈，淒淒慘慘戚戚。假釋犯表現不佳，只好重返監獄再深造。爾後，曉葛倒也洗心革面地諄諄告戒自己，下次再溜至海邊，務必帶上兩罐防晒乳液，就當油漆裝潢，非得狠狠抹上十層！

而今，青春與父親，同沙灘上的串串腳印，隨潮起潮落日益微茫。一切仍歷歷可數，是否只要牢牢記住，他們便永不凋零，繼續於昨日熱鬧鮮明？只是，他們選擇停下腳步，永遠地留在過去；而我，則繼續向前。

那日的瘋狂與父親的絮絮叨叨，銘刻肺腑。

不經意回眸，他們成了身後斑駁的影子，空中閃耀的日月星辰，一只悠悠的風箏，一葉翩翩的蝶，一抹夏天的風，還有……

原來啊！他們無所不在，

原來啊！他們從未消逝。

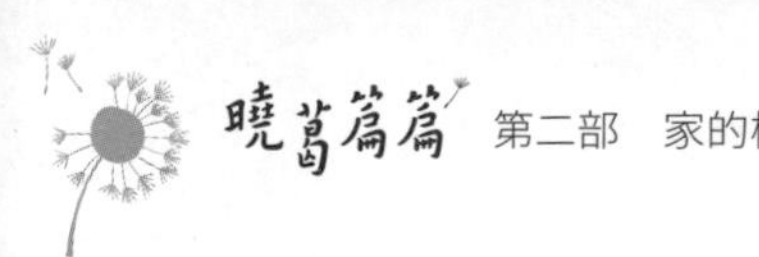

三、月台，老位子

■滿位

初畢業，卽至鄉間任教。心情是昂揚的，像隻雛鷹顛簸著學飛，放眼望去，天空無遠弗屆，向左向右，無限可能。我高喊：「自由了！」而強烈對比我的放飛情結，是父母濃濃的不捨。

每週日午後收假搭車返校，父母不但護送我至車站，還會買二張月台票。月台中段有條斑駁的長椅似乎爲我們量身打造，仨人並肩剛好。而地上除了行李，總有袋媽媽固定給的愛心蘋果。

當時總覺等待火車的時間，如失眠夜裡的滴答鐘擺，單調且漫長；父母卻巴不得火車永遠別來搶走他們的寶貝。每每聽見台鐵地道透著沙啞嗓音的誤點廣播，我輕嘆口氣，而他們卻面露欣喜之情道：「沒事兒，不急，不急！」

長椅上，父母老兜著幾個主題打轉，規格一致，我倒背如流。媽叨念：「別穿高跟鞋上課，傷膝蓋，上回給妳買的皮鞋比較舒適，記得穿啊！」爸交代：「別老吃陽春麵，要就吃牛肉麵，牛肉麵含鐵質幫妳補補血！」父親一耳失聰，另耳亦沉甸甸，於是嗓門特大，殷殷田田，方圓三五公尺路人皆明白了，曉葛是該買碗牛肉麵吃吃。

火車總算到站，敞開大門迎著曉葛奔向自由。父母以迅雷不及掩耳的速度幫我扛行李上車，再重返月台邊依依地候著，眼底滿是眷眷之心。「嗶嗶嗶……」刺耳鳴笛聲斷開濃稠的不捨，車門應聲合上，父親總把握這良辰吉時，於門外激動比手畫腳嚷道：「記！得！吃！牛！肉！麵！不！要！吃！陽！春！麵！啊！」

我緊倚車門沒勇氣回頭，心想，整座車廂大概都在觀賞這齣十八相送，儘管鼻子一陣酸楚，尷尬倒是稀釋了點離愁，讓我硬是將眼淚吞了回去。火車緩緩駛離月台，父母賣力舞動雙手，他們越縮越小，漸行漸遠，終化爲二個小點，最終火車拐了彎，他們消失盡頭……

■空位

現在出奇的想念，那仨人並肩而坐的週日午後時光。有時陽光熱辣辣斜晒行李包裹，投射出奇形怪狀的影子；有時雨點於屋頂跳著踢踏，熱鬧滾滾喧嘩不休；或是繃著臉沉沉的陰天，涼風輕拂，隱約嗅著空氣中鐵道潮潮的鏽味兒……

那日，父親自作主張買了張單程票，安安靜靜，不告而別。

多希望父親能予曉葛一次機會，換我買買月台票，我們仍於老位子肩並肩，容我好好端詳那眼角發皺的精緻魚尾，聆聽他細數牛肉麵的種種好處……列車入站，我揮手目送，而這次我會毫不遲疑，於車門緊閉前，力竭聲嘶地表白：「爸爸，我愛你！」

大概不願見我啼啼哭哭，父親沒給我機會道別。

月台老位子仍在，只是終究坐不滿了……

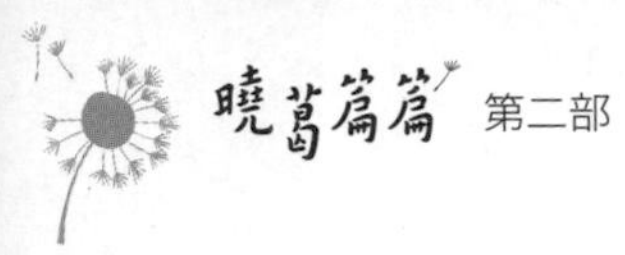

八月早晨，天空清爽明朗，我仰望著，輕聲道：「爸爸，父親節快樂，天堂再見！」特地吃了碗補血牛肉麵，而碗裡盛的，是父親曾經飽滿的愛，與曉葛無盡的思念……

四、一頁珍珠

■色筆盒裡，總有枝灰

這幾天昏昏沉沉，度了幾個輾轉難眠的夜，心情黯黯然。

長大後，我們終究學會將不快樂隱藏，愼小謹微地端著情緒，讓自己優雅得體、恰如其分。一方面爲自己負責，不惹人煩憂；一方面塑造形象，讓自己符合社會期待。

即便討厭灰色，色筆盒裡卻免不了有枝灰；就算打落冷宮絕不使用，它仍好端端地佔著格子；嘴角的痣再怎麼塗塗抹抹地遮掩，卸了妝，它依然故我，牢牢黏在臉上。

否認傷心，傷心不會就此消失。

倘一本日記天天載著「這是快樂的一天。」要嘛此人不曾用心過活，要嘛這是位自欺欺人的阿Q。色筆盒裡顏色齊備才飽滿，一稔四季才完整，日有陰晴方懂珍惜，月有圓缺方知感恩，人生亦因喜怒哀樂交織而豐碩動人。哭有時，笑有時，哀慟有時，跳舞有時；每時每刻皆有意義，因這點點滴滴最終，將譜成一部人生樂章！

坦然面對情緒是灑脫，是跨越，於是曉葛索性將眼淚串成一頁珍珠，鑲於篇篇之中。

■ 緘默的愛

也許是秋天稀釋了陽光，淸淺淺地，少了點熱鬧與嬌氣；也許是秋天迷濛了蒼穹，灰撲撲地，還撒了把紛飛的雨絲；也許是秋天泛黃了樹葉，靜悄悄地，褪了一地華服，人們走過，它窸窸窣窣哀哀哼哼；也許是秋天加深了思念，綿密密地，誠如曉葛糾結的髮。

歲月無聲，流於無形，兜兜轉轉中，也就歲歲年年。「忙碌」是座美麗台階，它將許多失誤冠冕堂皇地合理化，曼妙地粉飾太平；有了這面金牌，犯錯便能輕而易舉獲得減刑。然而，搪塞得了別人，卻誆哄不了自己。並非凡事都能捲土重來，有時，錯過就是錯過了。而遺憾，大概是對過度忙碌的人們，祭出的終極懲罰與警惕。

前幾天，父親生日，我將無處投遞的思念捎成訊息。父親手機號碼與網路至今尚未取消，實在不忍將其歸零，深怕他漸行漸遠的身影，有天模糊到再也識不清。他是值得被狠狠烙在心底的呀！大概如胡適所言：「也想不相思，可免相思苦；幾度細思量，情願相思苦。」

對比幾年前這天下午，父親來訊：「媽晚上滷豬腳。」我不假思索率性回覆：「加班。」便再無搭理，徹頭徹尾忘了那是個什麼大日子。想不到那竟是他人生落幕前的慶生最終回。我錯過了，因爲「忙碌」。約莫三個月後，原本有機會見父親最後一面，我又錯過了，因爲「忙碌」！

父親追思會上，曉葛不疾不徐自彈自唱，以音樂告別父親；接著字正腔圓悠悠朗讀過父親的一生。我行禮如儀，按表操課，對比周遭潸然淚下的親友們，自己倒顯得麻木不仁。其實有種至大至沉的悲慟令人喘不過氣，卻也哭不出來，如夢中觸不到地，一切如此荒誕不實，我溶不入劇情。相片中，父親西裝筆挺帥氣燦笑，我想，會不會過些時日，他就拖著行李回家，一如既往對我嘮嘮叨叨：「唉！曉曉怎地又瘦了？不要挑食嘛！」

父親離開後，過了好一陣子才大夢初醒，真實深切地感受他的消逝殞落，後知後覺潰堤於某些特別的日子，如：我錯過的他的生日、位子空了一格的年節、他離開的日子、沒有父親的父親節……滿心背負自責與虧欠，後悔沒能陪他吃上一碗豬腳麵線，我殘酷地令他失望了吧？

父親過逝前一夜，似有所感將家人喚至床前逐一交待各項事宜，我缺席，爸爸卻也沒託人轉達隻字片語。難道他對我無話可說嗎？哪怕是要我吃營養些，穿暖和點都好。可他沒有，一句也無。我耿耿於懷，直至友人告訴我：「葛爸啥也沒說，是放妳自由。妳的未來他不設限，想怎麼做都行的呀！」我豁然開朗，也許果眞如此。父親知我一向自有定見，執著又頑固，決意做的事可是誰也攔不住，於是打破藩籬讓曉葛自由放飛。也許，他要我快樂就好。

原來，最後的緘默，是父親對曉葛至深的愛。

■復刻十七歲仲夏

失眠夜陪伴我的，除了目不交睫的廣播電台，還有一把老牌風扇搖頭晃腦地噴氣，它涼涼地帶我進入漫山漫谷的回憶，十七歲仲夏……

那是個炎炎午後，父親載我至漁港散心，他喜海鮮，亦愛魚鬆，搭配白稀飯簡直極品。太陽置頂燃著熊熊烈焰，海風不甘示弱吹得天邊幾架風箏振振地飛，章魚、熱帶魚、海馬、鯨魚……

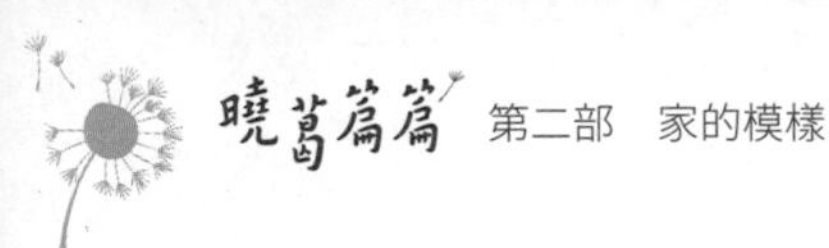

天空成了水族館，海底生物熱鬧繽紛於空中遨遊。

敞開車窗吹風，流流汗倒是暢快淋漓。父親突然神色詭譎盯著我，這表情同他邀我澎湖一日冬遊時如出一轍，教人背脊發涼。「我們交換位置吧！車子讓妳開！」對於器械操作，曉葛有著沒來由的偉大恐懼，堅信自己駕馭不了。

腦海中浮現的恐怖情節：「由於自己誤將油門當煞車踩，車子朝海裡俯衝，車窗未掩，落海前我們成功棄車脫困，然，卻被海浪迎面歪打正著，我和老爸一頭撞上肉粽（消波塊）暈了過去。醒來時已然躺臥荒島潔白的沙灘上，自此，同老爸於島上過著吃烤魚、搭草屋、鑽木取火的原始生活。而母親日日以淚洗面，對大海淒涼吟唱《望你早歸》。就在曉葛與父親髮長及地，幾乎忘了刀叉如何操作之際，總算被迷航船隻無意尋獲。最終章，父母重逢，他們被記者團團簇擁，而曉葛於後頭高舉一張告示牌，上頭大大寫道『未成年請勿開車』！」

「蛤？」對老爸的無理要求，曉葛始終找不到比這字更貼切的回應。

「沒什麼好怕，爸爸在妳身邊。」他定睛看著我，溫柔、踏實、懇切。

曉葛心一橫，坐上駕駛座。大概是心理作用，車子頓時放得好大好大，而我縮得好小好小。緊張的將方向盤握得老緊，差點沒把它給拆了。企圖尿遁，然，看著一旁瘋狂副駕篤定的眼神，我知頭已洗，馬已落崖，根本無勒馬機會。

踩、放油門，倒忘了當時如何作業，那可是曉葛截至目前人生唯一開車經驗。只知當時按父親指示，我像隻怯懦的烏龜，帶著車子莫名其妙原地繞了一圈，時速約莫五，最終車子落於路旁左側水泥牆邊喘息。我有種歷劫歸來、絕處逢生的餘悸猶存，而爸倒是老神在在，將嘴角咧至太陽穴邊興奮道：「看吧！就說妳可以的！」我們相視而笑，才發覺，爸比我更像孩子，彷彿初生之犢，無所畏懼。右側靜靜停泊幾艘漁船，船桅上掛著琳瑯滿目、一路綿延的燈泡，它們於陽光照耀下熒熒放光，彷彿爲船隻戴上一條條剔透的水晶項鍊。

又，另個炎炎午後，曉葛勤勤懇懇上鋼琴課去。老師嚴格得很，每每在家練得穩穩當當，上課老師一開炮便荒腔走板。左右手簡直成了大難臨頭各自飛的同林鳥，它們驚慌失措地分頭四處亂竄。「妳彈到貝多芬都哭了！」「音樂性，音樂性！」「巴哈都要從墳墓爬起來罵妳了！」老師左手托著腮，右手拿支鉛筆，瞋目切齒地敲著琴蓋，她歇斯底里爲貝多芬和巴哈抱不平。於是曉葛索性放逐自我，與貝多芬相擁而泣。淚水模糊了視線，我識不清譜亦認不得鍵盤，手心直冒冷汗，指頭不聽使喚地隨汗水油油地滑來滑去，是的，那堂課被我徹底搞砸。

課後父親來接我，瞧我一臉失魂落魄，他可是絕頂聰明的人種，沒被情報局挖角算是遺珠。領我至便利店買了二根紅豆粉粿冰棒，我們就近找棵樹下乘涼，大口大口地啃著。冰棒沁涼地解了夏天的渴，亦將曉葛心中的縷縷苦澀化爲甘甜，我們靜靜聆聽蟬聲搖滾著夏天。爸爸輕拍我的肩，倒沒落井下石追問上課是如何轟轟烈烈，他成全我的沉默，這是父親的溫柔。

題外話，後來曉葛倒是對鋼琴課釋懷了。有回提前至老師家排隊上課，於琴房角落邊瞥見裡頭一名勤奮向學的高材生，她彈得一手好琴，指尖錚錚鏦鏦、婀娜多姿、行雲流水於黑白鍵上跳舞。闔上眼，正享受白居易筆下琵琶女「嘈嘈切切錯雜彈，大珠小珠落玉盤」之境……「音樂性，音樂性！」「唉！妳彈到莫札特要哭了！」「哎！蕭邦生氣了！」老師操著一向抑揚頓挫、極爲浮誇的語調，我驚醒，恍然大悟。原來按老師的超高標準，不論如何總得挨轟。我看著老師瞬間變得可愛，原來她和曉葛一致，罵人台詞就那幾句，反反覆覆地無限輪迴，節約環保地使用著。「下課！」那位白淨雅緻的高材生同我於門邊擦肩而過，臉上掛著一抹淚痕，我將其命名爲「同溫層」。

倘人人都有片專屬記憶牆，可動態將生命至美片段復刻其上；那麼十七歲仲夏，午後港邊的駕車初體驗，還有樹下紅豆粉粿冰棒的好滋味兒，我想它們絕對有資格置頂！

■靜靜流淌的歌

三月中與家人赴宜蘭旅行，我們同父親踏上這片土地無數次，這次獨他缺席。自蘭陽平原毛絨絨的綠毯放眼望去，房舍、果樹、菜園、稻田。風吹過去，風襲過來，時局的流轉沒讓這片土地忘了初衷，稻田依舊稻田，阡陌依舊縱貫交錯地將綠毯切割爲塊塊拼圖。而父親正如這片春風拂過的稻浪，瀟瀟、灑灑。

一台列車自冬山車站呼嘯而過，想像父親於列車上對我熱情招手，可惜太遠了我沒能瞧見，

於是他大聲嚷嚷：「嘿！傻ㄚ頭！爸爸繼續旅行囉！」「好吧！」我笑道。
那一刻，我正式向父親道別：「爸爸，你自由了，快快樂樂飛翔吧！」

也許，眞正的寧靜並非無聲。
是蛙鳴鳥叫，是溝渠潺潺，是滿牆苔痕，
是清風拂過掀起的油油稻浪，
是冬山車站那班漸行漸遠，
揚長而去的列車。

是起初，對父親的記憶。
沒有哭，沒有笑，
溫柔，卻有力量。

父親是我心底，
一首靜靜流淌的歌。

■一頁珍珠

哭哭笑笑間，曉葛將對父親的思念，字字句句、顆顆點點串成一頁珍珠，鑲於篇篇之中。所謂冤家宜解不宜結，而我的冤家正是自己。文字昇華了淚水，曉葛亦於其間與自己和解，這終究還是晶瑩、美麗、幸福的一頁！

最後，想對父親說：「爸爸，我好愛你！」

五、山中傳奇

曾經以為浪漫，是九十九朵玫瑰，是鏤著姓名的心型懷錶，是自彈自唱的一曲情歌，是木枝刻劃沙灘上的我愛你，是……後來才曉得，最高規的浪漫並非眼見為實的具體物質，它是一種寫意的美感，是一份卽時的感懷，是一段卽興哼哼唱唱的調子，是傍晚散步落於肩頭的一片落葉，是謙卑溫柔的生活姿態。

曉葛所識之至浪漫者，大概非父親莫屬。這些日子細細反芻咀嚼，以益加成熟視角回顧過往與父親總總，將瑣瑣碎碎及隻字片語拼拼湊湊，我彷彿從頭認識一位嶄新的父親；一個於困頓中持守溫情，於缺憾時懷抱感激，於自然間體現生命價值的父親。

小時候，父親身體不好，無法長途跋涉。然，只要逮到小小空檔，他便為我們強打起精神，撐著疲憊身軀，驅車全家出遊。只是往往臨時起意，無刻意行前規劃，他從心所欲跟著感覺走，帶著媽媽、姐姐與曉葛上山下海去！

有回，繞著一座纏纏綿綿的高山，簡直把曉葛給整得七葷八素，我手捧塑膠袋，候著隨時呼之欲出的嘔吐物，繃著面無表情的撲克臉。而爸完全漠視我的滿面愁容，自顧自興沖沖地搖下車窗，熱情對後視鏡中的曉葛道：「曉曉別睡著了！看看風景，多麼壯觀啊！眞令人動容！只要用心欣賞便能有所體悟！回家三日內要繳交心得報告給爸爸喔！」

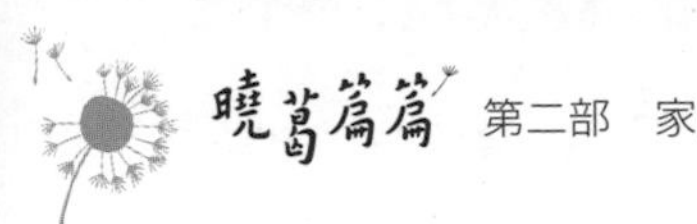

這下我臉色益發深沉了，這算哪門子旅行？根本校外教學吧！父親嘴角雖昂揚，但我知他重然諾，凡事言出必行，這趟回去，是非得認認分分繳篇遊記不可！於是迎著冷風，緊靠椅背，壓抑沸騰翻滾的胃，我蒼白睜著圓碌碌大眼，努力意會，汲取父親眼底的滿心感動。

「蛤？這兒？」

「下車！」（父親於荒郊野外，天外飛來一筆。）

「懷疑啊？下車！」

「吼…喲…」（爸爸軍令如山，而曉葛只想回家躺平。）

原來父親覓得一處水源，索性將車停靠路邊。我以泉水沁沁臉頰，一股透心涼意緩解頭昏腦脹。氣候清爽宜人，教人瞬間恢復神采。

「請問……可，以，回，家，了，嗎？」

「回家？我們正要開始呢！」

「開始？幹嘛？」

「過來！幫忙！」

後車廂成了哆啦A夢的百寶袋，曉葛尚不及反應，父親便從裡頭搬出形形色色雜貨。四張折疊椅、卡式爐、鍋碗瓢盆、高麗菜、貢丸、玉米粒、調味料等食材。我已目瞪神呆，沒想到爸還陸續端出茶葉、水壺、杯具……

「現在……要幹嘛？」
「看不出來嗎？打理午餐，喝下午茶啊！」

「蛤？」
「懷疑啊？動作！」

我同姐姐象徵性隨手持一只道具矇混，裝模作樣虛應一應故事；倒是媽媽手腳乾淨俐落，三兩下便從容就緒。我們傍倚泉源緊偎火鍋取暖，食畢，燒水沏茶。曉葛一向不喜濃茶，茶水淡淡過色即可。大夥兒總搖頭打趣道：「咱們曉曉不懂品茗，她喝的茶啊，不過帶色的開水罷了！」

不喧譁，不擾攘，我們靜定溶入山林，亦成山林之一隅。初春，枝頭竄冒新芽，於離離蔚蔚、鬱鬱蓊蓊間，這頭穿插幾抹俗豔的映山紅在搔首弄姿；那頭有束絢爛的山櫻花正璀璨綻放賣弄風情。我以熱茶暖手，傾聽微風的旅行。它蕩蕩悠悠輕拂大地，掀起枝頭一陣窸窸窣窣的低語呢喃；又横越山谷，輾轉捎回輕巧宛轉啁啁啾啾的鳥鳴。一只飄零花瓣乘著潺潺流水，淌過溝渠緩緩前行。我們誠然身處陳亮《南歌子》筆下的春：「春在亂花深處，鳥聲中。」啖鍋、沏茶，自在，愜意、逍遙。

可惜人們往往將美好落款於回憶之中。當下視爲理所當然，狠狠錯過才恍然大悟，才茅塞頓開；於是痛徹心腑，於是頓足捶胸，於是遺憾自己的後知後覺與不懂珍惜。同曉葛身在福中不知福者肯定大有人在，因此奶茶的《後來》，才替失意懊悔的人們一併吐露心聲：「後來，我總算學會了如何去愛，可惜你早已遠去消失在人海；後來，終於在眼淚中明白，有些人一旦錯過就不再……」

適逢清明前往探視父親，瞧他盈盈的笑。難以想像不久前，他還絮絮叨叨，我倆戰個沒完；而今欲見一面，只得翻山越嶺，屈身就著一片草坪，對著鑲於碑中的一只照片，噥噥喃喃地緬懷。

如今曉葛亦喜愛山中漫步。歷經幾許白雲蒼狗與滄海桑田，眼光自然不同。群山懷抱間，拔地而起、挨肩疊背、重重落落的山巒，它們如一波未平、一波又起的浪潮，洶湧澎湃。看似無聲，閉目定神，卻能隱隱感受到一份沉著的力量，它其實鼓噪翻騰於默默。

我佇於一株參天古木下，仰望。它以韌性、堅毅接受大自然百年千年之洗練，始於一粒種子，歷經洪水乾旱，躲過人類刀斧，方方寸寸、點點滴滴萌發生長，直至巍然屹立天地間。又，

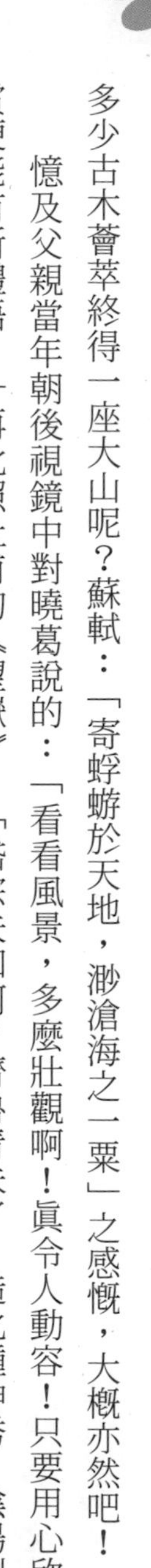

多少古木薈萃終得一座大山呢？蘇軾：「寄蜉蝣於天地，渺滄海之一粟」之感慨，大概亦然吧！

憶及父親當年朝後視鏡中對曉葛說的：「看看風景，多麼壯觀啊！眞令人動容！只要用心欣賞便能有所體悟！」再比照杜甫的《望嶽》：「岱宗夫如何？齊魯青未了。造化鍾神秀，陰陽割昏曉。蕩胸生曾雲，決眥入歸鳥。會當凌絕頂，一覽衆山小。」（譯文：泰山有多宏偉壯麗？鬱鬱蒼蒼橫跨齊魯兩地。造物者聚奇麗於此，它橫天蔽日將山南山北劃爲晨夕，望雲氣層層升騰，令人胸懷盪滌，極目遠視歸鳥迴旋入山，有朝一日定登上頂巔，將周圍矮小羣山一覽無遺。）

也許，我終能稍稍貼近父親視角。父親於自然間領受謙卑之道，因此不拘小節，落拓不羈，瀟灑度日。他倚山泉，啖鍋、沏茶，仗賴大自然的給予，聽泉、飲泉、品泉，學習浩瀚天地的豁然大度與柔情似水。於無垠宇宙間，人本渺小。矯情造作實在有違本色，不如就著自己性情與模樣自在過活。父親是道道地地、實實在在、徹徹底底的浪漫分子；他的浪漫，是悠遊天地，是峰迴路轉，是萬壑千巖，是壁立千仞，是層巒聳翠，是綿延不絕幽幽的山稜線……

回憶父親離世前二週發表的一段言論：「我要向山舉目……」而今，他確實於山林懷抱間化爲一分子。「落紅不是無情物，化作春泥更護花。」他從未離開，那份愛仍發酵。

我要向山舉目，特別是思念父親之時。

父親是曉葛的山中傳奇，其精神將永垂不朽。

六、心聲

■樂動心旋律（CODA）

近日觀賞一部耐人尋味的電影，二〇二一年上映的《樂動心旋律》。該劇原名CODA（Child of Deaf Adults）意即「聾人的孩子」；而本片改編自二〇一四年法國電影《貝禮一家》。

故事講述一名生於聾啞家庭，卻擁有天籟嗓音的女孩露比。身爲家中唯一聽人（聽力正常者），自然成了家人與外界溝通的橋梁與精神支柱。她熱愛歌唱，可惜聽不見的家人無法明白她的夢想，只好被迫於親情、責任與音樂間掙扎，至終如願獲得家人的理解與祝福，這是個美夢成眞的動人故事！

曉葛一向哭點甚高，然，不論面對二〇二一年改編的《樂動心旋律》，或是二〇一四年原版的《貝禮一家》皆毫無招架之力，完全止不住潰堤爆發的淚水。而打動曉葛之處爲何？

有一幕，父母參與露比學校音樂會，導演於露比獨唱時，特將影片靜音，巧妙帶領觀眾以聾人視角體會一份方枘圜鑿之煎熬。返家後，於漫天星空下，父親於門口眞摯請求露比再次爲自己獻聲；而這回他將手放置女兒喉頭，試圖藉聲帶振動，體會孩子的喜歡。

另一幕，家人陪伴露比參加音樂考試，由於聽不見，家人於台下一臉茫然費解、懵裡懵懂；露比索性邊唱歌邊打手語，使家人得其門而入，走進自己的音樂世界一窺堂奧。特別於原版電影

《貝禮一家》中所選用的曲子《展翅高飛》，更是將曉葛原本金城湯池般的心徹底瓦解。它們重擊曉葛軟肋，令曉葛憶及已逝的父親。

■只怪我們太倔強

父親愛曉葛至深，無庸置疑。懷抱對女兒的殷殷期待，企盼她前途似錦，鵬程萬里；期望她出類拔萃，卓爾不群；於是鞭駑策蹇，只好嚴加管束。偏偏曉葛既不柔順亦不乖巧，還特有主見，分外個性。當時不懂事，完全無法體會父親苦心，於是動輒與父親兵戎相見、大動干戈。老爸大概哭笑不得，畢竟曉葛異常強大的倔強基因，不偏不倚來自其傳承；十足相像的兩人明明在乎彼此，卻老隔著鴻溝，誰也不肯跨越。

有回，父女倆又於車上為了小事爭論不休，一陣唇槍舌劍，由於曉葛如何也不願低頭，氣炸的父親只好虛張聲勢，丟一記煙霧彈激動道：「妳再不聽話，就請妳下車！」《荀子・勸學》所言不虛：「青，取之於藍，而青於藍；冰，水為之，而寒於水。」曉葛可是父親一手調教打造，哪那麼輕易服軟？於是毫不猶豫，回擲一顆扎扎實實的手榴彈，冷回：「好，你說的。」於肩摩轂擊的大街上，我開門，下車，頭也不回地，走了。

家還天荒地老的遠，我雙手空空身無分文。烈日杲杲，火傘高張，一個永遠分不清東南西北的超級路痴，飄蕩城市間，漫無目的遊走。父親沒轍，只好耐著性子，龜速駛於曉葛後頭。

「上車！」（老爸搖下副駕車窗，無奈嚷嚷。）

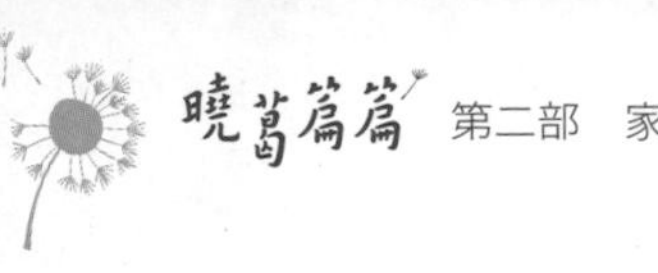

「不要，是你要我下車的。」

「上車！路上車多，危險！」（老爸崩潰邊緣。）

「不要，是你要我下車的。」

「上車！這麼遠，難道妳認得路回家？」

「沒關係，無所謂。反正是你要我下車的！」

「哎！那我現在，請妳上車好嗎？」（爸嘆了口氣。）

「不好，一言既出，駟馬難追！」

「#$%^&（&^$#$%^&……」

「$%^&（&^%$%^（&&……」

類似場景，屢見不鮮。曉葛對未來的美好想像與無限憧憬，總與老爸背道而馳。曉葛的執著與父親的堅持，雙雙朝反方向牽制拉扯，最終兩敗俱傷，一度活成最熟悉卻相愛的陌生人。

■告白

父親病重之際，某個格外安靜的週末午後，空氣中，除醫護人員偶爾匆忙的步履與尖銳刺鼻的藥水味兒，再無別的。窗外遐眺，陰沉沉的雲層壓得這座城市奄奄一息。房子是層層疊疊的積木，人們於一方方格子間各自度著人生百態。路上幾輛耐性等候紅燈的車子；奔跑穿越馬路紮著馬尾的紅衣女孩；那對手牽手柔情密意的小倆口……他們都好嗎？是否也有自己的煩惱？是否亦於理想與現實間拔河？

鄰床一陣劇咳，將場景拉回病房。我定睛望著眼前的父親，臉色蒼白，氣若游絲，艱難地靠著供氧機沉沉地吐納，身上纏繞糾結著管子，他儼然成了病魔的俘虜；這是過去戰場上那位嚴肅剛直、堅毅果敢的父親。突然意識到父親的凋零，一陣隱隱作痛。太多被小心翼翼封印的千言萬語，骨鯁在喉，我還要逞強下去嗎？

鼓起勇氣，將身子挪至床緣，輕握父親曾經厚實力量的手，微微顫抖柔聲道：「爸爸我愛你。謝謝你成爲我的父親，謝謝你愛我。」父親愕愕睜睜望著我，眉目是驚訝，是感動，是五味雜陳。他接過白板一筆一畫刻著：「我愛妳，我好難過。」我們雙雙沉默，眼角流淌晶瑩的淚，不再對話。一切了然於心便毋須多言，寥寥數語已足夠讓兩顆心緊緊相依，那是我們前所未有的靠近與敞開。只怪我們太倔強，有話不能好好說，非得劍拔弩張！只怪我們太倔強，有事不能緩緩講，非得針鋒相對！最終卸下心防，才發現原來表白不如想像困難，也許覺悟過晚，但說了總好過不說。

我深知於霧靄重重之上，閃耀著溫暖的太陽，看不見不代表不存在。誠如曉葛與父親的愛，我們只是將愛收藏得過分隱晦，其實它始終於我們心底綻放光芒！

■ 心聲

對比《樂動心旋律》劇情，露比的家庭可說開門見山、直截了當許多。大概西方人更擅於表達，肯殫精竭慮爭取一份彼此的認同與釋懷。而最終露比父母忍痛放手，將對孩子的操控與佔有昇華爲成全，使露比能忠於自己，勇敢追夢。

人人心中，肯定都擁有屬於自己的「樂動心旋律」，也許古典，也許搖滾，也許鄉村，也許嘻哈，也許爵士……你可曾用心聆聽自己心底的聲音？

絕對可忠於自己心聲，卻務必牢牢的記住……

請勇於表白，讓愛你的人淸淸楚楚的，懂你。

七、她總是沉默

■她總是沉默

她總是沉默，昏黃燈光下，不驚不擾，靜靜縫補鈕扣；她總是沉默，是廚房裡兜兜繞繞的陀螺，轉呀轉出千變萬化的料理家常；她總是沉默，當孩子們鼓鼓噪噪鬧著彆扭，她退居內室，床前禱祈。

她不是雍容華貴高調的牡丹，不是楚楚惹人憐愛的茉莉；她是巷口轉角的一株桂花樹。遠看不特別醒目，逐步趨近，迎面而來的隱隱清香，那是她於澄瑩月下淡淡吐露的芬芳，一旁閉目佇足，便可享受片時的純淨。

她不是莫內筆下鮮明大膽的印象派，亦非細細考究、工法繁複的版畫作品；她是幾道淺淺勾勒的速寫，彷彿蒙上頭紗的女子與湖中倒映的層層山巒，依稀得見輪廓，卻又無法讓人暢快一覽無遺。

她不是舒伯特樂譜中雄糾糾、氣昂昂的《軍隊進行曲》，不是李察馬爾克斯口中款款深深的情歌；她是一首清新民謠，耳熟能詳卻飽含底蘊。

她不是辛辣濃烈的威士忌，不是朗邁豪氣的生啤酒，亦非甘苦參半的黑咖啡；她是從從容容的一抹清茶，並無令人驚豔之口感，卻總是耐人尋味。

我始終無法看透於靜若止水的表象下，她可有暗潮洶湧之時？慷慨激昂之時？戰兢恐懼之時？抑鬱寡歡之時？即便面對父親毫無預警的殞沒，她一如往常，沉默地應對那紛紛擾擾，穩穩妥妥地打理安頓。

「不識廬山眞面目，只緣身在此山中。」也許跳脫現實，以旁觀視角回溯既往，母親的風貌神采便得逐漸明朗。

■ 月下舞

小時候，母親常於睡前至曉葛房裡探看，倘我仍醒著，她會像個紳士，邀請我輕踩她腳板上，摟著我原地踏步。約莫一首歌的時間，我們輕擁彼此，書桌那盞夜燈昏暗地映著她平滑別緻側臉的稜線，嘴角優雅揚起，看來心滿意足。我們恣意將影子拖曳腳底，彷彿跳一支月下舞。若時光能幫忙按下快門鍵，那一刻的我們，肯定是攝影展中的上乘之作。偶然疾駛的車輛喧譁而過，她說：「晚了，睡吧。」然後無聲無息帶上房門。

瞧門縫流動的光影，便知她仍忙忙碌碌。也許悉心料理家務，也許欣賞默劇（電視調無聲），也許拾起一本總被瑣事打斷老閱不畢的好書。光滅，我知她已歇息，便摟著我親愛的熊仔安然睡去。母親雖沉默，卻是我的一劑定心丸。

關於我的熊仔，小時候嚴謹的父親從不給玩具，倒非吝嗇，大概是固執地認爲全世界最有意義的禮物莫過於書。於是家中百科全書、偉人傳記、世界名著、偵探小說……琳瑯滿目、應有盡

有，至於玩具……不如看開些吧！

媽媽大概望穿曉葛心事，某日自市場回家，偷渡兩隻小熊，暗暗交付我和姐姐手中。熊仔與人們理所當然的想像大抵相同，棕色，蓬毛微捲，質地綿綿軟軟。唯一不同的是，熊仔腳掌有道機關，輕壓，眼底會射出兩道懾人紅光。偶爾半夜茅廁朦朧間誤觸，可把虎皮羊質的曉葛給驚得魂飛魄散，但我依然疼惜，因那是媽沉默卻理解的溫柔。

■卡通魂

父母有陣子對一部電動遊戲甚是入迷，但他們從不爲勝負汲汲營營。歐陽修「醉翁之意不在酒，在乎山水之間也」；而父母則意在主角陣亡時發出之淒厲慘叫。他們竟認爲那音效療癒至極，爲欣賞那鬼哭神號，他們不爭不競，場場比賽不惜自暴自棄任憑主角陣亡，最終主角發出「啊！」的吼聲，二老便心花怒放、心滿意足地燦笑。至今仍不解，這是他們的另類紓壓，抑或葛家專屬黑色幽默？

於是那陣子，曉葛只要宅在家，便得聽聞滿室盈溢的：慘叫—哈哈大笑—慘叫—哈哈大笑—慘叫—哈哈大笑之無限輪迴。老爸耳朵沉得很，總將音量置頂，讓曉葛簡直崩潰暴走。然，每每欲導正這歪斜的家風，趨近門邊，卻又見平日不苟言笑的父親與恬靜溫婉的母親，如二個大頑童咯咯地笑咧了嘴，只好悶頭悶腦折回房裡，索性打開琴蓋奮發圖強，來個魔音穿腦的哈農音階與之抗衡。只是曉葛從未成功撥亂反正，倒是接到幾通鄰舍的投訴電話。現在倒挺懷念那遊戲主角的哀悽慘叫，佐以二老無厘頭的浮誇笑聲。

而面對曉葛與老爸這對相愛卻好戰的父女，媽總說我們一模子樣，有著異於常人的堅持與固執。堅持同方向肯定是默契無間的神隊友；堅持不同方向自然成了水火不容的豬隊友。偏偏我與父親屬後者，老朝反方向各自前進，家裡二座活火山隨時蠢蠢欲動，蓄勢待發。

有回母親超絕，那次曉葛又將老爸給氣得七竅生煙，雙雙僵持不下互不相讓，媽媽難得介入，只是她旁門左道的勸和方式，教人摸不著頭路，亦哭笑不得。

媽：「別說了！待會兒爸爸血壓又飆高了！」

我：「現在說血壓會飆高，待會兒說就不會嗎？若說了血壓就會飆高，那究竟何時才適合說？不如現在一吐爲快！」（一邊同老爸刀光劍影，一邊應付難得加入戰局的老媽，我有些分身乏術。）

趁老爸裝彈匣、補槍支，我著防彈背心更新裝備的空檔，媽冷不防拿出一只電子血壓儀，朝老爸圈住手臂，啟動開關。血壓機不識相地發出一陣「嗯……」的低頻，我與爸面面相覷，或許我們都有著差點發笑的瞬間，但倔強使我們硬是給忍住了。鼓氣……縮緊……，接著它以「嗶！」響亮的一聲，爲這名爲荒唐的神曲作了個呆板的終止式。

媽：「妳瞧，爸爸血壓都快二百了，別說了！」接著一把將血壓儀數據攤至我眼前。簡直電視節目的置入性行銷，戲演一半硬是亂入產品介紹，劇照封面還得添上「XX牌血壓機，葛媽冠名贊助」字樣。

待媽業配完畢，我將血壓儀一把推開，與老爸續戰；媽卻仍執念地拿著血壓儀，於一旁喃喃自語。現在想起那幕，會心一笑，媽媽的內心其實住著卡通魂。

■ 珍珠

後來的曉葛，考上一間遠離家鄉的學校，好讓我投奔自由。我想飛，越遠越好！當時以爲家是羈絆，一個雄心壯志的年輕人，是不該畫地自限的。

學校報到日，車裡裝載一家子，全家親送二公主前往。車內，爸緊握方向盤言簡意賅地叮囑教訓：「要吃飽，要睡好，要注意安全，要記得每天早、中、晚、睡前，定時給家裡撥電話。」彷彿士官長對阿兵哥嚴正地交代軍令如山，而我漫不經心。一邊兒是好不容易到手的自由旗幟，一邊兒卻又不爭氣地懷抱思鄉情結。過了好久好久，才發現其實自己從未飛遠；我是一只風箏，家是那條細繩，哪怕飛得再高、再遠，終究擺脫不了牽牽掛掛。

穿越鋼筋水泥叢林，甩掉一路尾隨的號誌和車水馬龍，與數不盡的電桿、路燈錯身而過，我們拋開城市的喧囂輾轉入山。於蓊鬱的千迴百轉中，一片深邃洋海從容大器舒展開來，如詩如畫。接下來的曲折綿延，那長長海岸線不論怎地左彎右拐，總如影隨行。遠方一艘白色輪船鑲嵌入畫，於藍藍畫布中看來愜意爽朗。陽光張牙舞爪刺目著，一排棕櫚樹迎面夾道而來，又倏地呼

嘯而去，路程遙遙，且漫漫。

終抵目的地，父親將車泊於校舍口守候，母親則隨我拖行李而入。學校當時經濟拮据，校舍走極簡中的極簡中的極簡風。曉葛房舍座落一樓大門右拐第二間，約莫十五坪大的房裡空蕩蕩，採光良好，左側靠牆擺了張孤伶伶的單人木床，床頭一扇大窗，窗前一套陳舊褪色的桌椅，床尾一根生繡的ㄇ型鐵桿供人掛掛衣裳，再無別的，如此而已。媽媽背對我開窗瞧瞧外頭景致，海風溜進屋內揚起塵埃，白色窗櫺上頭幾道殘破的蜘蛛絲，它們映著光線剔透地飄飄蕩蕩，我打了個噴嚏。

「那，差不多就這樣囉！」（望著媽媽的背影，我提醒是該說再見的時候。）

「可不可以……讓媽和你一起住在這裡。」（她轉過身，眼底噙著淚。）

「學校不會允許外人入住教職員宿舍的。」（驚訝於媽的孩子氣，我彷彿不認識。）

「我會乖乖躲好，不會被發現，可以嗎？」（媽搭著我的肩，圓睜睜望著我。）

「眞的，沒辦法……」（我努力字正腔圓。）

「那，就一週，行嗎？讓媽媽再照顧妳一週就好了……」（媽低下頭，哽咽著。）

她一字一句壓低音量，盡可能讓自己的不捨顯得雲淡風輕，卻像個孩子無辜地企求，莫將她

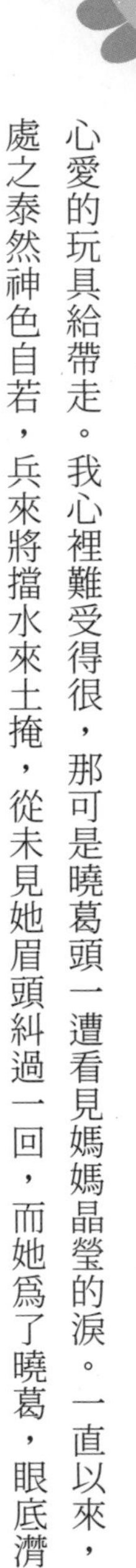

心愛的玩具給帶走。我心裡難受得很，那可是曉葛頭一遭看見媽媽晶瑩的淚。一直以來，她凡事處之泰然神色自若，兵來將擋水來土掩，從未見她眉頭糾過一回，而她爲了曉葛，眼底潸然落下串串珍珠。當然最終，曉葛仍得狠心揮手，目送車子駛離，漸行漸遠……

當晚，將地板打理乾淨，鋪了草蓆大字仰躺地板，熄燈，窗外斑駁的光影雜亂地晒入房裡。鄉間的夜如此靜謐，清風陣陣襲來，宜人涼爽。

深呼吸，原來這就是夢寐以求，自由的氣息啊！

我是該歡欣踴躍，但怎地睡不著，眼角溼了一大片……

■ 拼圖

父親離開後，多了與母親獨處的時間，終得好好欣賞那頭總染得勻稱油亮的栗色髮，歲月刻劃恰到好處的紋路，那雙笑起來眯成一條縫的眼睛，還有興高采烈時皺著鼻頭的模樣，好美。

小時候總期盼母親能於自己和父親之間選邊站，別老踩著中線不溫不火，像個間諜雙邊掌握情報，立場不明，兩頭討好。後來才明白，左右手該如何取捨？家一分爲二還完整嗎？

沉默是母親的智慧，是她守護家的方式。母親並非無立場、無己見；她的沉默是犧牲、是成全。犧牲自己的嚮往，成全丈夫的志氣與兒女的未來；唯願一家平順和樂，她的人生也就踏實圓滿，有了新意。

也許沉默是最偉大的力量，它能撐起無限寬廣，使一切有了彈性與轉圜餘地。正如滴水穿

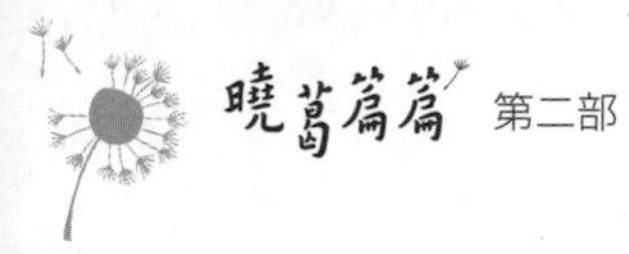

石，看似柔弱，實則剛強。「少年不識愁滋味，愛上層樓，愛上層樓，爲賦新詞強說愁。而今識盡愁滋味，欲說還休，欲說還休，卻道天涼好個秋。」也也許，有時越發成熟的勇者，便益發地沉默，因他們懂得昇華的眞諦。

濃愁淡描，語淺意深，重語輕說，寓激情於一片沉默。

這是曉葛拼拼湊湊出，母親動人的風貌。

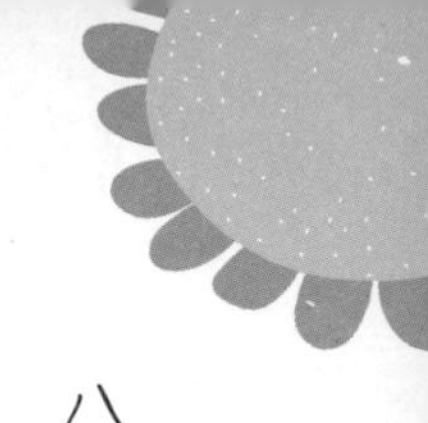

八、我愛大冰美

■手足

唐玄宗開元後期，因好大喜功造成戰禍連連，士兵傷亡慘重。而李華以此背景寫下氣勢磅礴的《弔古戰場文》以古諷今，反戰立場鮮明。末段自人道主義出發，點出戰爭導致家敗人亡與民不聊生。「蒼蒼蒸民，誰無父母？提攜捧負，畏其不壽。誰無兄弟？如足如手。誰無夫婦？如賓如友。生也何恩，殺之何咎？其存其沒，家莫聞知。人或有言，將信將疑。悁悁心目，寤寐見之。布奠傾觴，哭望天涯。天地爲愁，草木悽悲。弔祭不至，精魂無依。……」

此篇讀來沉重，然曉葛今不論戰，乃就上述字裡行間，一窺古人對家的藍圖與憧憬。想像於某個樸實無華的建物中，有對相敬如賓的夫婦，他們亦爲提提挈挈的父母，快快活活地養育一群孩子；而這些孩子親如手足，一家人相親相愛，互爲掛念。前線的戰士們，也許身爲人父、人夫、人兄、人子……家人因其生死未卜，鎮日憂愁鬱悶，哀慟神傷。情節雖晦暗，卻著實描繪出家庭的向心力、溫度與雛形。

文中「誰無兄弟？如足如手。」該反詰於今之社會倒顯唐突。於少子化世代，家庭編制不斷縮小，放眼望去，獨生子女比比皆是；雖集父母寵愛於一身，坐享所有資源，看似嬌寵，卻難免寂寞。

本篇聊聊「手足」！

您有手足嗎？家中排行為何呢？

曉葛十足幸運，擁有一位美貌出衆、氣質高雅、聰明絕頂、俐落精練的姐姐；而這亦表示身爲么女的曉葛毋須過度機靈，腦袋偶爾放空當機無妨。可別以爲當笨蛋是件可悲的事，曉葛倒因反應慢半拍、老是出線而減去不少煩惱……效率超高的葛姐姐，總能以最快速度將凡事打理得有條不紊且妥妥貼貼。

小時候同學問：「妳的偶像是誰？」我總喜滋滋回：「姐姐，她是仙女喔！」葛姐姐確實仙女無誤，五官深邃，明眸皓齒，皮膚白皙，光鮮亮麗，品味時尚，穠纖合度；於曉葛眼底，姐姐是「萬能」與「完美」的代名詞！

■仙女姐姐

小學頭幾年，是曉葛學生生涯最快活之時光。父母忙於工作，故曉葛的生活瑣碎便由姐姐代勞。日日六時半準時起床號（曉葛兒時對鬧鈴免疫，隨它嚷得沸沸揚揚，耳朵總能自動濾掉那呱呱噪噪）；梳洗畢，意識朦朧間，姐姐幫著將頭髮梳理整齊，完工前於髮辮末端紮個紅色蝴蝶結或纏上一圈金色膠帶；接著領我上麵包店採購早點。（曉葛獨鍾一款半月型、中間塗果醬、周邊撒花生粉的極品）。完食，最末一道程序，姐姐還得牽著我的手，同我一塊兒上學去。

手牽手上學是老爸訂立的家規。曉葛自幼少根筋，字典漏了「方向感」這詞彙，家裡至學校步行不過短短五分鐘，卻總能天南地北地糾結攪和；倒是因禍得福，使我得大搖大擺被姐姐牽著上學，我樂在其中，姐姐卻別有一番滋味。

便服日前一夜，我總特地提醒媽媽幫忙準備和姐姐一模模、一樣樣的姐妹服，如此，這上學的一路，便得風風光光地展示我引以為傲的姐妹裝。任何旁人經過，管它認識不認識，我高八度裝腔作勢道：「這是我姐姐，漂亮吧？」姐姐引以為恥，極度抗拒姐妹服這檔事兒，卻敵不過媽媽的要求，只好不甘不願繃著臉配合。而我倒不介意自己的一廂情願，只要能讓姐姐陪我光光榮榮走趟星光大道，她的悒悒不快我完全不放心上。

低年級的曉葛連任四學期班長，身邊隨時一票盲目跟班。下課只要有空，曉葛便帶著他們浩浩蕩蕩翻山越嶺（下樓穿過操場）一睹姐姐風采。一群小蘿蔔頭動輒於姐姐教室門口與窗邊徘徊，探頭探腦，令姐姐不堪其擾。而姐姐班上總有善心人士幫著提報：「葛培培，妳妹妹又來囉！」

一開始，姐姐試圖威脅恫嚇，要我們滾回對岸，後來發現勸阻無效只好放棄治療，她眼神死，消極無奈朝窗外翻白眼；只是她的白眼，我們一律樂觀詮釋為深情回眸，一群小粉絲變本加厲激動地揮舞雙手，高喊：「仙女姐姐！」

某次姐姐班導恰於教室，她對著窗外帶隊的曉葛親切道：「這是葛培培的妹妹嗎？哇！培培，妳妹妹好可愛喔！妹妹進來玩啊！上台自我介紹吧！」終於逮到氣吐眉揚的好時機，我雀躍跳上台，敲鑼打鼓地昭告天下：「大家好，我叫葛曉曉，是葛培培的妹妹，我的姐姐好漂亮。」老師笑得合不攏嘴，台下一陣東倒西歪，姐姐的臉陰沉沉，有，殺，氣。上課鐘響，姐姐的天使班導還錦上添花道：「趕快和同學回去上課喲，歡迎曉曉常常來我們班玩喔！」

「歡迎曉曉常常來我們班玩喔！」
「歡迎曉曉常常來我們班玩喔！」
「歡迎曉曉常常來我們班玩喔！」

這句話於曉葛心中激起千迴百轉的漣漪！「哈，利路亞！哈，利路亞！哈利路亞！哈利路亞！哈利，路亞！」韓德爾的《彌賽亞》於曉葛心中小宇宙大爆發，太完美！正中下懷！我與姐姐的距離經過天使班導認證，順理成章又往前躍進一大步。而身心飽受煎熬的姐姐一心只想同曉葛撇清界線，因此於校園不期而遇時，總對曉葛視而不見。然，曉葛追隨者衆，隨時有眼線報備：「我剛在福利社看到仙女姐姐喔！我有跟她打招呼耶！」是的，就算支開一個葛曉曉，還有千千萬萬個葛曉曉！我有無數分身，姐姐將永遠、永遠地擺脫不掉！

說句公道話，姐姐這身分實在吃力不討好，曉葛非常慶幸自己是妹妹；畢竟我的天馬行空完全撐不起姐姐的派頭。父親處處要求姐姐當曉葛榜樣，而曉葛底下再無弟妹，倒犯不著千辛萬苦再作著誰的模範；於是寡廉鮮恥、大大落落地胡搞瞎搞。有時姐姐極其無辜，明明曉葛犯的錯，父親卻連坐要姐姐一併受罰。爸爸說：「就是姐姐沒做好榜樣，妹妹才如此荒唐！」事實上，曉葛本就是活在自己世界，不受地球規範的火星人種；我始終度著平行時空，脫軌乃常態，和姐姐沒半點兒關係。每每姐姐臉臭得大便似地陪我跪冰冷地板，高舉椅子顫抖雙手，我還不忘於一旁貼心打氣：「姐姐，咱們一起加油喔！」她回敬白眼一雙。

而曉葛對姐姐的依賴無極限，事事項項都想到姐姐；家中一組對話總無限循環。

「姐姐！」

「幹嘛啦？」

「幫我$%^%&$^*^&⋯⋯一下！」

「自己不會用喔！」

「啊我就不會啊！」

「自己想辦法啦！」

「馬麻！姐姐不幫我⋯⋯」

「培培，幫妹妹一下，媽媽在忙喔！」

「吼喲！煩吶！我怎麼那麼衰！」

姐姐小學畢業，爲慶賀未來每日將多出約莫九小時私人空間，樂得差點放炮慶祝；而這對曉葛打擊甚大，人生簡直瓦解，跌至谷底。二個月後的開學日，那是曉葛人生初次獨自上學，失去姐姐的陪伴已夠失魂落魄，屋漏偏逢連夜雨，雪上又給加了霜。那天不明就裡招惹一條大黑狗，追得我窮途末路，右手食指給狠咬一口，滲著血，一邊哭一邊走至學校，繞著操場跑道一圈、一圈又一圈，淚流滿面地喃喃自語：「姐姐，姐姐……」我的心碎成一片片。

成長的鐘，迫使曉葛不得不邁向人生下個紀元。

■我們不一樣

雖和姐姐出自同出版社，我們卻是書店裡天差地遠的書種。曉葛歸類藝術人文；而姐姐則陳列商業理財區。不論性向發展或性格特質，我倆各朝反方向前進。曉葛數學白痴，姐姐數學天才；曉葛勤於執筆，姐姐惜字如金；曉葛彈琴唱和，姐姐敲擊鍵盤；曉葛超級路痴，姐姐眞人導航；曉葛被車駕馭，姐姐駕馭車子；曉葛膽小如鼠，姐姐膽識過人；曉葛老出線狀況外，姐姐線上隨時候著……

國、高中的曉葛被數學搞得暈頭轉向，姐姐卻把微積分當樂子，假日閒來無事便嗑瓜子解題，她說：「解題紓壓。」這便是我與姐的距離。後來姐姐被迫當曉葛數學家教，畢竟白天不懂夜的黑，天才不解曉葛的懵懂，姐姐看題解題的過人數學天分，著實令曉葛望塵莫及。而頭一回

葛姐姐的數學教室亦爲最終回，僅僅十五分鐘便宣告破局，悲劇收場。

省話的葛姐姐一向好話不說第二遍，她火速條理分析、解題、運算（以天才的神效率）；而曉葛懼姐姐太甚，一字也沒聽懂，表情卻十足到位，一副心有戚戚焉，點頭如搗蒜。示範演算後，姐姐以一模一樣的題目進行隨堂測驗，曉葛嗯嗯啊啊，怯怯喬喬望著地板，最終繳了白卷。姐姐難以置信，望著眼前一臉茫然的曉葛，她奮力將筆扔擲地面，走出房門撞見大概躲門外竊取動靜的媽媽。「媽，葛曉曉真的是個白痴！沒救了，我不教了！」姐姐火冒三丈地吼；媽媽只好入房看看挨罵的曉葛，我萌萌地對媽苦笑，媽一語不發，拍拍我肩膀……

其實曉葛倒無受什麼傷，因我清楚自己的數學程度與認路天賦簡直不分軒輊，只是父母不甘心不放手，還盼著個奇蹟。而父母一向信任聰明過人的姐姐，經姐姐鑑定後，果再無人對曉葛的數學懷抱任何不實期待。後來，父母每每看著曉葛成績單上的數學欄，也僅僅倒抽一口氣，欲言又止。我！自！由！了！

長大些，曉葛與姐姐分房睡，而我一樣黏姐姐，一天到晚敲她房門。姐倒也理出個生存之道，她想了個終極創意的方式反制。由於曉葛極懼昆蟲，任何六隻腳加上翅膀的版型，於曉葛眼中皆與蟑螂同門；牠們爲一丘之貉、狐群狗黨，教我敬而遠之。

偏偏葛府依山而居，小鳥不時窗邊築巢，清晨喚醒曉葛的往往是鳥兒的引吭啁啾與拍翅震羽。偶爾虎頭蜂亦登門拜訪，未經核可便私自於陽台搭築違建，只好出動消防大隊拆除。家裡紗窗若未掩妥，金龜子、天牛及夏天呱呱噪噪的知了便趁縫亂入，這可會把曉葛嚇得奪門而出。

姐姐倒是抓住這項弱點，老抓天牛、金龜子或混嚼舌根的蟬，將其別於衣裳當活體胸針。如此一來，曉葛絕不敢打擾造次，只得遠觀姐姐而不可褻玩焉。自此曉葛憎惡昆蟲更甚，因牠們成就了我與姐姐最遙遠的距離：「我就站在妳面前，妳卻不知道我愛妳。」

■我愛大冰美

葛姐姐是名副其實的冰山美人（簡稱大冰美），與之互動著實不易。她擅長終結任何對話，恰如職業羽球好手和普通老百姓的對決，一逮到機會便殺球殺得你措手不及。技術不夠純熟的凡夫俗子們只好重新發球，接著她再殺球；對方又發球，她再殺球；對方又發球……如此循環反覆幾回，對方自然意興闌珊打退堂鼓。不論問什麼，她只單就問題本身作答後便落下句點，絕無冗言，亦無贅字。與之交流最好預擬草稿，畢竟她既不說廢言，亦不聽廢語。

有回曉葛在學校受了委屈回家找姐姐訴苦，望著眼前淚如雨下的曉葛，姐姐瞥了眼手錶後淡然道：「請言簡意賅，再過五分鐘就是我的睡眠時間，預備，起！」曉葛把握時間，口若懸河，滔滔不絕，然，她卻不斷打斷我那蕩氣回腸、如臨現場的表述。

「講，重，點！」

「重，點，是？」

「然，後，咧？」

「結，論，是？」

就在我華麗鋪陳後，正要導入主題，姐猛一急煞：「時，間，到！晚安！」便轉身睡去，留我暗夜獨自啜泣。（此時適合播放五月天的《溫柔》：不知道、不明瞭、不想要、為什麼，我的心，明明是想靠近，卻孤單的黎明……這是我的溫柔，就讓妳自由……）

曾經以為姐姐討厭我，因為她總冷冰冰，沒溫度，話也不好好說。直至升國三暑假，曉葛被老爸送至師長家閉關讀書一個月。母親交待姐姐替糊里糊塗的妹妹收拾行囊，她「嗯」了聲，便靜靜面牆打理。曉葛湊過去幫忙，無意間竟發現姐姐正偷偷掉淚。我欣喜若狂，原來姐姐捨不得我！而曉葛於學生時代「白目葛」之稱號絕非浪得虛名，於此感性時刻，我興沖沖追問姐姐：「請問妳是不是因為捨不得我，所以為我流淚呢？」是的，你沒猜錯，我又蒐集了白眼一雙。

小時候與姐姐同房時，總吵著牽姐姐的手才肯睡，那是種穩穩的踏實；而她偏不肯就範，我們一來一往僵持不下，姐姐最後折衷提供一枚尊貴的小指，讓我輕勾入眠。長大分房睡後，我只得抱抱枕頭將就將就。猶記外婆過世那天自醫院返家，心底悵悵然，彷彿觸不到底。姐姐難得主動至我房裡，同我躺床上，桌上一盞夜燈，昏黃的光線，卻難得讓我得好好端詳姐姐同我一致高聳的鼻梁。我們睡不著，亦無話可說，只是望著天花板木木地發呆，回想下午才探視的外婆，晚上卻已冰涼。突然姐姐打破沉默幽幽道：「我們手牽手睡覺好嗎？」那夜好漫長啊！我們十指緊扣，讀著秒針滴答滴答地繞圈圈，不知過了多久，終於沉沉睡去。

還有回曉葛與姐姐同佇路邊，一台呼嘯而過的機車差點迎面撞上曉葛，對方大概喝了點酒，乖張無理衝著曉葛飆罵。一向不動聲色的姐姐竟大聲喝斥，而對方於我們跟前凶神惡煞道：「有種再講一遍！」那手臂上的龍飛鳳舞教我怯怯地揪著姐姐衣角，姐姐將我推至身後肅殺道：「你們差點撞上我妹，這樣騎車對嗎？」對方吐了口鮮血於腳邊，氣焰高漲：「我看妳是沒見過壞人！」姐姐又朝前一步，正氣凜然道：「你們是在耍流氓嗎？」同時將我推向更後頭。對方怒氣衝天，戰事一觸即發。所幸引來圍觀民眾，對方還識時務，離開前狠狠落下一句：「就不要被我遇到！」機車再次呼嘯而過，我嚇壞，而姐不過輕描淡寫一句：「妳沒事吧？」

後來終於懂了，雖姐姐總是淡然，我們鮮少聊天亦不談心，但那不等於不愛。姐姐是我的隱形保護傘，她只要我好好的就放心了。她的愛與關懷輕落於細枝末節，得細細咀嚼體會。誠如前幾年赴日冬旅前夕，她至衣櫥揀了件厚實長版羽絨外套，一貫面無表情扔我懷裡道：「這件帶去，不要老愛漂亮穿那麼單薄，北海道可是冰天雪地！」語畢繼續埋首手機，正眼不瞧我一眼。

原來有種愛，叫作「姐姐的愛」。她會假裝討厭妳，把妳當拖油瓶，嫌棄妳麻煩，罵妳笨蛋……其實她關心妳的舉手投足，在意妳的一顰一笑，默默陪著妳。她肯定是世上最瞭解妳的人，此生與妳共享父母，同個屋簷長大，伴妳經歷一切。

我愛姐姐，她是我此生獨一無二，最愛、最愛的大冰美！

九、你快樂嗎

「你快樂嗎？」

是否曾攬鏡自問，所付出的努力，所做的抉擇，所走的道路，或向左，或向右；是爲滿足社會期待，還是眞正享受其間？最近曉葛亦問自己：「妳快樂嗎？」

曾有人深情對我道：「妳快樂，我就快樂。」那是曉葛摯愛的外婆。

可別小看咱們外婆！外婆也許並無飽讀詩書及耀眼文憑，然，就其豐富的人生閱歷與跋過的千山萬水，她們見識卓卓，智珠在握；是輕拂大地的東風，溶化積雪，滋養萬物；是欣欣向榮的春光；是盈盈盼望的旭日。

■豆輪大戰

曉葛外婆，大概同大家的外婆規格相仿，頂著頭銀白電燙捲，面容刻鏤縷縷風霜，睡前率性將一排假牙擱置床頭。她有雙愛笑的眼睛，喜逐顏開時，眼睛瞇成二道彎彎的月。

小時候有段時間同外婆寄居舅舅家，那大概曉葛是生命中最任性的時光之一。一旦脫離老爸轄區，簡直脫韁之馬。面對動輒耍賴的野丫頭，外婆往往淨坐一旁候著，除非鬧得不像話才隨手抓根棍子虛張虛張聲勢，或是嚷嚷幾句綴飾綴飾。然，外婆的叨叨念根本白費功夫，曉葛早識破

那豆腐心腸，棍子不過道具罷了！她哪捨得打我，就算耗費一小時曉葛才嗑掉半碗飯，外婆至多是無奈嘆嘆。

外婆沒啥缺點，唯一令人崩潰的，大概是她那一成不易的雜燴滷。曉葛對入口卽化的豬五花還算喜愛，入味十分的蘿蔔、雞蛋、豆干亦得欣然接受，獨獨對摻雜其間的豆輪敬而遠之。說不上具體理由，大概人們或多或少總有些敬謝不敏，甚至與自己誓不兩立的氣味兒。

那日中午，曉葛親眼瞧見外婆盛一大碗白飯，上頭幾塊油油亮亮的豬肉閃耀著，接著，她竟大刀闊斧地鋪上一層豆輪，最終淋上一瓢完美滷汁。「曉曉！吃飯囉！」

曉葛並非明知山有虎偏向虎山行之人，旣已明確午餐內涵；豬五花雖是誘人，然那一片、二片、三片！外婆可是足足夾了三片豆輪於碗裡！人生難免遇著跨不越的檻，這回硬是給碰上了！一片豆輪心一橫也就過關，而三片簡直煉獄。曉葛人生哲學：「面對驚懼之食，絕不正面交鋒，走為上策！」於是躡手躡腳溜進房裡，無聲無息將自己埋衣服堆中。

當時舅舅家除曉葛，還有表姐、表哥們一大串孩子，房裡總有座衣服塔，如中央山脈高高聳立橫亙其間。外婆從未打算將其弭平，畢竟幸福的子孫滿堂亦意味夜以繼日的戎馬倥傯，只好眼不見爲淨。大夥兒達成共識，著裝逕至山頭挖礦；而衣物洗淨晒乾後再繼續向上堆砌。日日望著那座丘陵高度遞增又遞減，倒也是種生活樂趣！

外婆喚著：「曉曉！吃飯啦！」我心想：「傻瓜才出去受罪呢！」洋洋得意於自己的小聰明，環抱衣物，舒適又溫暖，不知不覺沉沉睡去。過了好一陣子，肚子唱起空城計才悠然醒起，

伸伸懶腰，睡眼惺忪至客廳覓食。

客廳一群人繞著外婆嘰嘰喳喳議論紛紛，我好奇趨前圍觀。而外婆一見曉葛竟激動自藤椅一躍而起，拎起衣架抓著我狠抽，我唉唉哼哼一陣呼天搶地，那盤竹筍炒肉絲教我沒齒難忘；倒非皮疼，因爲那可是外婆唯一一次對曉葛大發雷霆。她遍尋不著曉葛，以爲把我給搞丟了，心急如焚，簡直熱鍋螞蟻，焉知白目葛於房裡睡得可香甜！

後來外婆不改其志，繼續料理她最愛的滷豆輪。雖曉葛從未放下對豆輪的成見，然，爲了外婆，倒也學會忍耐。

■ 幸福巧克力球

外婆格外疼惜曉葛，有好吃好玩，絕對少不了曉葛的分兒。

那日外婆買菜返家，於曉葛耳畔壓著嗓神神祕祕道：「曉曉，剛外婆瞧見附近在搭篷，下午有野台戲，妳若乖，外婆就帶妳領糖去！」我興奮不已。倒非愛戲成痴，事實上曉葛哪看得懂台上稀里呼嚕忙什麼？我只知非專心看戲不可，台上戲子不定時撒糖，而台下孩子們則爭先恐後喧嚷嚷成一條條搶食的池塘錦鯉。

下午，曉葛特地著小阿姨送的黃色洋裝，像隻蹦蹦跳跳的快樂鴨子，與外婆早早於戲台前第一排候著。時間尚早，椅凳排得老滿，人流稀稀疏疏。工作人員忙進忙出打理預備，趁外婆與鄰舍閒話家常的空檔溜至後台，好奇覷著這新奇的大千世界。

一名忙於梳化的優伶以白色粉膏打底，繼以一抹黑描繪二只柔媚動人的柳葉眉，眉尾高高勾勒二輪深邃的黑眼眶，眉眼間向外層次地暈染兩道鮮豔的紅胭脂，大概如張愛玲於《傾城之戀》所述：「長長的兩片紅胭脂夾住瓊瑤鼻……」好美好美，曉葛望著出神。「嘿！小朋友不可以來這裡玩喔！去前面！去！」一位頂著濃妝大啖便當的阿姨將我逐回現實。

總算粉墨登場，曉葛返台前與外婆並肩而坐。台上小生小旦使出渾身解數，時而手持蘭花指繞圈向右比劃，身段優雅勻稱；時而雙手氣勢磅礡望左一甩，二道水袖傾洩而出，姿態張力十足。悠揚高亢的七字調佐以殼仔弦、月琴、喀仔板，還有那緊鑼密鼓，緊湊而大快人心！儘管節目精采絕倫，劇情絲絲入扣，曉葛卻無心台上出演的忠孝節義，管它山伯英台還是陳三五娘，這些不過朦朧背景，一心一意只惦著，究竟何時撒糖呢？

而曉葛反應一向落半拍，這點可是從小到大貫徹始終地實踐。因此每每台上撒糖總被捷足先登，直至曲終人散仍雙手空空、口袋鬆鬆。眼見身旁小朋友們歡天喜地炫耀滿滿戰利品，曉葛可憐兮兮哭喪著臉，怏怏不樂。外婆見我抿起嘴，不妙，拉警報！這可是曉葛鬧彆扭的恐怖前兆！於是她嘆口氣，搖搖頭，拉著我：「走！外婆給妳買糖，更好吃的糖！」

自店鋪返家，曉葛雙手捧著好大一包巧克力球，一臉幸福洋溢，我笑得像夏天。

■巨人

後來，曉葛返家與父母同住，自此與外婆聚少離多。有年母親節曉葛錄音送外婆，將思念化

爲字句收納其間；如此，外婆寂寞時便也不寂寞了。

「好啦！外婆知道了！」

「外婆也很愛曉曉喔！」

「知！外婆會記得的！」

「呵呵呵呵呵……」

外婆一邊聆聽錄音機，一邊與裡頭的曉葛對話，像個天眞無邪的孩子，誠如當年曉葛握著巧克力球那樣神氣而心滿意足。外婆中風後動作不再靈活，拄助行器而行。我同她寸步、寸步地挪移，於街角巷弄散心，陪她談天說地，伴她將每一蹣跚步履走得愜意從容。傍晚時分，夕陽將我倆身影拉得老長，我長得比外婆高了，可輕易搭她的肩；儘管如此，外婆於曉葛心上，永遠是昂揚的巨人。

外婆病重時，曉葛格外珍惜那段日子，一有空檔便至醫院探訪。喜歡同外婆獨處，像以前一樣說說心底話，偏偏病房總有輪番照顧外婆的家人。那天，處心積慮總算抓準時機，推著輪椅便帶外婆出走！

其實不過領外婆下樓闖闖。沸沸揚揚的一樓大廳，眼前滿是掛號、領藥的人潮，他們彼此擦肩而過著。空氣裡失溫的廣播，濃烈的消毒水味兒，馬不停蹄的腳步，人們的交頭接耳，疊疊累加數字的跑馬燈……我心神不寧，一些事積著，好不容易鼓起勇氣，欲徵詢外婆意見。

外婆定定凝視，目光盡是柔和。曉葛才語畢，外婆便不假思索道：「妳快樂，外婆就快樂。所以妳的決定，外婆都支持；而妳喜歡的，我都喜歡。」她微笑遙望遠方，彷彿前頭有無限美好光景待著。那是外婆生前與曉葛的最後獨處，而那段美麗宣言是晶瑩的珍珠，我將其串成項鍊繫於項上，那是外婆贈予彌足珍貴的禮物。它總時時提醒我，自己被深深愛著。

這世上有誰對你說過：「你快樂，我就快樂。」倘遇著了，請務必珍惜。

■你快樂嗎？

那麼，你快樂嗎？

關於這個問題，是否驚覺自己答不上話。不知曾幾何時，自己早被人們的殷殷期許淹沒，忘了自己究竟喜歡什麼，卻牢牢記住別人的喜歡。有時「爲你好」、「爲你想」也許是失準的天秤，它們角度偏頗，將一份自以爲是的希冀沉沉地加諸另一人肩頭。究竟是祝福？還是束縛？其實人生哪有所謂非什麼可，或非什麼不可的呢？

生命本就深奧費解。許多大哉問答案見智見仁，也也許根本沒有答案。

但不論如何，總得偶爾認眞問問自己這個簡單、卻又不簡單的問題……

「你快樂嗎？」曉葛衷心祝福你過得快樂。

甚願人人都能遇見，深情對你說：「你快樂，我就快樂。」的那位。

十、再見，阿朗

點點文字穿過旋律線，織成一首娓娓道來的歌，而不同文釆音調造就萬種風情。對曉葛而言，羅大佑是位面面俱到的藝術師，他總恰到好處將文字與音樂完美結合，色彩大膽鮮明卻總是協調，教人深信不移那比例，肯定是獨步一時的配方。

於曉葛仍口齒不清學著ㄅㄆㄇ的年紀，家裡同住一位阿朗哥。他長我許多許多，愛聽老歌，尤其對羅大佑重度成癮，總能不厭其煩一輪、一輪、又一輪地播放羅大佑，羅大佑的歌聲無時無刻於空中如秒針的滴答，理所當然又毫無違和地迴旋蕩漾。

父母忙於工作，阿朗成了曉葛耍賴的對象，死纏爛打尤其管用，總能百分百達標。於是阿朗約會不時黏著顆燈泡，他倒樂在其中。猶記人生第一口披薩，上頭鋪滿玉米、鳳梨、火腿（大概夏威夷口味吧），我們圍著白色小圓桌而坐。阿朗右側是長髮飄逸的仙氣女友，兩人冒著粉紅泡泡低語呢喃，卻還得隨時分心顧及左側黃毛ㄚ頭，他暖暖道：「披薩好吃嗎？」我嚼了幾口點點頭：「好吃。」他說：「下次哥哥再帶妳來！」我好滿足，那簡直是全世界最香甜的滋味兒！

還有回阿朗一打四，獨自帶蘿蔔頭們至海邊吹風，我們忘情於沙灘烙著大大小小的腳印，天候微涼，不見日影。他精神奕奕道：「妳們看哥哥！厲害吧？」接著連做二十下伏地挺身，我們大聲數數，為我們的超級英雄歡呼慶賀。稍晚，他冷不防至車上拿出預藏的驚喜：煙火和金鋼

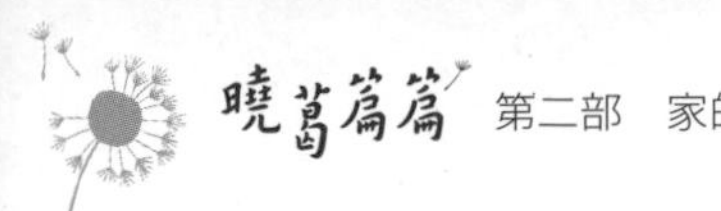

棒。蹦！蹦！蹦！我們對大海宣戰，如此絢麗，可惜短暫。金鋼棒可比仙女棒霸氣許多，我們人手兩根，得意洋洋高舉空中繞圈圈。阿朗當時頂著頭泡麵捲，Q彈髮絲於風中恣意飛舞。長長海岸線再無別人，唯有我們與阿朗。金鋼棒迸濺的火花映照著滿面生春的五張臉龐，至今仍於我心璀璨……

後來的阿朗遭逢低谷，身陷山重水複之境，卻苦無陸游柳暗花明的好運；於是緊鎖心牢，黯然離去。再相見，已時隔多年，曉葛已長成大姑娘，而阿朗越發沉默。端詳他遙望遠方的容顏，歲月流逝，於他精雕細琢的眼角魚尾；光陰荏苒，於他斑駁花白的頂上髮絲。他的眼神空洞，我們相對無語。我甚至不確定他還記得曉葛嗎？還記得那些閃亮的日子嗎？還記得羅大佑磁性雋永的歌聲嗎？

揮手，向阿朗告別。讓記憶的錨停泊於從前那個泡麵頭，活靈活現的模樣。偶然間，再次播放羅大佑的《思念》，這首歌收錄於羅大佑一九八九年《告別的年代》，歷經數十載淬鍊，而今聽來也就更有底蘊、更有溫度、更有張力、更有味道了。

再見，阿朗。

這次，換我唱羅大佑給你聽。

第三部

葛老師的那些年

一、海桐雨

這是曉葛的第一份工作，一間緊臨海洋的學校。

自教室窗外遠眺，一大片藍藍海洋映入眼簾，遠方總有幾艘船隻靜靜停泊，看來些許孤單卻又安詳自在。校內有條長坡，拾級而上，一株株海桐熱熱鬧鬧夾道而來，特別海桐盛開的時節，一朵朵綻放的海桐是成群結隊的白色蝴蝶，翩翩鑲滿樹梢。

某次學校將有貴賓蒞臨，校長要求老師們拎著學生加強環境整潔，而我被分配至海桐區。陪孩子們費了番功夫，終將坡上氾濫成災的小白花清理淨盡；結果一陣揚長而去不負責任的風，又讓海桐給落了一地，她們拂過我的髮、我的肩，如墜入凡塵的天使，清新可愛。

我和孩子驚呼連連：「哇！好美喔！」

肯定是得意忘形了，我繞到某個孩子身後搖晃海桐，白色花瓣砸得他滿頭滿腦。孩子們紛紛起而效尤，坡上洋洋灑灑下起一陣海桐雨，我們追逐白色花瓣，放肆地笑著。湛湛洋海不知不覺隨天色換上金裝，晶晶耀耀與我們一同歡呼慶賀。

戰局陷入膠著之際，孩子們卻瞬間斂起張牙舞爪的笑容，誠如指揮朝交響樂團收起音符那樣整齊劃一。我背脊發涼，劇情總不免俗於關鍵時刻殺出個程咬金，當我華麗轉身，正與校長四目相接。她壓抑瀕臨嘶吼的怪異聲調冷冷道：「葛組長，麻煩同我至辦公室一趟。」整班幼稚園倏地變回高中生，呆若木雞目送我隨校長離去的背影。當然，辦公室內免不了一陣槍林彈雨。

「爲人師表豈可帶頭作亂？」
「妳還記得妳是訓育組長？」
「老師除言教，更重身教！」
「@#$%^&^%$#@#$%…」

經過絮絮叨叨再教育，我和孩子們洗心革面做回傳說中的好老師與好學生。勤勤懇懇善後，完工時已然晚上六點。

好想再淋一場海桐雨啊！
那個下著海桐雨的午後，
我不是葛組長，我只是個孩子。

二、西瓜挖大邊

生命中，是否有個令你久久無法忘懷，回想起來會心一笑的畫面？

初任教職，熱血沸騰。大概初生之犢不畏虎，學校各處室職掌尚未摸透，便自信接下校長戰帖——訓育組長！由於人員編制極其有限，訓育組可是一人團隊，組內上上下下、大大小小業務皆由一人壟斷獨攬。沒錯，那人便是曉葛。然，倒不致如史詩般壯烈，校內尚有生輔組幫著循循善誘，以平衡校園生態，故訓育組仍得安心籌辦校內與校際間不可勝數之活動。如：畢業典禮、社團、各項競賽、午間廣播節目主持、就學貸款……等。

新舊交替之際，前任訓育組長恰恰擬好一項趣味競賽活動，讓曉葛得於正式交接前觀摩見習。當時校方財務拮据，瞭解活動詳情後，我眼睛瞪得老大。「趣味競賽冠軍獎品是『西瓜二粒』？」深吸口氣，暗忖：「學生會為了二粒西瓜參賽嗎？沒人報名豈不尷尬？」內心劇場跑了幾回，想像空曠操場上，兩三隻欲銷過，或被班導威脅利誘硬趕上架的鴨子，意興闌珊、行尸走肉地參賽。而落幕前的司令台上，前後兩任訓育組長手裡各捧一粒西瓜包夾冠軍得主。頒獎，奏樂！（登，登愣登，登愣登，登愣登……）傻傻佇個人，笑得多天！如此虐心的畫面，我不忍再想。

悄無聲息間，日子終究到了。出發前還給自己信心喊話：「心一橫便過，臉上表情可別過

分僵硬！」兢兢業業赴競技場後，卻跌破眼鏡。烈日下，各個參賽隊伍已然就緒，倆倆一組於左右腳踝繫繩，他們一邊煞有介事地討論「兩人三腳」戰術，一邊知己知彼觀察敵軍動態，縝密嚴謹，毫不馬虎。空氣中燃著你死我活的氣焰，我呆愣，驚得合不攏嘴。

「預備備……」場上是一匹匹蠢蠢欲動、摩拳擦掌的狼，企圖心使牠們變得心狠手辣。懷抱破釜沉舟與義無反顧之決心，我於牠們殺氣騰騰的眼底看見，敵人須被殲滅，是的，這裡儼然是前線。

「嗶！」比賽正式登場。夏日午後，陽光暴戾恣睢地啃噬肌膚，孩子們果斷將影子狠踩腳底，汗水淋漓中，偶爾出其不意嘶吼一聲，欲震懾敵軍；而兩旁啦啦隊興高采烈歡欣鼓舞，吶喊尖叫。若非已於事先瀏覽活動企劃，曉葛大概以爲冠軍可搬箱筆電回家。賽事一度陷入膠著，第二名以些微差距窮追不捨，而第一名彷彿敗北將傾家蕩產似地，以生命突破重圍；尚未回神，比賽便於沸反盈天中結束。

人類實在毋須將自己看得過重，這二粒西瓜可輪不到訓育組長授獎，最終由校長盛裝出席親自頒發。冠軍隊伍簡直中樂透，於場上繞圈、奔馳、跳躍，甩繩吶喊：「耶！我們贏了！耶！我們贏了！耶！我們贏了！」

接著，重頭戲！得獎班級齊捧大西瓜兩粒，還等不及讓曉葛至烹飪教室借把菜刀，便惡狠狠朝地上擲，只見兩粒落難的可憐西瓜癱軟於地，血流成河。孩子們快活地嚷嚷：「開！動！」手也沒洗，便豺狼虎豹擠成一團，爭先恐後徒手開挖，我目瞪口呆。「這，這，這……」還辭窮結巴，班長嚷著：「等等！把最大那塊讓出來，先給曉葛老師吃！」於是班長從另名學生手裡，搶過一塊血淋淋的紅肉置我掌心，眼眸放光道：「一起吃吧！」他嘴角咧至兩側太陽穴邊，那樣心滿意足、暢暢快快、心安理得地大啖紅肉。

其實曉葛一向潔癖的很，但當時手捧那塊汁肉飽滿的紅肉，竟跨越防線同孩子們一塊兒扎扎實實嗑了一口，哇！鮮美！衣服溼了一大片，有鹹鹹的汗水，有甜甜的西瓜汁，還摻著五味雜陳的淚。

眼淚是懺悔，懺悔自己無知的傲慢實在可憐，整座操場唯曉葛不懂人生眞諦。這些孩子擁有高貴的靈魂，那樣渾然天成、零汙染、零雜質；因爲簡單，所以知足。眼淚是感動，感動孩子們的快樂如此原汁原味，多羨慕那純粹不假修飾的笑容。

感謝學生闊綽地將「西瓜挖大邊」給我，替葛組長上了寶貴的一課。使我明白這世上至貴至重者，並非外表學歷、勢力才能、金錢地位；而是一顆攤於陽光下閃耀、誠實、無僞、恢弘的胸臆。那日，菜鳥葛組長手裡捧著的不只是西瓜肉，亦重拾赤子之心，並牢牢叮囑自己：「這回可要什襲珍藏，別再弄丟了！」

「西瓜挖大邊」成了曉葛心底極美的一幅畫。

那麼，您心底最美的那幅畫又是什麼呢？

三、音樂課也瘋狂

■最高尚的琴

由於學校位處窮鄉僻壤，人力窘迫，財務吃緊，教師們只得各具十八般武藝，一人肩負數門課程；加上資源、設備、器材的樣樣拮据，授課益加艱辛，簡直篳路藍縷、胼手胝足；而至克難者，莫過於無鋼琴的音樂課。曉葛只好想方設法自學，練一手破吉他，領孩子們寫意哼唱清爽民謠；時而穿插音樂欣賞，促著孩子們與貝多芬、舒伯特、蕭邦這些長輩們交交朋友。

那日課堂，孩子們殷殷切切道：「曉葛老師，可以讓我們唱周杰倫嗎？」我苦笑：「老師吉他功力還得加把勁兒，而學校目前苦無鋼琴，所以難免遇到瓶頸，但老師會加油，想辦法完成你們的心願，好嗎？」

下課於校園漫步，迎向一片深不見底的湛藍，海水晶晶閃耀，儘管遠方貨輪於泱泱之中顯得微不足道，卻仍從容自若、徐徐朝目標前行。面對這片令人折服的浩瀚無垠，我閉上雙眼，感受海風的氣息，它於髮梢、裙襬、指縫間盤旋流動，放誕不羈，自由自在。一幢黑影中斷這趟心靈旅程，睜開眼，浩子彎腰湊著臉，與曉葛四目相覷，我著實顫了一下。

「曉葛老師，妳在幹嘛？」

「吼！你怎地不出聲，嚇人哪！」

「我有事想跟妳說。」

「嗯，什麼事？」

「老師，音樂課無琴可用，很辛苦吧？」

「沒關係，老師再想想法子。」

「我家有一台電子琴，我決定把它送給妳！」

「太酷了！但你還是留著，或許哪天用得上。」

「我不會彈琴，所以用不到，那台是我爸的！」

「那更不能送老師了，那可是爸爸的東西耶！」

「爸爸用不著了。」

「不論如何那是爸爸的物品，老師不能收，謝謝浩子的心意。」

「其實，我爸過世了，那台琴留著也沒用，不如讓妳拿來上課吧！」

「嗯，可是……」

「相信爸爸一定很樂意送給妳的，老師不要嫌棄，收下好嗎？」

眼前這壯碩男孩整整高出曉葛一顆頭，他的雙頰被陽光晒得剔透晶亮，剛毅樸質的單眼皮底下，鑲著一對專注誠摯的黑眼珠，他溫柔地俯視，於我眼中探索。本該十七歲的青澀年華，卻擁著一份超齡與令人心疼的成熟穩重。他細膩看見曉葛的缺乏，挺起胸膛擔當地照顧起老師，試圖拋下一根浮木引我上岸；他比曉葛還像個眞正的大人。他經歷過什麼？過得好嗎？快樂與否？我找不到答案，他只是揚著嘴角，候著我的回應，而我紅了眼眶。曉葛沒見過天使，但我想，天使就這模樣吧！

「嗯。」我點點頭。

「眞的！老師答應了？」他把眼睛睜得老大。

「謝謝浩子送給老師一把世上最高尚的琴，我會珍惜。」

「不用客氣，見妳彈它，我也會很開心喔！」

上課鐘響，浩子揮揮手朝教室而奔。望著他堅實的背影，我原地佇了一陣，止不住因感動潰堤的淚，久久不能自已。

■不完美中的完美

電子琴送來當天，我們隆重舉行開幕式。和孩子們整襟危坐簇擁那台琴，有人忍不住伸出手來，好奇的壓壓這個鍵、新鮮地按按那顆鈕。我鄭重其事地宣布：「好，現在要正式接電囉！」屏氣凝神齊數：「一！二！三！」將插頭送入洞房，電源燈亮，迎來滿心雀躍。「試音囉！」我們成了耶誕樹下急不可待、候著拆禮物的孩子，那樣興奮、期待又緊張。我朝中央Do緩緩降落右手食指，它發出了個不卑不亢的聲響，沒錯！那就是循規蹈矩、從不打馬虎眼的中央Do啊！我們面面相覷、愣愣瞌瞌地傻笑，舉班歡騰：「耶！」

曉葛一時得意忘形踩著高跟鞋原地踏跳：「好開心喔！我們有琴了耶！」學生愣了會，亦跟著蹦蹦地跳，嚷嚷：「可以唱周杰倫囉！耶！」「老師，可以加碼王力宏嗎？」「還有林俊傑啦！」「還有%$（&^%@#……」「都好！都行，我們都把他們好好地唱一輪！」我們是無意闖入紅蘿蔔倉庫的小白兔，那樣欣喜若狂。後來這台琴果然成了得力助手，讓曉葛得以履行承諾。音樂課除了讓孩子們繼續接受其相敬如「冰」的貝多芬、莫札特、巴哈之古典洗禮，我們亦同周杰倫、王力宏、林俊傑致敬。

而這把琴年事已高，終其一生於漁村吹著鹹鹹海風，免不了狼狽風霜。有三顆鍵爲空炮彈，徒會矯揉造作、裝腔作勢卻無法發聲，導致唱起歌來結結巴巴，無法痛痛快快暢所欲言。然，一點兒不打緊，我們樂在其中，絲毫不介意，心滿意足矣。

後來，一群可愛的孩子找我。

「曉葛老師，可以教我們彈琴嗎？」

「但那台琴有三個鍵壞了。」

「有什麼關係？那三個音我們用唱的不就好了！」

「咦，有創意！這樣不但練琴，還可順便吊嗓子，就這麼辦吧！」

於是利用週間午休，我分批教孩子彈琴。低音La，中音Mi及高音Si爲啞鍵，每每彈至此三鍵，我們便引吭高歌（鬼孔鬼叫），以鋪張揚厲之語調塡補那空洞。倒一點兒不覺苦澀，彈彈唱唱與說說笑笑間，那些琴音流轉的午後時光，是不完美中的完美，它們於曉葛日記本裡成了鑲著水晶鑽石的一頁頁。

■ **愛就是**

音樂課前，各班須派幾名壯漢至辦公室將琴扛抬至教室，男孩子們粗手粗腳，一路打打鬧鬧。每每見那把琴於他們手中顚三倒四、岌岌可危、搖搖欲墜，總教曉葛心驚膽顫，憂心它提早瓦解，於是諄諄告誡。

「你們搬琴小心點兒，那可是浩子的愛心。」

「他都捐出來了，這就是公物了啊！」

「浩子可是忍痛割愛，我們要珍惜。」

「拜託，那台琴三顆啞鍵，他只是把家裡不要的東西拿來淸倉吧！」

「嘿！看著我。曉葛老師須正色告訴你們，這台琴是浩子父親的『遺物』，所以非常珍貴。它的價值無法以金錢衡量。浩子是爲了讓音樂課更順暢，才慷慨幫老師解圍並與大家共享，知道嗎？」

「嗯。」

「知道嗎？」

「嗯。」

「請回答知道，或不知道。」

「知道了啦！」

從此，男孩子們取琴態度一百八十度翻轉，他們兢兢業業、戒愼恐懼、如履薄冰，誓死以生命保護。而那日天空任性發了好大一頓脾氣，涕泗滂沱，雷光閃電，狂傲無情。取琴的兩名壯丁一左一右扛抬，而另兩名保鑣於後頭掩護，爲「琴」打傘。

「等等，老師再多找幾個壯漢幫你們撐傘吧！」

「不用啦，琴不要滴到水就好，我們很強壯，妳太瘦了，顧好自己就行！」

他們衣服淌著水，四隻落湯雞於雨中護琴，曉葛眼眶又氾濫。這些孩子懂得，愛。什麼是愛？這就是了。

■新琴，新情

新學年，新氣象。學校總算撥出一筆款項讓曉葛至城區採購鋼琴。和總務老羅悠悠哉哉逛了圈賣場，形形色色的新琴對我搔首弄姿。我成了隻喜出望外的翩翩蝴蝶，於繁花錦簇的花叢間，這兒！那兒！快樂的尋尋覓覓，穿梭飛舞。

這把琴音厚實，太好了！翻翻價格，唉！輕嘆口氣，只能朝它輕輕的招手，作別西天的雲彩。那把也挺像樣，觸鍵不過輕、不過重，恰到好處，太好了！覷覷標價，唉！再輕嘆口氣，只能朝它揮一揮衣袖，不帶走一片雲彩。偌大賣場不乏好琴，然學校提供的經費既輕薄又短小，選擇範疇屈指可數。

老羅出發前，請託曉葛與之上演一齣老掉牙的經典戲碼，他實在不適合編導，瞭解劇情後我擠出官方笑容，尷尬莫名；無奈曉葛不諳採購之方方面面，只好任其擺布，配合演出。劇本大綱：「老羅扮黑臉，嚴肅，不苟言笑，性情剛烈，台詞約莫：『不給殺價就拉倒，我們隨處都買得到琴，哼！咱們走！上別間買去！』接著虛張聲勢，甩頭走人。而曉葛則扮白臉，人設楚楚可憐，買不到琴便淚灑商場，回家愁得食不下咽、輾轉不寐的荒唐角色。台詞約莫：『拜託，我眞的好喜歡這台琴啊！可不可以算我們便宜一點，幫人家打折，拜託嘛……』」

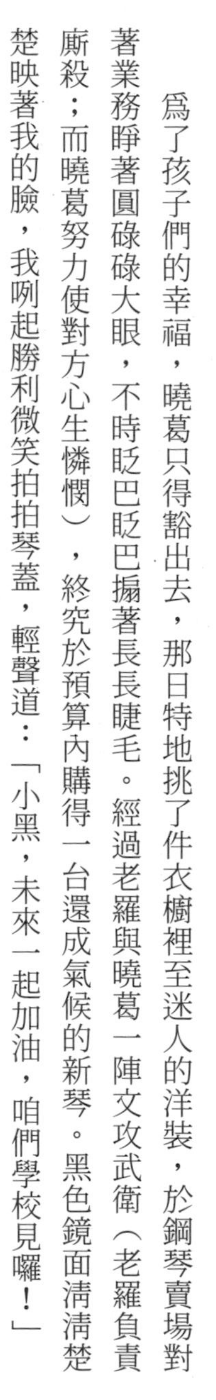

為了孩子們的幸福，曉葛只得豁出去，那日特地挑了件衣櫥裡至迷人的洋裝，於鋼琴賣場對著業務睜著圓碌碌大眼，不時眨巴眨巴搧著長長睫毛。經過老羅與曉葛一陣文攻武衛（老羅負責廝殺；而曉葛努力使對方心生憐憫），終究於預算內購得一台還成氣候的新琴。黑色鏡面清清楚楚映著我的臉，我咧起勝利微笑拍拍琴蓋，輕聲道：「小黑，未來一起加油，咱們學校見囉！」

浩子父親的琴榮退，那日，我為它繫上紅色蝴蝶結，送它衣錦還鄉。

新琴駕到，為避免干擾學生上課，音樂教室被發配邊陲。由於地處偏遠，學生只敢敲鑼打鼓、攜家帶眷的同行，不敢獨自前往。他們總繪聲繪影地傳說那帶鬼魅猖獗，阿飄會趁人不備默默於窗前窺視，漫無目的遊遊蕩蕩，還不時發出銀鈴般的笑聲嚇你一嚇。大概因為這些怪力亂神的鬼話連篇，讓音樂教室落入冷宮。而曉葛天生少根筋，倒挺享受這座被孤立於世界盡頭，得獨自與小黑深情對話的空間，它那八十八顆黑白牙齒粒粒分明且朗朗上口。

新生格外幸福，未曾經歷克難之瘋狂音樂課，因此面對這台嶄新鋼琴倒不怎麼大驚小怪。而小黑雖擁有珠圓玉潤的清亮嗓音，讓曉葛得隨心所欲滑動指尖，上行、下行，曲折縈紆，千迴百轉，任指遨遊；低音La，中音Mi與高音Si更毋須滑稽的以人聲遮補；然，我卻更懷念與上屆孩子們彈浩子琴的刻苦日子。

艱難卻分外夭夭，我們細細呵護一把缺了三顆牙的琴，每堂音樂課皆是生命的奇蹟，它們美好的不可思議，我們成了稚氣未脫的孩子，盡情揮灑純粹的金色笑容。

看似貧窮，卻是富足。
曾國藩道：「知足天地寬，貪得宇宙隘。」
葛曉曉言：「對極了！」

四、偽大人物

■教之初

大概人生所有的初次皆注定不凡，才得印象深刻，才教人沒齒難泯。

猶記初為人師，面對生命中第一堂正式課程，是興奮，是緊張。翻箱倒櫃，試著衣裝，攬鏡自照，一名自信專業的老師究竟何樣？模擬幾番開場白，於雙唇抹上兩道神采奕奕的鮮紅，咧嘴，饋予自己璀璨笑容，我揚起帆，夢想終將啟航！抖擻邁開步伐，招牌馬尾於後腦搖搖晃晃。懷抱綺麗憧憬，滿目清新，空氣微甜。自己即將出征前往拯救世界！

可惜現實與理想難免牴觸，入班瞬間，瞠目結舌。上午出門前的彩排顯得幽默，必須打掉重練。教室熄著燈，午後陽光自左窗台瀉了一地斑駁樹影，桌椅醉得東倒西歪，走不成直線。礦泉水、運動飲料，零零落落瓶瓶罐罐成了恰如其分的裝置藝術，粉筆槽積了層厚灰，我應景打了個噴嚏。

三隻小貓於各自角落安好，還作著香甜美夢。細細端詳，這可是幅丹青妙手之作。泛黃色調，微暗光影，我儼然走入一張娓娓傾訴老故事的舊照裡，不禁莞爾。然，晉級人師的曉葛終究得殘忍地打破這片祥和。

點燈，曉葛以指尖輕叩一隻小貓桌面，他睡眼惺忪恍如隔世，抬起頭，一臉迷茫。

「嗨！午安，我是新來的曉葛老師。」

「……」

「你們班該不會才三個人吧？」

「怎麼可能！」

「那其他同學呢？」

「在司令台那邊。」

「不是上課了嗎？」

「他們想回來自己會回來，不用管啦！」

「這怎麼成？曉葛老師還是到操場一趟！」

「……」

■ 熱帶魚

越過後門，右拐至司令台前，只見卅多個孩子們於蒼穹之下，如一隻隻悠遊自在的熱帶魚。

這幾隻以手枕頭，大搖大擺將自己攤地上，呆木木仰望天際；那幾隻盤腿而坐，愜意共享一袋鱈魚香絲；還有幾隻輕倚台邊吱吱喳喳聊得起勁；一對情竇初開依偎角落相視而笑的小情侶，正輕揚粉紅泡泡談著戀愛；而那位悠哉悠哉扭腰擺臀延展筋骨的仁兄，身段倒稱得上柔軟，而那頭……

面對眼前神展開之劇情，曉葛愣了會兒，對未來大致了然於心。眼前漫漫長路雖有荒煙蔓草，然，我知後頭有著花團錦簇與欣欣向榮；只要除草整地辛勤耕耘，終將歡呼收割！我見這群目無法紀被放生平行宇宙的孩子們，看似狂野不羈，實則相對簡單眞誠。

「嗨！請問你們是綜二班的學生嗎？」

「嗯，啊妳是……？」

「我是新來的曉葛老師，我們回教室上課吧！」

「水啦！耶！新老師正喔！」

孩子們覷了覷，並無重返教室之打算，不過笑容詭譎地打量我。

「妳看來年紀和我們差不多，妳眞是老師嗎？」

「甜言蜜語沒用，還是得回教室喔！」

「不要那麼嚴肅，放輕鬆啦！」

「……」

或許我可一聲令下，或許我可請學務主任強勢出擊。然，粗魯的應對即便得將他們逐回教室，終究關不住他們的心；與其兩敗俱傷，我更期待兩情相悅。於是決定給予時間、空間，讓孩子們調整適應。索性陪他們同倚司令台牆面席地而坐；而猛一抬頭，我透透澈澈地懂了！

順著孩子們視角延伸，景致美的教人折服屏息。遠方，那片藍悠悠的海洋靜靜鑲著幾艘緩緩前行的貨輪，天空飄浮幾朵白色棉花糖，左側清晰的山稜線深深淺淺地重重疊疊，海桐成群結隊於斜坡筆直而立，紡織娘款款唱著情歌，微風輕輕吻著臉龐……

「哇！好美喔！」

「對啊！這裡這麼舒服，幹嘛回教室？」

「可是你們是學生，總要上課吧！」

「哎！反正我們不是讀書的料，就別勉強了！」

「那，你們以後想做什麼呢？」

「……」

「說說看，反正只是聊聊。」
「我想當電競選手！」
「我要幫家裡餐廳工作！」
「我可能和我爸跑船吧！」
「不知道。」

「你們的夢想都很酷耶！曉葛老師反應慢不會打電動；手不巧不擅烹飪；跑船每天可被大海擁抱實在幸福；而還沒想到的人擁有無限可能！加油！相信大家的夢想都會實現的！」
「呃，妳當老師才厲害吧！」

「我們都很厲害，回教室囉！走吧！」
「吼！不要啦！麥鬧喔！」

「走吧，走吧！」
海洋靜靜璀璨，映照我們展翅昂揚的心！

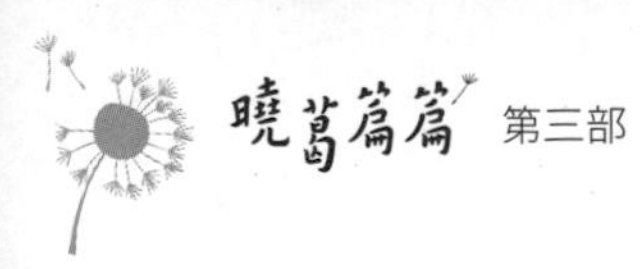

■ 偽大人物

我是個失足落入光陰洪流的孩子，
載沉載浮間，年輪，悠悠地發長。

一圈，加一落砝碼；一圈，加一落砝碼，
一圈，加一落砝碼；一圈、一圈又一圈，
生命日益地，發沉。

遵行古往今來之典範，循規蹈矩，踏實認分，
符合期待，一本正經，應對談吐，知所進退。
一切差強人意，其實，我不過是個僞大人物。
著一襲成熟衣裝，裝載著，不同步調的靈魂。

她古靈精怪，調皮搗蛋，
她喜歡直線，討厭迂迴，
她習慣黑白，不諳灰階。

她抓著大把鬼針草朝人扔擲，捧腹而笑，

她於沙灘烙排腳丫子印，低頭拾取貝殼，

她愛煙火，爲空中盛開的奼紫嫣紅歡躍⋯

其實那日，她巴不得同孩子們吹一下午海風。銘刻海的遼闊，海的浪漫，海的寂寞，海的多情，海的殘酷，海的悠遠，海的深邃，海的奔騰，海的撕裂，海的光芒萬丈，海的高深莫測。

她也好想好想與孩子們一致步調，活於無範疇，無牢籠，無公式，無爭競，無名次，無框架，無章法，無標準答案的平行宇宙。可惜她比孩子們先行長大，只好悉心畢力詮釋懂事，裝模作樣地嚷嚷：「回教室上課囉！」

端坐司令台那廿分鐘，她也是隻魚，一隻陶然自得的熱帶魚。

她不過是個「僞」大人物。

那，你呢？

五、無價之寶

■十七歲的夏天

「老師！王代偉爬到司令台頂部要跳樓！」一菜菜葛心頭一震，環顧偌大學務處獨我一人，舍我其誰，刻不容緩，於是隻身前往。

代偉是個白淨斯文的孩子，身高一米八，高挑清瘦，沉默寡言，如清晨蒙著薄紗的遠山眇眇忽忽，依稀得見若隱若現的山稜線，試圖靠近，卻霧靄越濃，影影綽綽，教你永遠視不清。他有雙分外澄澈的大眼睛，洞悉世事，卻以漠然掩飾無助與孤獨。一個十七歲的大男孩緊鎖心扉，對世界彷彿沒有好奇、沒有期待、沒有憧憬、沒有嚮往、沒有目標……

由於母親早逝，父親重組家庭，罹患癲癇的代偉其實不宜住校，卻被父親強制要求投宿。大概生活過度壓抑，導致發病頻率節節攀高；不論課堂行進間，抑或半夜三更的校舍裡，時不時人仰馬翻、雞飛狗跳，教人膽戰心驚。

曉葛步步為營登上司令台頂端，見代偉兩條腿騰空懸掛於無護欄屏蔽的邊兒，搖來晃去；看似怵目驚心，卻又初見他如此放鬆的模樣。並無電視劇灑狗血的激動吶喊，亦無威脅恫嚇揚言跳樓的驚悚場面。只見光影柔柔勾勒他的側臉，如此淡然寫意。

不驚不擾地，曉葛緩步趨近，於距其三公尺處席地而坐，我們坐擁遠方無邊無際的海天一色。六月午後，驕陽似火，風熱辣辣吹送暖氣，水泥地儼然成了一面平底鍋；我像根冰棒，就要就地溶化。他覷了我一眼，繼續憑眺那片將被夏天燒沸的海。

「嘿！代偉，你在這兒做什麼？」

「……」

「今天陽光燦爛，海水正藍喔！」

「……」

「如果不用上課，你現在最想做什麼？」

「我想遠離一切。」（悠悠的一句，滿腹的心酸。）

「可以告訴我，你的感覺嗎？」

「我好累。」

「嗯。」

「我眞的好累。」

「大概，人難免都會有心累了的時候吧！」

「妳也會嗎？我看妳每天都笑得很開心。」

「大人最累的地方，就是累的時候，還得假裝不累。」

「原來妳也會累，那我只能說，妳演技眞好。」

「轉移陣地好嗎？回辦公室吹冷氣泡茶如何？」

「我想待在這兒，妳忙妳的，不要管我。」

「不打緊，只是你小心別摔下去，性命寶貴。」

「反正我是拖油瓶，摔死算了！」

自鼻孔噴了口氣，代偉雙手掌心朝後撐著身軀。他睥睨世界的模樣眞教人難受，這不該是十七歲孩子應承受的心事。

「在曉葛老師眼中，代偉很寶貴。」

「你覺得我寶貴？那妳說說看，哪裡寶貴？」

「你有很多優點，例如：善良，謹守口舌，擅於觀察，個性穩重，還有……」

「全世界只有妳這麼想吧！我覺得自己好多餘！」

「母親懷胎十月生下你，光這點就值得珍惜喔！」

「我哪有什麼價值？只會給人帶來困擾。」

「嘿！代偉知道嗎？曉葛老師十七歲時，比你更令人困擾呢！一天到晚把老爸氣得噴煙。」

「眞假？妳看起來可是超級乖乖牌。」

「哈哈！我才不是，叛逆得很！」

「是嗎？」

「是啊！有一次#$&++&_$##+(+-&##+((+_……」

「後來咧？」

那天，十七歲的曉葛與十七歲的代偉於司令台頂，一個翹班，另個翹課。我們俯瞰一小時的藍藍海洋，被炎炎烈日烘烤近八分熟，而兩顆敞開的心，卻是如此動人。儘管有些冒險，雖然膚色黝了一階，但值得！

十七歲的夏天，我們影響了彼此生命，於一條名爲「盼望」的道路，並肩徐徐而行！

■不完美主義

代偉的故事，可能是你我的故事；

代偉的心情，可能是你我的心情。

人生總有些時刻，逼得我們撫心自問……

「爲何而活？」

「爲何而戰？」

小時候，曉葛成績總名列前茅，第一名乃司空見慣、不足爲奇；而父親總慎重其事地將每張獎狀端端正正張貼牆上，多麼輝煌奪目的另類壁紙！正因如此，使爸爸益發地期待，他的曉葛將來會如何地出類拔萃，如何地光耀門楣。

那日，曉葛又領獎回家，父親笑逐顏開，細細端詳，驚覺獎狀上名次多了兩槓，瞬間面皮鐵青，綳成石頭道：「妳怎麼會退步呢？第三名竟然還笑得出來？進去房間好好反省，直至晚餐時間才可以出來！」禁閉一下午的曉葛總算開竅，悟出了個超有建樹之人生道理：「第一名是悲哀的，不愼失足，考第二名便爲退步。千金難買早知道，當初何必太認眞！」

後來曉葛並無記取教訓，仍不負眾望拔得頭籌；而我想，這回總能翹翹二郎腿、嗑嗑瓜子、看看電視，當作犒賞了吧？想不到父親逐一檢閱試卷後，正色危言道：「曉曉，妳現在應做的並非沾沾自喜。雖是全班第一，但差一分便全科滿分。妳該檢討爲何丟了這一分，而非洋洋得意！」我再度入房禁閉，最終結論爲上次頓悟之加強版：「是的，考取第一名乃自殺行爲無誤！」

自此上學不再有趣，讀書只爲應付考試，成績乃博得師長認同之工具。我患得患失，唯恐自冠軍寶座跌落，生怕掌聲不再，失去師長青睞。於是業業兢兢上學，業業兢兢考試，亦於業業兢兢中逐漸斂起笑容。鞭策自己盡可能滿分，盡可能完美，盡可能無懈可擊。直到有天，一位老師於曉葛作文本上大大打上九十八分。我難以置信拎著本子，自以爲是、幾近惱羞至辦公室詰問老師。

「老師，請問我作文有錯字嗎？」

「沒有。」（她雲淡風輕笑著。）

「那是哪一句不好，需要改進？」

「沒有，都非常好，沒有問題。」

「那請妳告訴我，這兩分到底被扣在哪兒？」

我極不服氣，臉上掛著汪汪二行淚。老師定定注視我，要我務必仔細聆聽接下來字字句句。她語重心長道了段改變曉葛此生的一席語：「老師並非因妳文章寫不好扣分，而是想教妳一門功課。這功課對妳而言非常困難，但妳必須學會，那就是捨去完美主義！老師看得出妳給自己極大壓力，可是妳其實不必承受這麼多。妳還小，很多想法來得及調整，所以妳需要現在就明白一件事，聽清楚了，曉曉，這世上沒有人是完美的！連一個也沒有！所以葛曉曉也不會是完美的！如果妳一直強迫自己完美，不但永遠達不到，未來還可能承受很多失望，甚至把自己逼到無路可退。人生不要活得這麼辛苦，老師故意扣兩分，就是要妳好好練習『不完美主義』！」

我還嗚嗚咽咽忿忿不平道：「如果沒有錯字，也沒有問題，那就該給我一百分！」

「不完美主義」對曉葛而言，的確是又大又難的功課；誠如老師所預言，曉葛後來數度崩潰後，才學會饒過自己，接納自己，釋懷於自己的，不！完！美！

■ 無價之寶

人類確實辛苦，我們於慣性爭競的世界裡汲汲營營，以他人目光及輿論堆砌自身成就，然後爭先恐後去一馬當先。從學歷到成就，從外貌到內涵，從汽車到房產，從薪水到階級，從名牌時尚到生活品味，從……最終於功名利祿中迷失，甚至不擇手段爲贏而贏，忘了初衷，淪爲掌聲的寄生蟲。

其實活得踏實坦然已可圈可點；能安居樂業，盡己所能對社會有所回饋便足以彰顯價值；不必非得青史名留、永垂不朽。當然積極進取、奮發向上、登峰造極值得鼓勵，只是若能建立於身心較舒適、平衡的基礎上，追求目標的心路歷程自然更加健康。

人生天地間，忽如遠行客，今日絢爛，轉眼明日黃花。誠如王國維所言：「最是人間留不住，朱顏辭鏡花辭樹。」人類有限，不論鏡中一去不復返的青春年華，亦或離樹飄零的失意落花，你我尚且留不住；更遑論榮華富貴如浮光掠影，萬事到頭都是夢。故，倘能以較從容之力道經營人生，那麼生命質地肯定不同。

世無完人，然，人人各有千秋。甚願你我皆能接納自己的不完美，快樂與有一無二的自己共舞；不被大眾目光及輿論束縛、綑綁、轄制。不論如何，請務必相信：「打從你出生那一刻，你就是無價之寶，是最最獨特的那一個！」

六、流言

■檜木全餐

話語帶著能力，可建造醫治，可拆毀殺戮。

曉葛一向欽佩新聞主播與記者，因這是份神聖並充滿使命的工作。除談吐如流與專業知能，更須公正客觀詮釋事件，加以效率精準邏輯分析整合，將其化爲文字，轉爲口語，領人看清眞相與完整面貌。倘立場無法中立呢？

曉葛前陣子買了雙檜木箸，那沉著、原始、典雅的香氣令人神魂蕩漾；心想，以之餐食，粗茶淡飯亦成八珍玉食。後來發現它不但對「食尚」品味毫無加分，反令人不堪其擾。道道美饌佳餚成了「檜木」白斬雞、「檜木」滷腿排、「檜木」燴三絲、「檜木」蛋炒飯、「檜木」紅燒牛、「檜木」清蒸魚、「檜木」乾拌麵……所有食材盡失原味，被一雙檜木箸獨占鰲頭，搶盡風采，失去本色。

是否玩過比手畫腳？於語意傳達接力中，由於錯誤解讀或誇大不實的表述，致使答案荒腔走板。過程雖是詼諧有趣，然，若發生於現實生活呢？透過個人立場主觀陳述，或未經查證鬧得沸沸揚揚的消息，如同戴上有色眼鏡觀察，如同比手畫腳的糊塗行徑，如同檜木餐食。它們是兒時失眠夜裡，窮極無聊折折疊疊的手指，對著探照燈將手影投映壁面，成了一葉蝴蝶、一隻螃蟹、

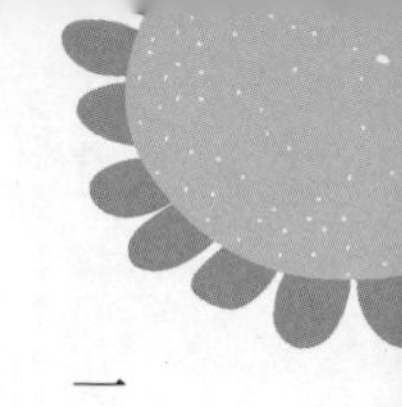

一架飛機；看似眞知灼見的背後，有時難免藏著有心人士的刻意操弄。

曉葛有段沒齒難泯之經歷，並於其中獲得深刻教訓。

■ **聽說**

鄉間教書雖因資源匱乏而分外辛勞，同仁卻因此更具革命情懷。人類習慣找屬性相仿之夥伴築起藩籬自成一圈，情義互挺、肝膽相照。可惜曉葛獨立的性格較難溶入團體，倒是少了紛紛擾擾，得淸閒度日，卻難免資訊累格。

某日，難得的空堂，曉葛獨享偌大辦公室。窗外鳥語啁啾，太陽打翻一地耀眼金黃，我沉浸於稍縱即逝的愜意從容，眼前如山的公文倒顯平易近人。二名女老師打破這片祥和，依偎著耳語入辦；環顧四周，確認辦公室唯恬靜寡言的葛組長留守，便寬心放大音量，旁若無人地交換小道消息。

「妳知道老葉要離職嗎？」

「眞的假的？」

「千眞萬確！」

「哇塞！什麼時候的事啊？」

「就這幾天啊！大家都知道，就妳狀況外！」

「那，誰要補他的缺啊？」

老葉爲曉葛過去直屬長官，將屆退休，魄力海派，對曉葛疼愛有加。後不明原因遭貶謫被發放邊陲；然，曉葛從未忘記老葉過去的悉心照料，聽了著急，二話不說便朝他辦公室飛奔。

「葉主任，你都好嗎？」

「好啊，妳爲何這麼問呢？」

「那你爲什麼要離職？」

「我？我要離職？誰說的？」（他憤而拍案。）

「咦，沒有嗎？」

「當然沒有！我好端端幹嘛離職？」

「那大概是我搞錯了，沒事，你沒事就好。」

「豈有此理！是誰胡說八道！我找校長理論去！」

「葉，葉主任……」

語未畢，老葉已慷慨激昂、義憤填膺朝校長室而去，我茫然不知所措。曉葛並非有意傳話，只是心急一時不察，結果沒頭沒腦、毛毛躁躁將事情給弄擰了。

■幫凶

返辦公室，忐忑不安。沒想到自己無心插的可不是柳，而是致命夾竹桃。

「葛組長，麻煩至校長室一趟，校長找。」

「好的，謝謝。」

甫入辦，便接到炸彈。

起身朝暴風中心挺進，心臟撲通撲通亂跳，迎面而來，可是噬人的海嘯。

「葛組長，請坐。」（校長一派雲淡風輕，曉葛置身颱風眼無誤。）

「謝謝。」

「妳爲什麼跟老葉說，他要離職？」

「我以爲他要離職，所以前往關切。」

「那麼，妳是怎麼『以為』的？總其來有自吧？」

「無意間聽到，很抱歉，我該先查證才是。」

「那麼，妳是無意間聽到『誰』說的？」（校長銳利的眼光使我無所遁逃。）

「未經查證以訛傳訛是我的錯，我深感抱歉。」

「這並非一句道歉就沒事，我必須揪出造謠者。」

「這全屬我個人疏失，請處分我一人就好。」

「妳就坐這兒。我現在交待全體同仁，只要葛組長沒道出眞相，今日誰也不准下班！」

遠眺校長身後一窗美景，海水正藍，風掀起波光粼粼，我是迷航其間的一葉扁舟，悠悠蕩蕩，遍尋不著指引歸途的那座燈塔。校長威風凜凜電話交待後，氣定神閒繼續批閱簽呈；而我像個做錯事的孩子，一旁正襟危坐，靜候宣判。時光分分秒秒流逝，日影漸斜，刺眼陽光變得柔媚溫和，澄澈藍天換上瑰麗金裝，看來珠光寶氣，前衛大膽，絢爛奪目。

「決定說實話了嗎？妳要知道，我很有決心。」

「請處分我一人就好，以訛傳訛，是我的錯。」

「無妨，妳不急，我不急，全校都不急著下班！」

鍍著金邊的雲朵悄悄洗淨鉛華，天空是被浸潤畫筆掠過的紙張，渲染一頁清清淺淺的湖光山色，夜幕低垂，遠方船隻不約而同燃起熒熒燈光，那是大海爲我潸然淚下的粒粒珍珠。

「六點了，同仁正餓著肚子陪妳加班，妳想清楚沒？」

「我……無意間聽到花老師說的，但她純粹是關心同仁，並無惡意。」

「評斷是我的工作，我找她來，讓妳們當面對質！」

「……」

■ 決裂

校長、花老師與曉葛，我們三人環桌而坐。校長室儼然成了法庭，原告老葉缺席，被告花老師，曉葛由共犯轉污點證人，校長則爲我心如秤的法官。空氣瀰漫一股肅殺，直教人喘不過氣。無奈低頭覷覷地板，白色塑膠地面被椅子磨出一條條歪七扭八的軌道，夾雜斑斑點點的汙漬，校長室隸屬哪一班外掃區呢？如此含糊馬虎，倒是得趕緊提醒體衛組長，免得一會兒輪他挨轟……

回神猛一抬頭，正與花老師四目相接，她惡狠狠地瞪，我滿心歉意凝視，渴望於她眼底尋找一絲絲饒恕的微光；而她眼中焚著熊熊烈焰，燃料是滿載的怨懟、憤恨、不平與切齒拊心，只好又低下頭。千金難買早知道，萬金難買後悔藥；實在始料未及，一句簡單至極的關心問候，何以演變至此？

校：「花老師，曉葛說老葉離職是妳『宣傳』的？」

葛：「花老師只是關心同仁罷了，一切都是我的錯！」

校：「葛組長請保持安靜，花老師，我在問妳話呢！」

花：「是。」

校：「妳知不知道流言，是我的大忌？」

花：「嗯。」

校：「既然水落石出，我會懲處妳，沒意見吧？」

花：「嗯。」

校：「葛組長沒妳事了，妳可先和同仁們下班。」

返辦公室被團團圍剿，一群人七嘴八舌朝我說三道四，我腦袋當機，聽不入隻字片語，擠不出半句具建樹之良言佳句。肩頭無比沉重，因自己的不明就裡鬧得滿城風雨，還殃及池魚。大夥兒見我這頭挖不出什麼八卦，便意興闌珊各自下班覓食。

再次獨守辦公室，窗外不長眼的蟋蟀與青蛙喋喋不休，嘵嘵不停，惹人心浮氣躁。夜色越發深沉，試圖批閱公文，而生硬的字裡行間教人魂不守舍。「這綠島像一隻船，在月夜裡搖啊搖……」我自暴自棄地哼起《綠島小夜曲》，爲消弭焦慮，爲排遣長夜漫漫。內心演練千萬回，待會兒花老師入辦該如何自白，如何收拾殘局，如何……

花老師回來了！她臉繃得老緊，溫度驟降，寒氣逼人。深呼吸，股起勇氣朝她而去，手中緊握一粒鮮紅可愛的富士蘋果。

「花老師對不起，我沒料到事情會變這樣……」

「不小心？是喔？」

「眞的很抱歉，請問我該如何彌補妳？」

「嘖！原來妳善良美麗的表象裡，竟是如此陰險！」

「對不起，我眞的不是故意的。」

「請離開我視線，妳讓我覺得，非，常，礙，眼！」

「這蘋果給妳，妳一定餓了，可以墊墊肚子。」

「不用假惺惺。借！過！」

她推開蘋果與我擦肩而過，拎起包包大步「碰」地甩門而出！

回座，我成坨爛泥軟軟癱於桌面，以那疊日復一日始終如山的公文為枕。「這綠島像一隻船，在月夜裡搖啊搖……」我繼續輕輕地哼，因為無助，因為明日將赴綠島受刑；畢竟我罪大惡極，活該淪為眾矢之的。

曉葛成了以訛傳訛的幫凶，導致情勢一發不可收拾。後來的風風雨雨應不難想像，而我只能引咎責躬，默默承受，這終究是自己一手造成的局面。最遺憾的是，不論後來曉葛如何釋放善意，花老師的心門貫徹始終地，對我牢牢上鎖。

■曾參殺人

曉葛曾對校長處理該事件之作法極不認同，認為她小題大作，以鐵腕破壞同仁和諧，造成無法修補的裂痕與嫌隙；而後來卻有了不同的看見。我雖仍不理解那激烈手段，但能明白她為何對流言零容忍。

《戰國策．秦策二》：「昔者曾子處費，費人有與曾子同名族者而殺人，人告曾子母曰：『曾參殺人！』曾子之母曰：『吾子不殺人！』織自若。有頃焉，人又曰：『曾參殺人！』其母尚織自若也。頃之，一人又告之曰：『曾參殺人！』其母懼，投杼踰牆而走。」此即三人成虎之理。曾參為賢良者，然，經人再三傳告，就連對他堅信不移的母親，亦信以為真。

宋神宗元豐二年，蘇軾因《湖州謝上表》中幾句牢騷，被何正臣、李定等有心人士拿來大做文章，故以訕謗新政罪名被捕，入獄四個月。此為著名之烏臺詩案，全案牽連多人，而蘇軾最終

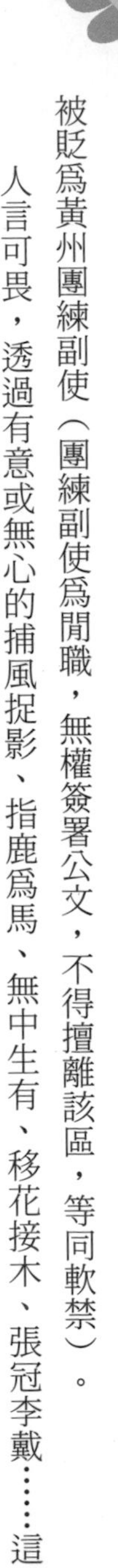

被貶爲黃州團練副使（團練副使爲閒職，無權簽署公文，不得擅離該區，等同軟禁）。

人言可畏，透過有意或無心的捕風捉影、指鹿爲馬、無中生有、移花接木、張冠李戴……這在在是致命武器，眾口鑠金，積毀銷骨，教人死於無形。

對比當年校長的鐵腕，她清楚個中道理，於是果斷止血，力挽狂瀾，讓事件清清楚楚地落幕，殺雞儆猴，以杜悠悠之口。儘管曉葛非蓄意，然過失殺人亦是殺人；無心不能用以卸責，亦不能成冠冕堂皇之藉詞。

民主言論自由「非」用以保障人們的大言不慚，或肆無忌憚、辛辣之批評謾罵，甚至未經查證的流言蜚語。出口的字字句句皆可能產生蝴蝶效應，謹言實乃必要。

靜默有時，言語有時，精準論述，小心措辭，口吐芬芳，讓話語如金蘋果落於銀網子般恰如其分；它並非唇槍舌戰的子彈利劍，而是溫暖和煦的陽光。可造就安慰、縫補破碎、鼓舞激勵，讓世界更趨美好。也也許這才是最到位、最高品質的言論自由！

七、空中音樂會

■挑戰

擔任訓育組長那些日子，曉葛簡直萬能。該我的、不該我的、推三阻四的、令人聞之色變的、奇形怪狀的任務，常莫名給堆到頭上，所謂「天將降大任於是人也，必先苦其心志，勞其筋骨……所以動心忍性，曾益其所不能。」只好秉持此信念埋頭苦幹，將不可能化為可能。而任務乍看往往艱鉅到令人鼻酸，一旦克服，卻又慶幸自己向上提升一級。（昇華至更多火坑之境。）

那日，與老大（校長）福利社前狹路相逢，平日教職員們可是想方設法排除與之正面交流之任何可能，畢竟人人事務繁瑣，肩頭各自千鈞重負，工作量滿載。而天馬行空的老大，總想到什麼便非得試它一試，彷彿不食人間煙火的仙子，忘了衡量現實面人力、物力之匱乏。她大概相信只要願意，事事皆可化腐朽為神奇、化不可能為可能。如此達觀精神令人敬佩感戴，卻也教人心驚膽戰；畢竟我們已然是群過勞教職員。

於是見老大迎面而來，我求生本能地抬起手中文件置眼前苦苦鑽研，不時左上抬起四十五度仰角陷入沉思，如此，即便擦肩而過，便可避免與之四目相交。

「嘿！葛組長，在忙啊？」（殘念，沒能逃過一劫）

「校長早！我在安排週五貴賓演講事宜，有點兒趕！」（釋出殭屍般笑容，緩挪移步伐。）

「妳要到活動中心去是嗎？一起走吧！」

「嗯。」（吞了口口水，這下甩不掉了。）

「我昨晚失眠，左思右想啊！想到……」

「嗯？」（想到啥？背脊一陣發涼。）

「我覺得學生藝文素質尚待提升，可要勞煩妳了。」

「那麼，校長建議從何著手呢？」（自掘墳墓中。）

「我打算由妳製作，並主持『午休音樂廣播節目』。」

「可是，學校播音系統恐怕無法勝任耶！」（眼前有坑，而我似乎得轟轟烈烈一躍而下。）

「妳可以的！」（她拍拍我肩，轉身離去。）

「那個……」（試圖無謂的掙扎。）

「喔！對了，下週一開始喔！」（她回眸一笑。）

想著桌面排著長長隊伍，待上呈的公文、待批閱的作業、待執行的年度計畫、待製作的課程

教案、待歸檔的項目……拖著沉重步履，腳上綁了鉛塊，我一階一階自地表將自己拖行至二樓總務處，佇於那套隨時作古，一天到晚出包的播音系統前發怔。

由於長年受海風侵蝕，設備生鏽折損得厲害。而全校播音都得靠它，養出它一身傲慢無禮之積習，動輒罷工，或是吱吱喳喳鬧著脾氣。布達訊息時不時斷訊，動不動累格，一句話給說得結結巴巴，而越闡釋，越是換來全校的漫天問號。

我是個不慎落海的文明人，被無情浪頭沖至無人島，島上有著與世無爭的白沙、自在飛翔的海鷗、高大挺拔的椰子樹；而我又飢又渴，不過想來份簡餐卻無所適從。懷抱如此心情對著播音設備望洋興嘆，引來總務大掌櫃老羅的殷殷關切。

「葛妹妹，怎麼啦？」

「校長要我下週起，午休主持音樂廣播節目。」

「蛤？」

「蛤什麼蛤，我剛剛已經蛤過了！」

「那妳沒提醒她設備扛不住嗎？」

「當，然，有，啊！」

「那她還堅持？」

「你新來的喔？不瞭咱們老大嗎？」

「哎！話說昨天老大也生了些苦差事給我，本來悶死人了，現在聽到妳比我還坎坷的際遇，心底倒舒坦得多。葛妹妹加油，妳可以的！老大應該沒忘了這麼激勵妳吧？哈哈哈哈哈……」

「嗯。」（你可以的是老大口頭禪，當這句話自她口中噴出，代表又有可憐蟲被丟事。）

昨日蹙額愁眉的老羅，今於我眼前笑著揚長而去。所謂「抽刀斷水水更流，舉杯消愁愁更愁。人生在世不稱意，明朝散髮弄扁舟。」我們並無李白索性披頭散髮，乘一葉小舟退隱江湖的氣魄；只好於中槍之時，消極找個被打成蜂窩的夥伴；目的絕非依偎取暖，而是彼此嘲笑，互揭瘡疤。大概唯有見他人過得比自己加倍水深火熱，才感受得到自己相對的一點點幸運吧！這誠然是與戰友苦中作樂的妙方，以黑色幽默調劑身心啊！

好吧！決定好好振作，面對它、解決它、搞定它！回頭找方才幸災樂禍的老羅，央求協助播音系統調整修繕，他推了推眼鏡裝矇、裝愣、裝痴、裝傻，嗯嗯啊啊欲擺脫葛組長。而葛組長亦非省油的燈，二話不說至福利社將冰櫃最高規的伯朗咖啡取了兩罐，結帳，回頭擺他桌上。再不多說半句，深情凝視，嗚嗚咽咽一臉可憐兮兮，用力給予情緒勒索。老羅最終敵不過糾纏，雖無法顧及音質，但終究能流暢送出聲音。硬體設備確認無誤後，曉葛著手設計節目主題：「週一古

典樂好好聽，週二輕音樂好舒眠，週三自由點歌好時光，週四爵士樂好放鬆，週五校園歌手好聲音。」

■越界

「同學們！曉葛老師要宣布一個大好消息喔！」

「什麼大好消息？老師要請喝飲料喔？耶！謝謝老師！」

「哪這麼膚淺？比這更好！」

「到底什麼啦？」

「下週起，午休會有音樂廣播喔！」（音調高八度，賣力演出鼓舞人心的灑狗血劇。）

「吼，什麼嘛！一定是放巴哈那種，無聊耶！」

「老師會設計不同主題，週五還會開放麥克風，邀同學節目專訪並演唱，超酷的吧！」

「才不要，很蠢耶！丟臉死了！」

「多嘗試，人生才精彩嘛！」（再次信心喊話。）

「……」（一片眼神死。）

「就這麼定案，大家一起加油喔！」（自言自語無誤。）

「……」

「曉葛老師相信你們可以的！」（神複製老大口吻佐以誇張音調，連自己都些許尷尬。）

「……」

猶記第一個週五，雀屏中選的小恩緊張得手心冒汗，於我身旁坐下起身，坐下又起身，他坐立不安。我拍拍他：「謝謝你幫助老師，謝謝你陪我接受挑戰。」（他苦笑。）

十二點鐘響畢，我準時按下音樂播放鍵。首先以十秒凱文科恩《錄鋼琴》替學生回魂醒腦，再將音鈕緩緩左移，音樂淡出，墊成背景。我對著麥克風，聲音盡可能輕柔：「各位親愛的同學午安，我是曉葛老師。今天的你，好嗎？不論快樂不快樂，就讓音樂翻轉你的心情吧！今日『校園歌手好聲音』單元，很榮幸邀請到X年X班楊小恩同學。小恩，跟大家於空中打個招呼吧！」

「大家好我是楊小恩。」（他字字緊黏火速唸完。）

「今天，小恩要為大家帶來什麼歌呢？」

「王力宏和盧巧音的《好心分手》，我請曉葛老師與我合唱。」

全校瞬間沸騰，或遠或近傳來震耳欲聾的大呼小叫，還有人放肆地吹著口哨。我淡定轉換音樂，前奏下，對著小恩微微笑，他似乎自在許多。

「（葛）：是否很驚訝，講不出說話……（恩）：也許該反省，不應再說話……」

由於只有一支麥克風，我們克難著輪替使用，而傳遞過程，設備不時滋滋作響地攪局，但無妨，我們唱得可投入，總務處門口一群樂不可支的孩子們湊著熱鬧，紛紛攘攘交頭接耳。

那一刻，我明白了。我和小恩攜手跨越了一條名為「不可能」的線，那條線長久以來轄治我們，使我們習以為常畫地自限，讓我們自己打敗自己，任憑它張揚舞爪地控訴：「你註定失敗！」「別痴人說夢！」而那天，我們勇敢地越界了！

■空中音樂會

曉葛小學五年級時，音樂老師阿華田為全校萬人迷，她雖脾氣大了點，卻美得不像話。特別有回至她家包餃子聚餐，見她茶几上框了張過去參加選美的夢幻舊照。相片中的絕色佳人身著泳裝，穠纖合度的身材，自信的眼神，出眾的氣質，落落大方，教人看得出神。

而阿華田亦負責學校音樂廣播，猶記初次她於空中以粒粒分明的口齒，介紹德弗札克的《幽默曲》。隨後，一把提琴從容出場，聚光燈朝它聚攏，它低聲吟唱，娓娓道來，侃侃而談，鋪底鋼琴輕輕巧巧與提琴對話、呼應，交織、共舞。有時步伐刻意延遲，於你稍不留神，它又倏地跟上。接著收緊，一陣慷慨激昂，情緒層層疊疊地高漲，當張力到達巔峰，它又瞬間驟的一放，語調轉爲鬆懈舒緩，綿延柔軟的音符悠悠於心間流淌。我哭了，被曲子深深觸動與虜獲。閉上眼，跟著拍子踱步，餘波盪漾，它於我心頭一圈、一圈泛著漣漪，沉醉得無法自拔。至此，我愛阿華田更甚，多想和她一樣呢！

數年後，曉葛於空中音樂廣播節目開播首日的「古典樂好好聽」單元，特以德弗札克《幽默曲》揭開序幕。而這回，由曉葛介紹德弗札克，並按下擁有魔法的音樂播放鍵，回到起初的感動。儘管透過學校殘破不堪的播音系統，音質導出些許沙啞；然，幽默曲和當年一樣，瘋狂激動地翻騰我心。琴音錯落間，葛組長與小學五年級的葛曉曉，穿越時空相遇了。

葛組長：「曉曉，好久不見，妳都好嗎？」

葛曉曉：「那麼，後來的妳，過得好嗎？」

我熱淚盈眶。

■ 圓夢

有時你以爲的泰山壓頂，說不定是份驚喜。我感激總是異想天開的校長，因爲她的不切實際，因爲她堅定對我說：「妳可以的！」讓曉葛意外圓了兒時美夢。

挑戰何難之有？我猜至難之處莫過於跨越那條名爲「不可能」的線。荀子曰：「鍥而舍之，

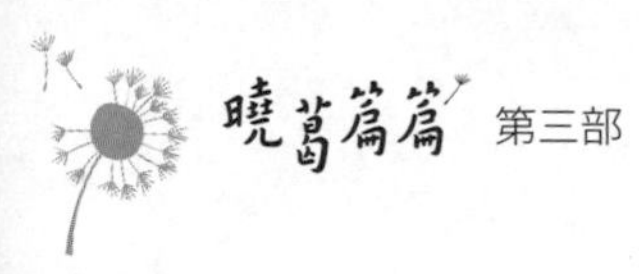

朽木不折；鍥而不舍，金石可鏤。」或許我們都該勇敢跨越，用力堅持，擇善固執，那麼夢想就在不遠的前方！

八、風起時

生命中的喜怒哀樂，誠如四時更迭，花兒開落，晝夜遞嬗，陰晴圓缺。長大後，為了承擔與責任，我們往往選擇壓抑負面情緒，噙著淚，別過頭，將那些傷心、失落、痛苦、害怕、恐懼、沮喪、難堪、挫折、無力、不平……藏起來，以為視而不見，它便隨風而逝、煙消雲散。

這世上最辛苦的動物，莫過於人類吧？知識的洗禮薰陶與科技的日新月異，使人們越來越懂得包裝自己。穿戴報喜不報憂的面具，日日展現陽光，揮灑笑容，閃耀自信，彷彿非得時時刻刻正向完美才卓越超群，才無愧為人。後來，於日積月累與積羽沉舟的堅忍不拔中，時勢未必造英雄，倒是造了不少抑鬱人種。

■我不快樂

有段時間，曉葛怏怏不樂。

憂鬱大概和成功一樣並非一蹴而就。讓當事者崩潰之事件，於外人看來也許輕如鴻毛，而對當事者而言卻重於泰山；因你所見所聞極可能只是最後一根稻草。倘追本溯源，就其一路深深刻刻的腳蹤而尋，可能會發現沿途的血淚斑斑，與疊疊累累的包袱。

初爲人師，還鳧趨雀躍，自己總算未負父母殷殷期許，於少子化與教師過剩的大時代中過關斬將、披荊斬棘、美夢成眞！後來幾番波折，驚覺校園生態與理想有別，內心暗自迷惘。訓育組長這狀似神氣的頭銜，實則狼狽萬狀。底下無任何組員，所有事項非得親力親爲，無一倖免。高舉鍛鍊與培育後起之秀之旗幟，一切乃爲訓練與雕琢，令人毫無推辭餘地。天天於打理不完的茫茫事務海中載沉載浮，那些大大又小小、點點與滴滴、裡裡和外外……我已然被永無止境的忙碌給淹沒。

沿行政大樓的長長迴廊，陳列了排一望無垠的英文看板，爲協助學生溶入英語環境於日常，這上百張看板每隔段時日便得全數更新。此事非同小可，工程浩大、曠日耗時。

那日，曉葛正焦頭爛額製作看板。我一邊尋找適合學生程度的英語會話套用之，一邊佐以繪圖美編。張張風貌各自不同，製作完成後還得小心護貝，最終裝釘至看板。而英文看板後頭，還有排著長長隊伍的項目，它們正望穿秋水地盼著葛組長逐一解決，我得快馬加鞭、爭分奪秒，難免心煩意亂。

「在做英文看板呀？」（芸芸老師微笑朝我而來。）

「嗯，對呀。」

「辛苦了。」

「嗯，我會加油。」

「看來挺有趣，我可以幫忙嗎？」
「妳要幫忙？太好了，謝謝妳！」
心頭暖洋洋，感動不已。芸芸老師臉上，映著午後自窗櫺落入的一把陽光，那樣神采飛揚、款款動人。曉葛彷彿吃了一劑定心丸，原來滿心的疲乏，瞬間一掃而空。
「我做好一張囉！只是突然想到還有事務得完成，抱歉無法幫妳了。」
「喔，沒關係，還是謝謝妳喔！」
「釘槍借我，我做好的這張，先拿去校長室門口的看板釘。」
「待會兒我全數做完再一起釘板卽可，釘槍操作危險，我來就行。」
「自己做的自己釘才有成就感嘛！」
「喔，那好吧！要注意安全喔！」
曉葛只好再接再厲、火力全開！自陽光散漫漫的午後，直至夜幕低垂教職員全數下崗，總算大功畢成。沿迴廊，伴著蟲鳴蛙唱的聒聒噪噪，咔茲！咔茲！我逐一將上百張生動活潑的英文會話字卡釘板。下班前安安靜靜立迴廊抬頭仰望，滿天星斗於夜空洋洋灑灑，天真無邪眨巴眨巴著眼，如此純粹又令人心醉的犒賞！

■ 海市蜃樓的獎狀

「葛組長，待會兒朝會有個獎項，由妳代表頒發。」（朝會前老大交代。）

「好的。」

葛組長立司令台側，那可是全校絕佳視野。日光明麗，大海清波漾漾，台上校長言者諄諄，而台下孩子們則聽者藐藐，如一株株水草臨風搖曳，萬頭攢動，扭扭捏捏，我會心一笑。

「今日，校長要頒發一座特別獎項給芸芸老師。芸芸老師見訓育組分身乏術，便自告奮勇，『一人包辦製作』全校英文看板，萬分辛苦，大家務必珍惜；讓我們掌聲鼓勵，感謝芸芸老師的付出！」接著，教務組將獎狀遞交曉葛，我難以置信，卻只能佯裝鎮定。芸芸老師身著粉色碎花洋裝從容自若上台，奏樂，掌聲四起。我持狀至她眼前，頒獎，遞狀。她大方對我投以盈盈笑容，如此肯定、自信、心安理得與理所當然！曉葛儼然成了局外人。

朝會結束，曲終人散，我呆立司令台，寸步難移，如上木狗，動彈不得。這點點滴滴與林林總總如人飲水。來自海市蜃樓的一紙獎狀，那日輕輕巧巧地成了壓垮曉葛的一根稻草。

眺海，無語，心底一陣酸楚，我吹著鹹鹹海風，獨飲一杯成長釀的酒，好苦，好澀。

■風起時

人生高高低低，不開心難免。誠如咖啡有酸、有苦、有甜；是該正視，而非掩飾。爲顧全大局息事寧人，將錯繆合理化，是寬宏大量還是得過且過？是犧牲小我還是助長氣焰？只是從小教育指引著我們，去成爲有容乃大、肚裡好撐船的宰相，去恢廓大度地成人之美；不慎卻矯枉過直地過分壓抑自己。其實你我皆凡人，自然擁有喜怒哀樂，何必非得刻意模糊眞實感受，非得超然無我呢？於是後來的曉葛，學會更誠實面對自己的情緒。

風起時，允許自己公道地發一頓脾氣。
風起時，允許自己理直氣壯地哭一場。
風起時，允許自己淸淸楚楚表明態度。
風起時，允許自己勇敢吐露：「我不認同！」
咱們不過是人，眞實擁抱喜怒哀樂又何妨？

九、同理心的全新定義

宋李覯《廣潛書》：「善之本在教，教之本在師。」這段話對教師是推崇，亦是無比沉重之包袱。自古以來，教師被賦予極高使命，除韓愈所言傳道、授業、解惑之職；李覯還將學生品格優劣之責加諸教師肩頭。也許當時合情合理，然於廿一世紀，答案恐怕無法如此絕對。

過去，學生倘接獲班導通知：「晚上老師打算撥通電話和你父母聊聊！」這句話可得把所有孩子嚇得屁滾尿流，鎮日魂不守舍，誠惶誠懼，心神不寧，食不下咽，甚至不惜抱老師大腿求饒，總得極盡所能阻止憾事。

而當時父母與教師往往立同陣線，共鞭策孩子，使家庭與學校教育並行不悖。而歷經時代變遷，人權意識抬頭與少子化等因素，古代儒家所言「天地君親師」之倫常，大概已化為歷史塵埃。

現代老師說話可得輕聲輕語，細細呵護孩子脆弱心靈，以至柔至婉之口吻語彙，不驚不擾進入孩子世界，亦師還得亦友，讓孩子快樂成長享受學習；倘哪兒有疏漏，檢討誰呢？（大哉問也，答案見智見仁。）

咱們不批評、不謾罵，容曉葛以客觀視角帶您徜徉，包羅萬象之校園一隅。

■無奈的十二月O型男孩

某個週一，一名班導頭痛欲裂臨時請假，由曉葛代理。而班導日日首要，除緊盯孩子們勤懇踏實地打掃，尚須確認學生出勤狀況，無故不到自然得聯繫家長。那日明倫位置空著，翻閱記錄，他已連續三個週一請假。

「您好，我是葛組長，今日明倫班導請假由我代理。想跟明倫媽媽確認，明倫何故缺席？」

「……」

「哈囉，您在線上嗎？明倫已連續三個週一請假，請問有什麼特殊狀況嗎？」

「是這樣的，老師，妳知道明倫十二月生日吧？」

「現在知道了，只是現在是三月，他總不可能去慶生吧？」

「那妳知道十二月什麼星座嗎？」

「射手。」

「對！所以他不是故意請假！都是射手座害的。」

「蛤？」

「而且他超慘！血型還剛好是O型！」

「呃？」

「射手O，放蕩不羈，這是定命，無法控制。」

「嗯？不對吧！」

「妳大概不瞭解射手，跟妳說明#$%$#$_&_#$$……」

「別說了，我曾翻閱星座書，略知一二，況且我也十二月生。」

「什麼？妳也射手？那我最痛恨你們這種人！」

「哪種人？」

「不能將心比心的人啊！妳自己也是射手座，竟然不能體恤孩子心裡的苦？」

「所以妳同意讓明倫請假，理由是—射手O？」

「對！他又不是故意十二月生的，妳到底是哪句聽不懂？」

「……」

「身爲老師，不是應該更有同理心嗎？」

「所以您確定讓明倫請假？」

「對啊！我就說他是無辜的嘛！」

「瞭解，我將於報告中詳載原因。拜！」

掛上電話，愣了好一會兒，腦袋重新定義關於「同理心」這詞彙，亦理解明倫班導爲何老頭痛欲裂。只好衷心祝福明倫未來於職場，能遇著一位具「同理心」的好老闆，讓他得以「射手座O型」這個絕妙理由，逢週一，休假愉快！

■ 妳給我走路看後面

訓育組長什麼活兒都得幹，高三年度盛事除畢典策劃、畢冊製作，還得拍攝證件大頭照，曉葳爲此特至城裡邀請專業攝影師蒞校搭棚。那日爲張羅此事忙得不可開交，總算不辱使命大功告成，正準備坐下好好喝杯茶，電話卻又不識相地聒聒噪噪。

「喂，您好，這裡是訓育組，葛組長。」

「妳就是葛組長啊？很好，我就要找妳！」

「請問有什麼事嗎？」

「我是周小恬她媽。剛小恬打來說她拍照眨眼，要求重拍卻被制止，現在什麼情況？」

「攝影師由即時影像判定小恬無閉眼，加上拍攝者衆，所以無法無故重拍。」

「照片洗出來若她闔眼，我看妳怎麼跟我交待？」

「那麼，就等相片出爐吧！」

「哼！我就等著看！走著瞧！」（憤而掛上電話。）

照片三日後取件。那三日看似老神在在的葛組長，夜裡實則輾轉不寐，左思右想：「萬一她真闔眼呢？不會吧……但萬一……」取件日，相館才悠悠忽忽開啟鐵捲門，曉葛已於門口候著。

「哇！葛組長這麼準時，才開店妳就到了！」

「請先讓我瞧瞧X年X班周小恬的照片，謝謝！」

相館老闆秉持鄉民一貫的徐徐緩緩，一袋、一袋溫溫吞吞地翻找，那樣漫條斯理，深怕不慎弄疼照片似地。我耐著性子，壓抑鼓譟的心，提醒自己莫忘呼吸，淡淡地微笑。

「妳說哪班？哎！年紀大了，才剛說，就忘囉！」

「X年，X班，周小恬。」

老闆再次慢慢騰騰重頭數過，我的心糾糾結結，簡直成了纏纏繞繞的毛球。

「喔！原來在這兒！」他將一紙袋擱置我手。

謎底終將揭曉，我竟卻步了。先按手於紙袋默禱一陣，心一橫，才將照片洋洋灑灑倒置桌面，指顧之際，又孬孬別過頭，仰望牆面繞圈圈的秒針，滴答滴答，同我心跳呼應著。再次鼓起勇氣，才將眼睛瞇成了縫兒覷了覷，周小恬，眼睛……張開的！

我是九局下半滿壘落後三分，兩好三壞兩人出局時，最終擊出關鍵全壘打的打擊者，全場站立爲我歡聲雷動，我瘋狂繞著全場奔了一圈，啦啦隊扭腰擺臀，氣笛嗚得動地驚天。

我！贏！了！

「老闆，你看！周小恬的眼睛是張開的耶！」

「蛤？啊不然咧？」

「我眞的好開心！老闆您技術眞好！」

「謝謝啦！」（老闆將老花眼鏡別至頭頂，一頭霧水傻笑著。）

清點後，曉葛像個孩子，緊摟相片於懷中，嘴裡哼哼唱唱一路走著、蹦著。晌午，日正當中，陽光濃烈，我與腳底影子共舞。街道上的野花路樹，阿貓阿狗，飛鳥海風，柏油路和燙得筆直的標線，全世界都在對我微笑！歡天喜地入校後，將相片託各班導師轉發；而小恬的部分則由葛組長親自提交。事務好不容易告一段落，如釋重負，肩頭輕省著。沏壺烏龍愜意回座，茶水還蒸蒸地冒煙，電話又沸騰。

「喂，您好，這裡是訓育組，葛組長。」

「我，周小恬的媽。」

「媽媽別擔心，照片沒問題，也已經交給小恬了。」

「現在已經不是眼睛的問題，小恬剛打來哭訴，說她被拍得很黑！」

「這不能怪攝影師，她膚色本來就偏暗啊！」

「這是技術問題！妳究竟打哪兒找來莫名其妙的攝影師？」

「您可考慮添購美白面膜給小恬保養，或請她出門擦擦防晒。」

「說什麼鬼話！妳肯定也不是什麼好東西，看我怎麼跟妳算帳！」

「請理性溝通，行嗎？」

「@#$_&-&&_$$@@$_&+（+&……」（全髒話消音。）

「請妳，好好，講話。」

「妳最好走路看後面！$#&#@#……」（髒話消音）

這顯然是無效溝通，曉葛一不做，二不休，果斷掛上電話，並再次告訴自己，冷靜，不動怒，不懷怨，記得呼吸和淡淡微笑。十分鐘後，葛組長被老大傳喚。

「有個周小恬的家長，她說妳掛她電話，有無此事？」

「有，可是，是因爲……」

「沒什麼好可是，妳可是訓育組長，爲人師表！」

「問題是……」

「問題是，掛電話就是妳不對！請好好反省，下不爲例！」

入辦，再次告訴自己，要記得呼吸和微笑喔。

接著那幾天，我眞煞有介事的，走路看後面！

■大哉問

教育爲何？

愛的教育、鐵的紀律、家庭教育、學校教育、社會教育、全人教育、身教、言教、知識教育、品格教育、在家自學、特殊教育……論述見解衆多，立意皆良好，但如何平衡，如何挑選適合孩子的教育方針？値得深思。

功課一塌糊塗的孩子並不可怕，國英數理之疑難雜症即便無法克服，只要肯學一技之長終有出路。相形之下更令人憂心的是，眼中唯有自己的公主與王子們。我覺得！我認爲！我喜歡！我討厭！我……其實這些公主、王子們亦富同理心，只不過他們的同理對象傾向「自己」！

人總會長大，終究脫離父母羽翼。那些原生家庭學不來的，由學校教育；學校教不來的，可藉補習班增強；再剩下的只好隨時間，也許某年某月的某一天，由寫實的社會親自督促。

本文不談人生大道理，不曉以大義。

以上論述之眞實事件，不過曉葛於校園所見之冰山一角。

倘眞正愛孩子，至少教他們「愛、尊重、誠信、勇敢」。這四樣雖無學位可證，卻能指引孩子邁向美好豐盛人生，成爲具正影響力之領導者。甚願世界和平。家長、老師、孩子們，大家都辛苦了！

十、我看見一道光

■康莊大道

後來，曉葛轉戰城市任教。報到日，前輩領著曉葛熟悉環境，於校園兜兜繞繞，一路聊聊氣候、交通、美食等無關緊要的話題。初秋陽光，午覺剛醒起似地意興闌珊，睡眼惺忪滲透樹梢葉縫間，斑駁地灑落我們的肩。偶爾停下腳步抬頭仰望，風大把大把灑著白色顏料，於藍藍畫布輕輕勾勒一隻可愛綿羊；不經意再抬頭，畫布又詭譎拖曳出一條蹲伏的狼，天空成了瞬息萬變的動畫視窗。我享受這份雲淡風輕，於此綠意盎然的校園中，悠然自適。

「差不多就這樣囉，下週就開學了。這幾天妳好好準備，不用擔心，畢竟妳是新人，學校會幫妳安排較易上手的班級，加油。」前輩語氣柔柔淡淡，誠如身旁的鳥語花香，踏實溫暖。我滿懷感激，這是全新的開始，前方是條嶄新的康莊大道！

■麵包蟲

開學日，曉葛極早醒起，端正儀容，整理心緒。鵝黃針織衫佐刷白小喇叭，紮著清爽馬尾，臉上塗抹幾道水彩，對鏡中自己喊話：「加油！」接著精神煥發地踩著跟鞋，出發！

入校尚早，於辦公室卸下一身行囊後，便於校園找個好角落佇候，靜靜瀏覽這座迷你王國的風光。學務主任立校門口站崗，那白襯衫與黑西裝褲可是分外講究，燙得直挺挺、端正正；皮鞋一絲不苟擦得晶晶亮。有個學生大概書包夾帶違禁品，鬼鬼祟祟趁主任與同事寒暄，躡手躡腳自主任身後繞道而行；一名女孩兒手上拎著早餐，看來眉清目秀，只是頭髮披披掛掛行尸走肉似地飄入校門，她顯然無法接受開學之事實，清晨鬧鈴大作之時，肯定歷經一番天人交戰；還有幾個大概衣著不合格，被主任攔校門口進行春風化雨的大男孩。

「噹！噹！噹！」七點半早自習鐘響，一票匆忙的孩子趕著壓線前衝進校園，一邊兒嘴裡嚷嚷：「主任早，我們沒遲到喔！」看著這些懷抱無限可能與洋溢無敵青春的孩子們，隨鐘聲於校園各個角落鮮明活潑地竄，一切井然有序，各按其職地運行脈動，我閉上眼，感受一股生命力。

「噹！」下午第一堂鐘聲喚醒睡夢中的校園，曉葛按課表邁入任教班級，還不及反應，迎面而來一陣語笑喧譁。「哇塞！老師好正喔！」「嘿！老師，有沒有人說妳長得像哪個明星？」全班七嘴八舌亂成一團，還有幾位猖狂地對曉葛噘嘴，吹起口哨。

我踉蹌倒退三步，重返走廊確認班牌，是的，曉葛沒誤闖。那一瞬，曉葛完全能理解迪士尼動畫《獅子王》中，被刀疤叔叔誘拐至大象墓地探險的辛巴，面對那群齜牙咧嘴斑鬣狗的心情。是的，曉葛卻步了，我不知所措並手無寸鐵，甚至未著防彈背心，只剩下那一千零一招—尿遁。然，想起父親從小灌輸的信念：「做什麼就得像什麼，演都要演出來！」於是深吸一口氣，轉身入班，硬著頭皮勇敢站上講台。

那是個成績老被狠甩末段的純男生班，他們倒是蠻不在乎，巴不得提早出獄（畢業）投入社

會懷抱；對他們而言，再苦再累都比被關在教室還清閒自在。大概心理作用，總覺這間教室特別昏暗。後頭公告欄還遺留上學期斑駁的教室布置，右側榮譽榜大概因空空如也，故以兩張精神標語「一日之計在於晨」與「今日事，今日畢」塡滿那令人些許尷尬的空洞；黑色麥克筆字跡龍飛鳳舞、不按牌理出牌的亂揮胡撇，上頭還有一點一點飲料噴濺的汙漬，倒與此班風骨一致。

教室課桌椅共六排，歪歪扭扭延伸爲六條蚯蚓。高中生高大魁梧，越後頭坐姿越發詭譎，大概腿長擺桌下顯得彆扭，乾脆側坐讓腿部得以舒展；或是索性將腳越界擾鄰，奇形怪狀令曉葛嘆爲觀止。後頭垃圾桶飽和著，地上瓶瓶罐罐傾巢而出，然於此班級，它們竟又莫名的協調。

「老師妳叫什麼名字？」「老師來當我們班導好不好？」「老師妳幾歲？」我的耳朵嗡嗡作響，腦袋空白，由於在在與曉葛原先預設有著天壤之判，故當日並無作足功課與心理準備。瞄瞄後牆時鐘，更令人絕望了，尚餘四十五分鐘下課！其實不過秒針兜個四十五圈，可惜它不知民間疾苦，望著愁眉苦目的曉葛，卻依然閒適地踱步。台下一張張陌生臉孔，教室市場似地，不時有人起身遊走；有人交頭接耳；有人低頭覷著抽屜；還有位仁兄大概前夜通宵電動，倚牆仰睡不醒人事，嘴巴開開像個孩子；前面同學轉身拿衛生紙輕搔他臉頰，男孩兒們竊笑嬉鬧著。

「安靜，坐好。」我如市場初擺攤，涉世未深，怯生生的菜販：「來買喔！青菜一把卅，兩把五十喔！」聲音淹沒於熙來攘往的人潮與波濤洶湧的音浪中。好了，是該使出殺手鐧的時候。這招極惹人厭卻屢試不爽，得讓所有人秒聚焦於己，曉葛稱之爲「魔音緊箍咒」；不甚難，短短二步驟卽可。首先將麥克風調至最大音量，接著不疾不徐將麥克風與音箱聚攏。「嗶！」音箱爆發尖銳刺耳、令人崩潰之雜訊，您可視情況決定魔音長短，保證成爲宇宙中心啊！當時曉葛就這麼辦，全班瞬間安靜，所有人摀耳眼神死，直愣愣盯著曉葛，連睡到嘴開開那位仁兄魂魄亦重返人間。

「很好，現在請每個同學回到座位，屁股緊黏椅子直至下課。」

「喔……老師不要生氣嘛，有沒有人說妳生氣很可愛啊？」

尙不及翻白眼，剛才離座那幾位竟彎腰以雙手舉扶椅子，讓臀部得秉持與椅子相親相愛不分離之神聖原則，還能行動自如於教室遊走。曉葛竟被秒破解，是過分輕敵了，對手級數逼人。這些孩子簡直電動魔王關的怪獸，只得重擬作戰計畫。我向總部發送求救信號，才發現總部指揮官亦爲曉葛，好吧，我這是在自言自語的意思。再度失神望向台下，突然覺得他們像極一隻隻蠕動的麵包蟲，扭著、屈著、呱呱噪噪著、嬉嬉笑笑著。我試圖於腦中透過谷哥翻譯，將這袋麵包蟲語翻成地球文，谷哥還當機中，班上又如市場般，屋頂簡直掀了。啊！好想放逐自我啊！不行不行，父親訓言猶然在耳！

「嗶！」一時黔驢技窮的曉葛被逼到窮途末路，只好再度使出殺手鐧。

「老師，那聲音很恐怖耶！」（麵包蟲蠕動著抗議。）

「不這樣你們會安靜嗎？我說明上課規則，不聽後果自負。」（更換裝備飾演殺手葛。）

而那袋麵包蟲竟奇蹟似突與地球接軌，安安靜靜讓曉葛好好發言。

「曉葛老師看得出你們不愛讀書，我能理解，並非人人都是讀書的料；這世界本來就需要各種人才，所以行行出狀元。不愛念書一樣可以有光明的未來，但前提是，你們得先順利畢業。我只有三個要求：『上課帶課本；抄筆記並按時繳作業；不許睡覺。』以上三點做到表示盡力，有十足誠意積極過關的決心，能力不夠老師會體諒。老師的標準，段考成績僅供參考，學習態度才是關鍵。」我一面正色說道，一面將三點要求清楚羅列黑板。「這三點就是今日筆記，請將它們抄寫於課本封面內頁，現在，立刻，馬上！待會兒就收過來批閱！」

「吼，老師別這麼嚴格啦！」（麵包蟲蠢蠢欲動，企圖討價還價。）

「我會徹底實踐，有誠意過關不難。」（我努力讓自己看來心如止水，以不變應萬變。）

檢查筆記後尚餘十分鐘，曉葛簡單自我介紹，便隨興與麵包蟲們聊聊暑假趣事；看似神色從容地爲同學作開學暖身操，實則內心暗暗爲前程擔憂啊！

接著，奇蹟發生了？下堂課，學生們從一袋麵包蟲蛻變爲一群羊咩咩？當然不！曉葛寫的可是血淚史而非童話故事啊！事實上人類行爲改變不太可能一蹴而成，總需經歷一段潛移默化與有些痛苦的塑造過程。因此第一學期，那袋麵包蟲大致仍於不斷蠕動中度過；而對於曉葛的三大訴求，信者恆信，不信者恆不信。他們常說：「曉葛老師看起來那麼溫柔，不會當人啦！」

其實麵包蟲心性良善，態度溫和，只是社會運作自有規範，他們總該學習爲己負責。大概放蕩不羈慣了，要他們循規蹈矩簡直折磨彼此。我們兩造拉扯角力，這是場拔河賽，曉葛一對卅二，看來勝算極低；然這場競賽比的終究不是力氣，而是決心！

■是的，我把你當了

曉葛其實可接受考試零分的孩子，但無法接受不負責任的態度。這群高二男孩再過一年即滿十八。十八歲跨出校園門檻迎向自由，除可合法抽菸、喝酒、考駕照、看成人電影，甚至嫁娶；更重要的是必須承擔自己作爲。現在不導正，待出社會由社會調教恐怕爲時已晚。成績好壞乃個人榮辱；而品格好壞卻是社會安定與否之基石。

上學期轉眼邁向尾聲，時機已然成熟，是該用力給孩子們上一課了。那袋麵包蟲共卅二員，曉葛遵循之前的約法三章，狠當廿五條麵包蟲。成績公布日，班上一陣鬼哭神號。

那日午休，曉葛爲慶祝即將到來的寒假，帶著學生送的巧克力找棵樹下犒賞自己；天涼，室外沒幾隻小貓，倒好，獨享一份完整的安靜。冬天樹木略顯滄桑，看似被北風吹得搖搖欲墜的葉子，卻又牢牢地垂掛樹梢。灰濛濛的天，大概待會兒可淋一場詩情畫意的毛毛雨吧！攤開雙手，手指凍成十根冰棒，然我不想戴手套，還想細膩地品品這股凜冽。

「曉葛老師，妳當掉我？」（一人高馬大身影躍至我前，打破靜寂。）

「嗯。」（那是班上老帶頭興風作浪的游大偉，我抬頭仰望這帥氣大男孩。）

「妳竟當我！妳知我誰嗎？」（他氣急敗壞如噴火龍，由於氣溫低，他嘴裡裊裊生煙。）

「我當然知道你是誰，你是游大偉，班上最有影響力的學生。老師開學時講的那三點你有做到嗎？沒有，對吧？既然沒做到，老師還不法辦，全班便有樣學樣，而基於大偉的影響力，老師非當不可。」（我一字一句字正腔圓娓娓道來，一邊兒回敬他的縚縚噴煙。）

「……」（他斂起剛才的氣焰，直直盯著我，一陣沉默。）

「還有問題嗎？」（我微笑仰望眼前這相貌堂堂，極其可愛的大男孩。）

「老師，妳剛才說我是有影響力的人？」（於他眼中我看見一道光，一道閃閃動人的光。）

「當然，你每次瞎起鬨全班都跟風，這不是影響力是什麼？只是影響力有分正負，如果帶大家向上進步，那是正影響力；如果領大家往下沉淪，那是負影響力。老師希望你是前者，能成爲班上的好榜樣，和老師一起幫助大家成長，好嗎？」（他頭頂著與曉葛同樣不受控的自然捲，看來分外親切。）

「所以，你覺得我是有影響力的人？」（他再度確認。）

「是的，你很有影響力！好冷喔，要吃一片巧克力嗎？」（我將巧克力湊至他眼前。）

「嗯，不用，謝謝。」（轉身離去前，他臉上竟透露一絲微笑，而那道光芒仍閃耀。）

啊！多麼美的冬天呢！冬天過了，春天就要來了。

■ 我看見一道光

下學期，游大偉一樣於班上叱吒風雲、呼風喚雨，只是局勢截然不同。

「王大力，上課坐好，是聽不懂喔？」

「彭華建，要睡下課再睡，白目喔！」

「吳志全，請假是不會補交作業嗎？」

「周偉明，忘了帶課本，啊不會去隔壁班借喔？」

麵包蟲歷經全班卅二分之廿五被當的重大變故後，游大偉搖身一變，成爲曉葛的得力助手。每堂課正襟危坐，確實筆記，按時繳作業，自己分內搞定之餘還幫著督促同學，極具大將之風。儘管這些孩子對讀書確無天分，下學期考試成績仍團結一致地慘不忍睹；然，他們將態度調整好了，穩穩守住三大條款；於是下學期全員過關。他們自一袋麵包蟲進化爲人類，於曉葛心中，其實已然滿分。

韓愈：「古之學者必有師。師者，所以傳道、授業、解惑也。」韓愈以寥寥數語，精確點出師之用：「傳授道理、講授學業、解答疑難問題。」並將傳道列首位，這點曉葛深感認同。倘能帶出品學均優之學生，自然爲最佳狀態；但倘須取捨，那麼我寧可教出安分守己且心存良善的好國民；也不願教出學富五車卻自私自利的知識分子。

孩子們的起跑點各自不同，於出生那刻起，差距卽產生。如：家庭背景、資質、性向、個性等；有些孩子一無所缺，有些卻幾乎一無所有。而身爲老師最美的使命，大概是於每個青春洋溢的生命中，幫忙尋找那道光。

也許是一句鼓勵，也許是父母的諒解；

也也許，你就是那道光！

十一、不能說的祕密

■班導狂想曲

轉戰都會任教後，曉葛卸下訓育組長繁瑣的行政一職，成了與孩子朝朝暮暮的班導。有道是處事容易做人難，欲體驗人生百態？想迅速積累人生歷練？擔任訓育組長並非首選，就曉葛經驗，班導才是眞正置身前線，與人性正面交鋒的英雄。

都會孩子資訊與資源相對豐沛優渥，他們分外精明，不止舉一反三，根本個個顏回可聞一知十。而曉葛個性率直，與這些機伶過人的孩子交手數回後，發現身爲班導倘過度天眞與理想化，大概會遍體鱗傷。只好提高訊號接收器之強度，才得於孩子虛實言談間抽絲剝繭並直搗核心，或釐清其犯錯動機。最好還能心領神會其眉宇間細微變化、加以測量風向氣候、勘察地貌形勢以明察秋毫（劉伯溫無誤）。

一條龍，連八節課並不可怕，最可怕的是，短短下課十分鐘，連想按下暫停鍵都是奢侈。每每入辦，便被學生包抄。

「老師，班費不夠囉！」

「老師，班上垃圾袋用完了！」

「老師，段考考卷改好了嗎？」

「老師，我爸請妳抽空打給他。」

「老師，妳最近有去看電影嗎，最近有一部……」

「老師，失戀可以請假嗎？但拜託別告訴我媽，求妳了！」

毅然決然至茅房尿遁圖謀清靜，不料後腳才踏入，不遠處便傳來：「曉葛老師在廁所嗎？數學老師找妳喔！」廁所門外那如金絲雀的召喚餘音嫋嫋，只差無繞梁三日。自暴自棄步出茅房，噹噹噹噹！下一堂課又翩然而至。倒非無教學熱忱，只是導師亦爲血肉之軀，會累、會疲乏。傍晚時分，與學生急如風火切切企盼放學鐘聲的心情一致；只不過爲人師表，再累也得演一演堅強。

放學了！上館子犒賞自己，一番跋山涉水後，終由長長人龍末端龜速前進至櫃檯，服務員頭一抬欣喜若狂：「曉葛老師！怎麼是妳？妳要吃什麼？」我倒抽一口氣，是的！茫茫人海總有辦法萬中選一，巧遇課後幫著家裡照顧店面的好孩子。雖說料多味美，然，用餐全程只要不慎對上眼，他便色飛眉舞地揮動雙手，讓人受寵若驚到些許困窘，只好狼吞虎嚥，草草完食。

總算到家正打算淋浴紓壓；說時遲，那時快，「叮！」手機鈴聲大噪。（老師可是終極責任制，欲切割下班時間？難矣。）電話那頭是位心急火燎的母親：「老師，阿寶不知跑哪兒去了！」一陣兵荒馬亂確認孩子無恙後，用殘存微弱電力洗了戰鬥澡，便速速躺平。夢中，曉葛手握一枚心心念念的肯德雞蛋塔準備大快朵頤，「老師我也要……」天！班上平日最沉默的孩子不

知打哪兒冒出，他悠然飄過窗前。驚醒，學生如煙而散，蛋塔亦不翼而飛，殘念。

週末戶外吹風漫步，正享受風調雨順與國泰民安，忽聞：「曉，葛，老，師！」不會吧？急張拘諸地累格式回首，呼！那人未在燈火闌珊處，後頭空無一人，警報解除。不過是風吹草動，曉葛儼然神經衰弱矣。

「獨處」是什麼東西？可佐飯而食嗎？有段時間，曉葛人生字典已刪除這生難字詞。是的，身為班導，倘沒能拿捏分寸註定悲劇，會讓你懷抱三百六十五天時時刻刻上工的錯覺。大致勾勒導師日常輪廓後，想想有時雖倦到懷疑人生，但回顧那些日子卻也挺有意思。

不妨跟大夥兒說個祕密……

■不能說的祕密

某次學校辦了場「廁所布置大賽」，頭獎獎金壹仟。班上外掃區恰為「教職員廁所」，學生為此卯足全力，將廁所打理得晶晶亮，還添購幾株盆栽置洗手台面，讓師長得享五星級禮遇。

皇天不負苦心人，班上勇奪第一，那可是我那調皮搗蛋出了名的好班級初次摘金！如視珍寶地捧著這座「茅廁界奧斯卡獎」，曉葛靦然而笑，並將獎狀高調張貼教室公布欄，那簡直光耀班楣，讓我這班導神氣揚揚、走路帶風；可惜學校沒能安排發表得獎感言，好讓我謝一謝親恩。

此後，每每如廁，曉葛總心懷感激，珍惜這份殊榮。洗手順勢朝盆栽灑點水，於曉葛細心呵護下，盆栽始終朝氣蓬勃，它們的枝繁葉茂，彷彿見證班上的躍進。

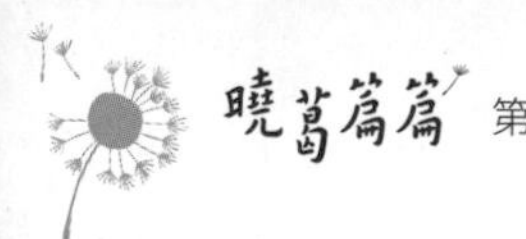

一個月後，班會中……

曉葛：「有臨時動議嗎？」（衛生股長舉手。）
衛生：「老師，不知是誰，每次都把盆栽搞得溼答答的，很煩吶！」
（衛生股長神情不屑、口吻憎嫌，達到心口如一的厭惡。）
（曉葛大驚，那人豈不是我嗎？莫非澆太多水了？）

曉葛：「對方應無惡意，純粹想協助維護盆栽罷了。」
衛生：「笨蛋，那是『假花』欸！幹嘛澆水啊？」
全班：「對啊！他是笨蛋嗎？」（所有人義憤塡膺，一時間人聲鼎沸。）

「那是假花欸！那是假花欸！那是假花欸！」這句話於耳中迴盪，如顆巨石重重擲入心河，濺起核彈級水花，又掀起海嘯級波瀾。此時曉葛彷彿被閃電命中，舞台燈朝我聚攏，背景樂是海頓《驚愕交響曲》第二樂章。當樂團不疾不徐娓娓吹奏，倏地，突如其來「碰！」一聲，像是嘲笑我這眞假莫辨的笨蛋，我於宇宙踽踽獨行，被世界狠狠拋棄。那是假花？跌坐於地，久久不能自已。燈滅，音樂戛然而止，回歸現實。我於講臺矗立，台下是鐵了心，非得揪出兇手予以定讞的陪審團，我誠惶誠恐擠出笑容，卻僵如蠟像。

曉葛：「別口無遮攔，那老師肯定出自好意。」（嘴巴含了滷蛋，我喃喃爲凶手辯駁。）
衛生：「眞是個好心的笨蛋，有夠蠢的啦！」
曉葛：「如果我知道是誰，會提醒對方，謝謝告知。時間差不多，班會到此結束。」

當然，曉葛不再爲那栩栩如生得不像話的盆栽澆水，它們總令人觸景傷情，上頭彷彿標示「曉葛笨蛋」，如此咄咄逼人。一週後，同樣的時段，同樣的例行班會，同樣的導師與同樣的學生……

曉葛：「有人有臨時動議嗎？」（衛生股長再度舉手，我倒抽口氣，莫非形跡敗露？）
衛生：「老師，盆栽事件上週跟妳報告後，就再也沒被澆水了，妳一定知道是誰，所以有提醒他對吧？到底是哪個老師啊？眞的很好奇，是誰這麼蠢，說一下啦！」（警報隱隱作響，腦海默默規劃逃生路線，我以靜制動，而學生虎視眈眈如一群準備大開殺戒的猛獸。）
曉葛：「是誰不重要，重點是對方非蓄意，而且已改過遷善了嘛！哈哈！」（我乾笑，自以爲裝可愛便能蒙混過關；可學生沒打算放棄緝兇，他們繼續呱呱鼓噪；我是納粹眼中該死的猶太人，尚待辛德勒救援。）

「噹噹噹噹……」鐘聲響起，得救了！

「下課，班會開到這，老師有事走先！」（曉葛乘著鐘聲的翅膀，遠走高飛矣。）

高中生大多求新求變，新歌、新劇、新髮型、新衣服、新偶像……生活中的千奇百怪很快地蓋過盆栽凶手議題。風頭過後學生倒不再追究，只是追訴期未滿前，曉葛都得小心行事。

所以你知道的，這是不能說的，祕密，噓……

十二、自愚娛人

喜樂的心乃是良藥。本篇分享曉葛經典糗事，以「自愚娛人」，博君一笑！

■籤王

新學年最刺激者，莫過於開學前老師們的收心週，課務組發放新課表之際，那簡直放榜般令人揪心扒肝。瞧那頭歡呼慶賀，這頭唉聲嘆氣，可謂幾家歡樂幾家愁。而那日，曉葛照慣例半瞇著眼，心驚膽懾瞅著手中課表，簡直恐怖片，不知何時會冒出個披頭散髮的阿飄嚇你一嚇。

「唉！曉葛真不乾脆！我幫妳看啦！哇塞！三年X班，妳連續兩年籤王，恭喜啊！雖然我也抽中，但有曉葛作伴，倒是一點兒不寂寞！」剛看完課表大概承受不了打擊的老吳，瘋瘋癲癲一把搶過我手中通知單，急不可待幫著揭曉。

「……」是的，曉葛又踩到同樣的雷，第二回！

「將！將！將！將！而且妳還是籤王中的籤王，妳的課被排在『週五下午放學前』；更來勁兒的是，前一堂還是『體育課』！悲劇囉！」老吳臉上笑容甚是邪惡。然，他所言甚是，課程被安置於週五下午放學前的體育課之後，除了悲劇，再覓不著適當詞彙形容這步田地。

頓時雷聲大噪，蕭邦《革命練習曲》華麗緊湊上行又下行的左手，與氣勢洶洶將人逼至死胡同密密麻麻的豆芽，是狂妄呼嘯的龍捲風，將曉葛襲捲空中拋來甩去；而右手扎扎實實落下的鮮明拍點，是傾瀉而出的滂沱大雨，教人措手不及無處閃躲。我一身泥濘癱坐於地，仰望天花板乞求上帝憐憫。最終雙手整齊劃一灑下四把層層疊疊的重音，音樂倏瞬作收，雨驟停。

「沒關係，那就一起加油吧！」曉葛心底一陣大風大浪，卻還得強顏歡笑，口是心非，瀕臨人格分裂地用最後一絲力氣上揚嘴角，腰桿挺直朝洗手間邁去。總得放逐自我，總得冷靜冷靜。

■黑色星期五

開學了！其實老師們的開學症候群一點兒不亞於學生，只是披著成熟的外衣又被冠以「老師」這神聖稱謂，只好壓抑自己也不盡然比孩子成熟多少的靈魂。我努力詮釋好老師，望著台下一張張無敵厭世臉孔，竭盡所能鼓舞學生，演著「開學樂無窮」的戲碼，讓孩子們產生一種「開學一點兒不可怕」的錯覺。

總算過關斬將來到週五，人家是倒吃甘庶，而曉葛顯然好酒沉甕底，還有終極一班在癡癡候著，前程茫茫渺渺。午後，天氣晴。三年X班，體育課後的下一堂，並放學前的最末堂課，終究翩然降臨。深呼吸，曉葛以俐落裝扮及淺淺笑容撐起自信表象；內心實則誠惶誠懼，有種從容就義的悲壯情懷。入門，教室空氣濃得化不開，有種阿摩尼亞與明星花露水交織後的五味雜陳。陽光自窗邊流淌，驚悚地蒸發孩子們淋漓的汗水，冷氣強度已調至頂，各個手中卻還拿著作業簿搧個沒完。這是個不拘細行、不修邊幅的純男生班，有著令老師們聞之色變的看家本領。

「起立，立正，敬禮，老師好！」

「坐下！開窗讓空氣流通好嗎？有股，味道。」

「老師，那是正港男人味耶，香噴噴的！」

「嗯，你們的正港男人味挺嚇人的，開窗吧！」

「老師不要啦，外面好熱喔！」

「給大家五分鐘於座位靜心，讓身體冷卻，補補水。」

望著台下精力旺盛、千姿百態的大男孩們，那兒幾個大長腿，雙腳大字型不安分越獄至桌子外；靠邊兒的幾位歪著脊梁頭倚牆面，如隻壁虎扭扭捏捏；後頭幾位懸著兩隻椅腳，將椅子折騰成搖頭晃腦的搖籃。其實老師與馴獸師異曲同工，我得煞費苦心、循循善誘，才得將這批猴子進化為人。

「時間到！坐好！」

「快放學了，剛體育課好熱！陪我們聊天啦！」

「這堂課被安排每週五放學前的體育課後，若因此不上課，那未來豈不都甭上了？」

「可是才剛開學啊！」

「嘿！你們還記得自己升高三了吧？現在你們站在十字路口，每個選擇都可能影響未來。成績未必成就一生，但態度會，希望你們拿出高三該有的姿態。需表達意見可以，請舉手。」

「……」

轉身板書，後頭窸窸窣窣，彷彿熄燈後的庖廚，老鼠紛紛出籠派對。其實曉葛內心亦躁動著，歷經開學週的疲勞轟炸與跋山涉川，總算來到週五最末堂，再累也得佯裝沉著。畫了幾行字，以迅雷不及掩耳的速度華麗轉身，二隻遊魂還飄飄蕩蕩，被我逮個正著。

「許大偉！林自強！」

「老師我們筆掉了，撿筆而已啦！」

「那班規再加一條，上課撿筆須經老師同意！」

「吼，哪有這樣的啦！」

「安！靜！」

「+&_$$&-+-&__@+-&_$__¢¢|¥#+……」

打地鼠似的，這頭冒出來以槌子回擊，那頭又竄出一個，簡直分身乏術。心裡好氣又好笑。其實曉葛能理解孩子們的蠢蠢欲動，只不過晉級爲高三生，再如何不情願，也得接受自己長大成年之事實。十八歲就是與十七歲不同，得學會嚴肅面對未來，曉葛只好扮一扮黑臉了。

「要發表意見請舉手，再讓我聽到聲音，我會離開教室，讓你們好好反省，想想何謂尊重，想想自己的未來。若還想不清楚，需延長放學時間，我很樂意替各位向教務處申請報備。」

「……」

奏效，一陣鴉雀無聲，風平浪靜；然好景不長，隨放學時間逼近，好不容易沉澱的靈魂又開始毛毛躁躁，陣陣耳語如五月夜山林間竄飛的螢火蟲，這頭閃閃爍爍，那頭明明滅滅。

「老師剛已表明立場，而你們亦以行動回應。這堂課還有廿分鐘，留給你們空間、時間，讓你們好好反省！」底下猴兒變回人形，端端正正地覷著台上板起臉孔的曉葛老師。接著我帥氣下台，咦？哪兒不對勁！驀然回首，不見那人，只見右腳跟鞋還卡於台上！

原來講台硬生生破了個洞，曉葛右腳鞋跟不偏不倚命中，現場空氣凝結，尷尬指數破表。我倔強逞強地詮釋不以爲意，還漫不經心重返講台，彎下腰欲「順手」拾取跟鞋；沒想到它竟頑強地鬧起彆扭，穩妥妥不動如山，彷彿落地生根。

這下窘了！只得硬著頭皮蹲下，與那該死的跟鞋陷入膠著，一片惱人的靜寂惹人窒息。實在沒勇氣朝台下瞥，學生肯定咬牙苦撐，緊捧肚腹，強忍笑意，眼睜睜看著一向氣質優雅的曉葛老師於台上，含辛茹苦地同一只跟鞋拔河。那大概是曉葛人生中至漫長的兩分鐘，歷經幾番波折，鞋跟總算成功抽離。我還惺惺作態，鎮定將鞋套上，起身，悠悠步出門外。

尚未走遠，教室傳出驚天動地，震耳欲聾的笑聲。

是的，當時的曉葛，真想鑽地洞，或找片牆把自己給撞昏算了！

您笑了嗎？

倘帶給您歡笑，那麼曉葛當時的窘境，而今也就有了意義。

十三、那就這樣吧

■詩詩

詩詩，一個相貌清秀、白淨斯文的高二生，家境富裕，應有盡有，大概一切得來過分容易，凡事也就視爲理所當然了。世界似乎兜著她繞，她呼風喚雨，目中無人，自我中心，秉持順我者昌，逆我者亡之氣勢，任何人都被她踩腳底下。可惜了，那姣好的面容總透露不屑，就連笑的時候也透著涼意，半吊著眼，嘴角不以爲然冷冷地揚著半邊兒，皮笑肉不笑。她憤世嫉俗，玩世不羈，是無敵颱風眼，想生存就得依附，離核心（颱風眼）越遠，她便逕行破壞，甚至毀滅。

接觸到赫赫有名的詩詩，源於學務主任交付的超級任務——後媽。這大概是世上最難扮演的角色之一，永遠成爲對照組，被比較、被顯微鏡放大檢視；因此只得超越，毫無退步空間。而校園中的「後媽」，則爲原班級導師因故無法續任，故由他人接手。而這位任重道遠、萬中選一的「他人」，登愣！曉葛雀屏中選！

收到指令後，數夜眼巴巴望著天亮。曉葛一向不夠油膩，思考直線簡單，而這班可是威名遠播，鎮日喧闐嚷鬧。雖是火炕卻非跳不可，只好報復性大吃大喝，暴飲暴食一週，如囚犯臨刑前享用大餐，吃飽喝足便上路。

而詩詩自然爲班上風雲人物，仗賴自身光環於校園橫行霸道。淪落曉葛手中時，已搖搖欲

墜，只差一支小小警告便達退學門檻。事實上，她已具退學案底，只是後來重新轉入；倘這次再被退學，便是二退。抽菸、翹課、霸凌、趴睡、作業不繳……研究過這孩子車載斗量的黑歷史，內心無比沉重。該如何協助引導？該如何使其振作？該如何讓她看見自身價值與意義？擒賊先擒王，改革此班之關鍵與起點，首要從詩詩開始！

其實她擁有令人豔羨的家世背景，鐵壁銅牆的後台，看似坐享得天獨厚之特權，卻擁有雙分外寂寞的眼。也許金字塔頂端的父母日理萬機，只好以富貴榮華與豐沛物質取代陪伴關懷。

而我相信愛的力量，愛能遮掩過錯，愛能使頑石點頭，只要加倍耐心、愛心、用心，局勢總會扭轉。曉葛期待著，當我輕揭她心門，陽光將悠然灑落，幽暗便消逝無蹤。

■ 鬧鈴

詩詩一向任性，隨心所欲，爲所欲爲。被記過無所謂，退學亦沒啥大不了，不知是她放逐這世界，還是世界放逐了她。然，現在曉葛成了後媽，便非管不可！

「詩詩，妳再一支警告就再見，再怎麼不愛念書也要把高中讀完。明日起請準時到學校。」

「我很累，起不來。」

「老師其實七點半前到校就行，但我可以爲了妳每天六點四十到校，爲證明我的決心，我會特地用學校電話撥妳手機，喚妳起床。」

詩：「嗯。」（她斜視窗外正眼不瞧我一眼，心不在焉，意興闌珊，我簡直熱臉貼冰屁

股。）

還以爲需經如火如荼的角力，計畫卻意外暢行無阻。那日起，詩詩連續二個月日日準時到校。而曉葛抽屜總爲其備妥奶粉與麥片，採飯店服務，晨喚順便點餐（一號餐熱牛奶；二號餐燕麥粥）。入校時，她先至辦公室領取餐點於班上享用，下課將有葛姓專員回收餐具。雖她上課照樣趴睡不誤，然，好的開始總是成功的一半，情況正在好轉中，陽光就在烏雲之上；我告訴自己，一切都將不同了！

■誤點

那日到校，曉葛被鋪天蓋地的突發事件纏身，忙得不可開交、分身乏術，好不容易七點十分脫身，才得給詩詩撥通電話，而電話那頭卻是詩母潑辣辣、咄咄逼人的氣焰。

「詩詩媽媽早安，我是曉葛老師，請問詩詩起床了嗎？」

「喔！是曉葛老師呀！不是說好每天六點四十分給詩詩打電話的嗎？現在都幾點啦？到底有沒有時間觀念？這樣如何爲人師表？我看妳這人就只會出張嘴說說。告訴妳，詩詩因爲妳給她遲打電話正在氣頭上，所以她今天不去學校了，一切都是妳的錯，妳得負責！」

「我是幫著救妳的孩子，身爲母親難道沒有半點責任？明明在家，爲什麼不叫她起床呢？」

「哈囉！有沒有搞錯？答應要叫她起床的是妳又不是我！反正她今天是不會去學校的，我說過了，這是妳的疏失，妳得負責！」

「……」（腦袋一片空白尚不及答辯，那頭便盛氣凌人地掛上電話。）

全身瑟瑟地抖，遍尋不著適當辭彙以描述內心的憤怒與無力。偌大辦公室獨留我一人，早自習師生們各自於方格中紀律地運行，可我好茫然，學校臨時塞給我的方格失序又混亂。我於辦公室座位上久久不能自已，一邊消化情緒，一邊徹底明白詩詩何至此境。

■雨滴

「詩詩，下週學校抽查週記，妳還欠三篇，這幾天補一補交給老師喔！」

「不想寫，煩吶！」

「週記不難，寫寫心情，分享一則新聞，一部好劇，什麼都行，總之週四前補給我。」

「……」

隔日放學，週記本竟落落大方攤於辦公桌面，晒著日光燈，那簡直天上掉下來的禮物，我驚喜萬分，謝天謝地。迫不及待翻閱，三篇看來洋洋灑灑、精實飽滿，教人炸裂的感動！再細細咀嚼內文，那粒粒分明的文字，於我心底奏了一曲蕭邦的《雨滴》，它們化為雨點直直落入我心，滴、滴、滴……烏雲籠罩天際，左手的重音是沉重的步履，呤嘯的風在沉沉地吹，吹落樹葉，吹落好不容易結的累累果實，吹落初綻放的小花。希望謝了一地，我獨自於雨中，滴、滴、滴……，琴聲悄然而終，而右腳延音踏板卻忘了收，還留著殘響，那是我輕聲無語的嘆息。

「我以爲曉葛老師和別人不一樣，原來終究妳也是個垃圾，幹嘛不去死一死？」這幾句於樂譜中迴旋反覆，如此字字扎心的三頁，滿滿的六面。

心痛是什麼滋味兒？是懷抱一片赤誠勇敢迎向冬天，滿懷希望地忍耐寒風刺骨，心想春天就要來了！花兒會遍地盛開，草木會欣欣向榮，鳥兒會揚聲歌唱，冰雪會層層化開，冽凜終將過去。萬萬想不到自己其實身處《冰雪奇緣》中，被魔法冰封永凍的艾倫戴爾王國。

抽菸、翹課、忤逆師長……曉葛至生輔組不斷爲詩詩作保，人人笑我痴傻，但沒努力焉知結果？實在不願輕言放棄任何靈魂。也許她不如外表邪惡，也許她能迷途知返。「請給我一點空間、時間，再讓我試試，我相信她會改變的。」我向生輔組保證，向學務處承諾，向輔導室擔保，他們笑著說：「恐怕妳白費力氣，這孩子沒救了，她不會感激妳的。」

因此，當我帶著詩詩的週記本至生輔組，它成了顆沉甸甸的大石，讓我用以狠狠砸向自己的腳。「之前壓著的過單連同這筆一塊兒送出吧。」我壓抑內心的狂風暴雨，盡可能讓自己看來雲淡風輕。教官閱過那三大篇字字仇恨的週記，心生憐憫道：「放手吧！我們都跟妳說過了，她不會珍惜感恩，她不會改變，最終只有妳受傷的分兒。」我低頭：「嗯，該怎麼辦，就怎麼辦吧！」

回辦公室路上，蕭邦的《雨滴》又重奏了一回，這次速度又放緩了些，益發沉重，步履維艱。

■峰迴路轉

二度收到退學單的詩詩，隔日早自習由母親親送至校。詩母一身貴氣時尚，恰到好處的妝容，完美經典的大捲髮，看來美極，回眸率百分百。特別這回她斂起慣有的高傲，親切笑道：「葛老師好，我們家詩詩有話要對妳說喔！」尚不及意會，詩詩便逕自上台當全班面，於台上對我行九十度鞠躬禮，滿臉悔意懺道：「曉葛老師對不起，我錯了，請給我機會，我會好好修正自己，不會再讓妳失望。」

我就知道！我就知道！哪有什麼孩子是無可救藥的呢？

「知錯就好，以後要更努力，但不是為曉葛老師，而是為妳自己。人生路途有太多選擇題，妳已滿十八，夠大了，自己選擇的路就得負責，而且務必珍惜，不是處處給予無限機會。希望妳從此時此刻，重新開始，一點也不晚，還來得及。」她低著頭，點了點。

下課鐘響，如李斯特的《鐘聲》，那輕盈跳躍的手指，這兒！那兒！迴旋蕩漾的燦爛音符，如四處迸濺的美妙花火，上行又下行疊疊沓沓的滑音，左手右手輪番踩著踴躂，我是世上一名快活的旅人！迎著盼望的響鐘，我深呼吸，硬著頭皮，再至生輔組一趟吧！

「教官，我要將週記本抽回，撤掉退學單。」

「曉葛，妳瘋了嗎？」（現場一片譁然。）

「我很清醒，決定再給詩詩一次機會，這是最後一次，請成全。」

「妳都這麼說了，但……妳會後悔的。」

那日陽光普照，艾莎終於找到控制冰雪魔法的關鍵。

「眞愛」，最終讓艾倫戴爾王國自凜冽寒冬，恢復生機蓬勃的盛夏。

■白痴葛

打掃時間，曉葛例行至教室巡視學生灑掃狀況。無聲無息自後門入，有人架著拖把不情不願揮毫；有人執報呵氣抹著玻璃；兩個丫頭各拿一塊板擦追逐對戰，鬧得粉塵紛紛揚揚；四、五個大概完工的孩子於座位說說笑笑。我趨前關切，無意聽到詩詩與同學們的高談論闊。

「這次白痴葛如果再被我騙，只要她讓我過關，沒退我學，我保證一路睡到畢業，誰叫她那麼笨，那麼好騙，眞是個白痴！哈哈哈哈哈！」她大言不慚，狂妄地笑。這些戲謔之語如閃電雷擊，教我無處閃躲，動彈不得，直接命中。難道我眞的錯了？我以爲愛總能克服一切，愛總能破除咒詛，不是嗎？同學們意識到我的存在，連忙咳了幾聲，戳戳她，詩詩不經意回眸，與我四目相交。她毫不避諱我直視的眼神，甚至嘴角抽動朝我冷笑。

我一語不發，沉默地，重返生輔組。

一路上，覺得自己簡直笑話，她說我是「白痴葛」。是的，我是。

■那就這樣吧

「對不起，我承認您們是對的，我認輸。讓她走，就這樣吧！」生輔組還愣一旁，尚不及吸收曉葛語意，曉葛趁眼淚還來得及收納，便轉身離開，至廁所無聲無息地慟哭。

辦理退學手續那天，詩詩將表單狠甩桌上，擲筆於我眼前。「趕快簽簽，少囉嗦！」她怒視著我，於她眼底，我彷彿仇家，有著欲將我碎屍萬斷的凶狠。我一筆一畫於導師欄位刻上自己的名，語重心長道：「詩詩，我不敢奢望妳會感激我，但我必須告訴妳，我並不虧欠妳什麼。多年後，我只盼望當妳回顧自己一生，想想，是否還有另一位老師日日為妳泡牛奶、作麥片粥？希望妳至少記得有個這樣痴傻的老師喚妳起床、為妳準備早餐，證明妳曾被深深愛過。」而她自鼻孔「嘖」了聲，嘖氣，睥睨，甩頭就走。

兩天後，漫長的退學流程終究結案，曉葛接到詩母來電，電話那頭出言不遜、蠻橫無理：「這世上就是有妳這麼沒愛心的老師，妳這個教育界之恥，妳是個敗類！詩詩今天會被退學，會走到這步光景，都是妳害的！妳要負責！」我沉沉地掛上電話，像顆失去知覺的石頭，再沒有溫度。那刻，雨又滴滴地落。

那就這樣吧！親愛的詩詩，我不後悔曾深深愛過妳，成為那個，也許，妳生命中唯一在乎妳是否吃早餐的曉葛老師。也許有天妳終於成熟，會想念我泡的一杯熱牛奶，那麼一切也就值得了。倘若人非得失去才懂珍惜，那麼曉葛老師只好狠心的教妳這最後一課。

愛不是被拿來無止境踐踏的，妳雖視如敝屣，後頭還有人翹首企足地排隊領取。
那就這樣吧，詩詩。祝福妳了，拜拜。

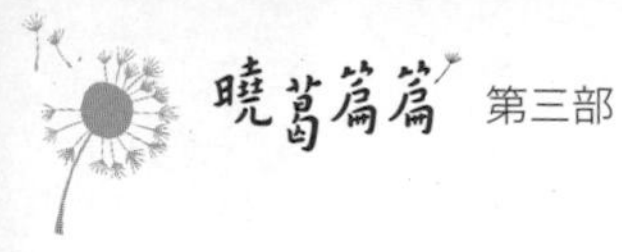

十四、五十二赫茲

■五十二赫茲

最近，曉葛追了部家喻戶曉的火紅韓劇《非常律師禹英禑》。內容講述女主角禹英禑為法律系高材生，課業成績亮眼，並以榜首之姿畢業於最高學府。然，因其自閉特質，進入業界後造成方方面面格格不入；爾後，憑藉自身努力與上司、同仁的摩旗相助，終獲認可，於工作崗位大放異彩，得到幸福。全劇溫馨可愛，值得推薦。

而真實世界，星星兒（自閉症）真能如劇中禹英禑那般幸運，遇見理解並樂意扶持的夥伴嗎？

是否曾聽聞一淒美傳說？關於一隻世上最孤獨的鯨魚。鯨魚為群體動物，靠鳴叫聲聯繫溝通，人類稱為鯨詠。一般鯨詠頻率為十至卅九赫茲，而美國海軍於一九八九年監測到一段鯨詠，其頻率高達五十二赫茲，超過已知鯨類聽力範圍。科學家因而揣測，並無任何同類得聞其聲；牠卻從未放棄，甚至曾一天超過廿二小時鳴叫；也就是，牠幾乎從未停止呼喚同伴。

五十二赫茲是與眾不同，

五十二赫茲是不被理解的孤獨。

■局外人

曉葛認識一尾五十二赫茲鯨魚，那是曉葛教學生涯中，印象至深至切的孩子。

陽光，一個十七歲大男孩，身材魁梧挺拔，臉上總掛著招牌清新靦腆笑容。與一般男孩兒同，精神充沛，活力無窮，免不了偶爾的淘氣頑皮；然與眾不同的是，他為星星兒，因特別因素與一般生合班。

頻率不同，自然扞格不入。不論上課分組，抑或下課同學們成群打夥嬉笑玩鬧，他鑿圓枘方，儼然局外人。而新世代孩子大多養尊處優，於父母掌心呵護備至，各個是公主、王子，難免乏同理心。同學無法同理陽光的難處，不論曉葛以何種方式暗示、提醒、教導、指正、軟性開導、硬性規範，卻只是換來學生漠然一句：「關我什麼事？」

高中生於排山倒海的書本中煩懣著，這下倒好，窮極無聊的同學們閒閒沒事便拿陽光尋樂子，陽光成了大夥兒的「紓壓」管道。每每曉葛分身不暇，他們便乘隙而入，對其挑釁、惡整、煽動、鼓噪、捉弄……簡直無所不用其極。而這些孩子各個冰雪聰明，懂得遊走校規邊緣，技術卓絕，誅戮於無形。陽光動輒得咎，進退無路。

「老師再次提醒，不要對陽光重述負面言詞，那會引發負面情緒。大家都知道陽光其實溫和良善可愛，只是需要多些體恤，謝謝大家的寬容與協助。」

「那是他家的事！關我們X事！」

「同在一班就是家人，所以陽光的事，就是我們家的事。大家難道忍心自己的家人被欺負

嗎？」

「如果有這種家人，倒不如掐死他算了！」

（趁陽光請假空檔，曉葛三令五申，溫情喊話，全班卻不以爲然，哄堂大笑。）

黯淡的班會課，黯淡的心，鐘聲響起，曉葛一語不發出走教室。

■ 惡作，劇

百無聊賴的灑掃時間，一群孩子又動起歪腦筋，預擬劇本，按表操作，興奮地候著陽光落入圈套。他們團團圍坐陽光身旁，以躁進激烈口吻互嚷。

甲：「你下地獄吧！」
乙：「你才下地獄！」
丙：「你下地獄吧！」
丁：「你才下地獄！」

甲：「你下地獄吧！」
乙：「你才下地獄！」
丙：「你下地獄吧！」
丁：「你才下地獄！」

陽光忍到極限，再受不了干擾，準備逃離現場，於是自座位一躍而起，慣性將手甩了甩；這一切完全於同學掌握中。而導演汪偉中抓準時機，順勢湊向陽光，製造完美之天時地利人和，讓陽光不偏不倚、精準地將手給一把甩在汪導手臂上。正！中！下！懷！

甲：「曉葛老師，陽光打人哪！」
乙：「我們都是證人！陽光罪證確鑿！」
丙：「校規規定打人大過，記得記陽光過喔！」
丁：「老師要公平喔！王子犯法與庶民同罪！」

同學們唯恐天下不亂，你一言，我一語，鬧哄哄找曉葛討公道，簡直暴力討債集團，有著不還債走著瞧的氣焰囂張。狀況內，且瀕臨哀莫大於心死的曉葛，深深嘆了口氣，語重心長道：「你們是故意的，對吧？我不知道你們爲什麼非得置陽光於死地不可。老師講過無數次，陽光很友善，很可愛，相信你們一定感受得到他的單純無僞。敞開心接納，讓他成爲家人，不是很好嗎？老師眞的好失望、好難過，你們……眞的連一點惻怛之心都沒有嗎？」（我哽咽了，所幸仍有些力氣，讓我得控制眼淚，別不爭氣地落下。）

下班回家，甫沖完澡，廁所還蒸氣騰騰地冒煙，鈴聲大作，汪導母親來電：「葛老師，請問現在什麼狀況？只因班上有特殊生，我們家偉中就連下課想放鬆跟同學聊聊都不行？無辜挨揍

跟妳訴苦求助，妳竟反過來責備他？我告訴妳，妳必須依校規秉公處分，否則咱們吃不完兜著走！」

掛上電話，獨坐床頭，才發覺原來自己也是一尾五十二赫茲鯨魚。於前線孤獨地迎戰，卻苦無子彈，只有一面盾牌讓我萬苦千辛地防守抵禦。不被理解，不被認同，不被接納，不被信任，好難受。只是身為老師，必須振作，必須堅強，必須勇敢站立，必須無所畏懼。

後來，如汪導劇本，陽光被記了過，一切按校規處分。無數個午休，曉葛故作輕鬆陪伴陽光於校園各個角落勞動服務以銷過，一邊陪他談天說地，只望於艱難窘困中，至少讓他感受好些。而他依然天真地燦笑，於偌大校園中，難道只有曉葛發現，陽光笑起來真好看，那誠實無僞的雙眸，高高揚起的勝利嘴角，他的笑容裡，滿是春天蓬勃的朝氣與希望！

■ 樓梯間的兩尾五十二赫茲鯨魚

「老師，陽光衝出教室了！」一名學生至辦公室撼天震地的嚷。

自然又是被班上同學給捉狹了！最終曉葛於頂樓樓梯間找到陽光，他來來回回激動踱步，口中喃喃篤篤。

「坐下來好嗎？慢慢的，告訴老師，怎麼了？」

「為什麼，我的人生是這樣的？」

「……」（我心如刀剉。）

「爲什麼，我的人生是這樣的？」

「是老師沒有好好保護你，對不起……」

「爲什麼，我的人生是這樣的？」

陽光屈坐階梯，抱頭搖晃，淚流滿面；

而曉葛顫著嘴角，視線已然模糊不清。

兩尾五十二赫茲鯨魚，並肩而坐，

無奈，無助，無語，慟哭一節課。

後來，陽光的故事並無《非常律師禹英禑》劇中的完美結局；畢竟這世上最難控的是人心。

曉葛與陽光，終究無成功地讓人理解，關於我們。

雖事過境遷，而憶及樓梯間那幕，心仍隱隱作痛。

倘您的生命中也遇見五十二赫茲鯨魚，請試圖瞭解，

五十二赫茲不過頻率不同，沒什麼大不了。

給予微笑與尊重……

我們要的好簡單，如此而已。

甚願禹英禑的故事不是童話，能真切發生於現實人生！

十五、不一樣，就只是不一樣

■不一樣，就只是不一樣

特殊教育隔空遙遙呼應二千五百多年前，孔子提倡的因材施教，曉葛認爲它可是教育中至甜美之一環。將看似粗獷的石材挖掘後，經過粗胚、細胚、抛光等流程，最終點石成金。師傅匠心獨運保留其本質與內涵，透過慧心巧手，使外觀看來益加動人。也許這批石材與世俗定義的完美大相逕庭，但他們卻擁有獨一無二的色彩。而曉葛更喜歡說，這是一群與衆不同的孩子。

曉葛曾陪伴一群這樣特別的孩子，度過一段青春歲月；他們置身校園，卻與人群、文化、環境格格不入。毫不掩飾、直覺型的社交方法將他們步步逼近懸崖，舉步維艱，跋胡疐尾，只好就地築起高牆，將心葬埋，不許人近。恐怕於進退兩難間稍不留神便粉身碎骨，於是惶惶度日，戴著一張惡狠狠的面具矛盾相向，捍衛自己僅存的一小方天地，不容侵犯。

因此當孩子來到曉葛面前，有時簡直劍拔弩張的刺蝟，身著厚實盔甲，隨時備戰。而當他們棄械投降時，才發現遍體鱗傷的軀殼裡，承載一顆傷痕累累的心。薛濤所言：「借問人間愁寂意，伯牙弦絕已無聲。」說明知音難尋與不被理解的孤獨。而老師們的首要任務則是聆聽、釐清與理解，將過去傷口縫合包紮，安排適性課程助其重建，領他們步步溶入所謂的典型，使未來盡可能與社會順暢接軌。

其實以「正常」與「不正常」界定孩子有損公平，標準爲人所立，有誰絕對公正無私呢？因此曉葛認爲以「典型」和「非典型」形容更加適切。誠如塡寫問卷：「台灣最美海域爲何？」墾丁佳樂水、澎湖雙心石滬、花蓮七星潭、宜蘭外澳沙灘、馬祖藍眼淚……答案肯定琳琅滿目，毋須設限。然，若要辦理員工旅遊，卻又另當別論了。因無法滿足所有人，只好自選項中挑選票數最高者「澎湖雙心石滬」（純粹舉例）實踐之。少數服從多數，不過社會爲求政策暢行無阻而制定之規範；然，能就此定義，選擇澎湖雙心石滬者爲「正常」，選擇其他選項者爲「不正常」嗎？

與衆不同何錯之有？不一樣，就只是不一樣。

■ 驚弓之鳥

一開始的介入著實不易，與小棋的相見歡，可說是驚天動地。

敞開門，偌大教室以書櫃將空間區隔爲二，書櫃上五花八門的模型、公仔、藝術品條理井然地展示。右側空間以四張長木桌圍成一圈，佐以十來張粉色辦公椅搭配雙面白板供學生上課使用；而左側空間則沿牆角擺放一台壁式鋼琴，琴旁是株終日盼著錚錚琴音的發財樹，它可是曉葛的忠實鐵粉。一套愜意的ㄇ型沙發慵懶置中，茶几上那盆永不凋零的塑膠花一年四季地綻放。休息時間，學生們可自櫃中隨意撿本好書賴在那兒飾演一陣子頹廢馬鈴薯；而牆上除了幾抹紙糊的樹叢於壁上生根茁壯，還雜七雜八貼著精神標語、課表、班規，總之這教室可給營造得一片溫馨祥和。

「嘿！小棋，我是曉葛老師。」他個兒不高肉量卻是有的，T恤、短褲、球鞋，十足青春打扮，一身黝黑肌膚襯得白框眼鏡益加醒目，而那頭茂密烏髮大概深怕被冷落，大剌剌蓋住整片額頭刷著存在感。沙發如戰場保命的壕溝，被嚴嚴實實鑿出個大坑。我輕悄悄朝他而去，那聲問候如投擲入海的一把散沙，一點兒漣漪也沒給泛起，便銷聲匿跡。大概被外界的隆隆炮火給嚇壞了，他楞柯柯地低頭剝著手指皮，三緘其口，於壕溝裡穩妥妥地藏匿。

「來點輕音樂好嗎？」空氣凝結，我試圖以音符溶冰，欲打破這片折騰人的死寂。坐下、掀蓋，每個動作捻腳捻手，想不到鋼琴才哼了二句，小棋便觸電似地自沙發一躍而起，惡狠狠以手指著我，暴著青筋大聲咆哮：「滾！」

那一瞬，我大概忘了呼吸，心跳亦落了幾拍。當下有些遲疑，面對驚弓之鳥，我不能忽略「失控」這項可能性。雖研讀小棋檔案數次，心中劇場亦演練過幾回；然，當他真朝我發射子彈，即便已著防彈背心，仍覺措手不及。

猶記某次與閨密於路口邂逅一隻受傷的班鳩，牠怯生生瑟縮角落，我們正打算將其帶回照料，想不到當我們朝牠伸手，牠倏地閃過我們，竭力於街上低飛亂竄，最終被疾駛而過的車輛給提早劃上句號。那真是觸目駭心的恐怖情節，倘不如此心急，動作再緩些，或許結果大不同。

憶及此，於是曉葛柔聲回應：「我想小棋現在需要安靜，曉葛老師會給你空間，讓你適應新環境，晚點兒再來找你。」不疾不徐，我踩著輕盈步伐邁出教室，帶上門，於長長廊子底靠邊的椅子上，吐了一口好深、好長的氣。

就這麼好一段時間，小棋於壕溝內雷打不動地死守，我們各自於安全防線上觀望彼此。日子如張破損的唱片不斷跳針，主唱小棋，詞窮得可憐，大致繞著「滾！」「走開！」「去死！」這類中心思想哼哼唱唱。我不確定得耗費多少心力才得翻轉局面，只知倘我們拋金棄鼓，那麼等同將他與家人再次放生陰暗角落，繼續殘忍地熬。

八個月後，某日下課，曉葛自洗手間返辦公室，正打算繼續敲擊鍵盤備課。咦？滑鼠底下有不明突起物，我毫無防備移開滑鼠，「蟑螂！」那聲尖叫讓辦公室所有人自座位連根拔起，不長眼的回音於辦公室無限殘響。正當我拔腿朝門口奔，瞥見小棋倚門邊，上氣不接下氣地捧腹大笑，我恍然大悟，重返辦公室，望著桌面的假蟑螂跟著前仰後合，大夥兒都笑了。

笑中摻雜喜悅與感動的淚水。小棋為我準備道具，企劃一切，精心布局，耐性等候這驚嚇時刻，這意味什麼？那隻假蟑螂儼然是把黃金打造的鑰匙，小棋的心終究對曉葛敞開，我獲得進入祕密花園的邀請函，得一窺堂奧。

■透明是一種顏色嗎

某次為激發學生想像力，給予一份創意作業，答案不設限。題目如：「假如我是顏色，我會是X色，因為……；假如我是我是四季，我會是X季，因為……。」學生倒覺新鮮，慧眼獨具地作答，突然小方舉手：「老師，顏色我塡透明喔！因為我喜歡透明色。」我微笑點頭。不一會

兒，小棋亦高舉右手：「老師，透明哪是顏色啊？」

方：「透明是顏色，只是你看不到而已。」

棋：「就是看不到，所以不算顏色啊！」

方：「不是看不見就不存在呀！」

棋：「那妳會穿透色的衣服出去嗎？」

方：「反正我覺得透明是一種顏色，要你管！」

棋：「我是好心勸妳，透明不是顏色啦。」

方＋棋：「曉葛老師妳看他啦！」（他們公說公有理，婆說婆有理，各執一詞，爭得面紅耳赤。）

曉葛：「這個作業的初衷，是讓同學盡情發揮想像力，我們先下課吧。」隨下課時間到，曉葛確認方、棋二位休兵後便順勢離場。倒非無法面對孩子質疑，而是不願妄下雌黃。這可能是簡單的學理問題；也可能是超然的哲學問題；又可能如童話故事中，南瓜變馬車、睡美人於王子救贖前竟無需進食的這類情節，純粹是想像力的無限延伸、跳脫實際的創意題。

我欣賞小方「打破框架」的思維，她勇於挑戰、跳脫公式；亦欣賞小棋的「仗義直言」。事實上這二項特質，往往爲典型的多數人們缺乏。

而我們之所以能看見顏色，是透過眼睛的三種視錐細胞經過排列組合反饋予大腦，再由大腦定義出顏色。西元一六六六年，牛頓發現看似白色的太陽光通過三稜鏡色散後，竟能分解成紅、橙、黃、綠、藍、靛、紫七色；就光的三原色角度而言，紅、綠、藍堆疊混合後，竟又還原爲太陽光的白色。我們日常生活中所見的各種顏色，要不是物體本身發光，就是色光反射之結果。故我們或許可大膽的說：「所有顏色都眞實存在著，因爲眼見爲實。」亦或者可充滿哲理的說：「它們其實不存在，因爲全是假象。」

這世界遠比你我想像來得奧妙無窮，人類知識極爲有限，切莫草率定義事理。所見者，未必是眞相；而眞相，亦未必如呈現之樣貌。天下無奇不有，一片廣大未知尚待許多小方這類打破框架的非典型人來假設、論證與揭曉；誠如西元前四世紀，亞里斯多德以三個例證說明地球是圓的。小方極可能是遙遙領先時代的先驅，而非落後者。

■為何教我詐

桌遊課，大夥兒圍成圈兒吱喳不停。當日遊戲需憑演技，類似撲克牌之「抓鬼」，最後手中握有兩張鬼牌者爲輸家；故抽到鬼牌時得故作鎮定，想方設法誘拐他人抽走手中鬼牌，一旦找到代罪羔羊，自然不會淪爲輸家。

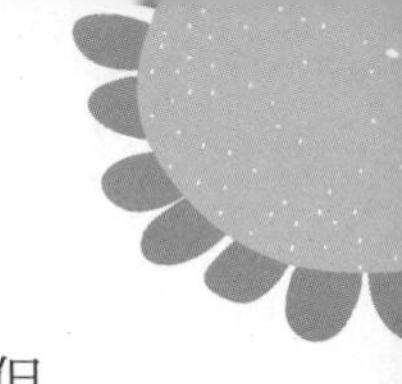

小強板起臉孔拒絕參與。抽絲剝繭後，得到一個發人深省的答案：「老師不是說要誠實嗎？但這遊戲在教人騙人，所以我不願加入。」

也許有人會說，有時爲安慰鼓勵人難免得撒點白謊。然，嚴格說來，說謊就是說謊，眞理往往如此純粹。就曉葛個人觀點，小強所言無駁斥之理。卽便只是模擬、預設、單純的角色扮演，也是種潛移默化。而身爲老師的我們，爲何教他們詐？曉葛反思。

能守住原則、堅持立場、勇敢拒絕；如此正義凜然的小強，絕對配得一面大大獎牌。

這群與衆不同的孩子們相對誠實、坦率，可愛極了！

■防空洞

特教單位之地理位置往往處邊陲，大概爲保護學生，避免干擾，少受刺激；雖立意良好，但有時眞覺難過。他們並無做錯什麼，卻非得如此低調。那些日子我們的基地隱身一幢龐然建物之地下二樓，面積甚廣，除園藝、體育、校外教學、關懷服務這類室外課程以外，於不見天日的地底，幾乎包辦所有課程，甚至舉辦溫馨隆重的畢業典禮。

曉葛姑且稱之「防空洞」，因爲裡頭安全的很，無嘲笑謾罵，無排擠壓榨。曉葛與學生教學相長，陪伴孩子煮茶葉蛋、練習服飾穿搭、縫紉、煎蔥油餅、搓湯圓、看電影、三D列印、學手語、談天說地、打桌球、溜滑板、解魔術方塊、玩音樂……這些非典型課程可是比典型課程更多元、熱鬧又精彩。孩子們從初始的氣焰乖張，直至後來的其樂融融，過程難以名狀，而總歸一個字，是「愛」。

■ 破繭而出

夏天，防空洞中的師生們重見天日，我們破繭而出，一起畢業了！典禮當天，防空洞布置美侖美奐，天花板五顏六色的彩帶垂垂掛掛，桌面一字排開盡是熱量爆表的萬惡茶點，空中輕輕飄浮著爵士樂，老師爲孩子們使出渾身解數獻上才藝；更重要的是頒獎橋段人人有獎。總是尋得著學生不計其數的優點，於防空洞裡，每個孩子都重要，才不會有誰被冷落呢！

也許如今的我們，生命中仍會遇著窒礙難行之時刻，畢竟非典型人類難免方鑿圓枘，有時撞頭搖腦。然我堅信，於防空洞相依偎、取暖、陪伴的那些日子，不論過了多久，它始終於內心深處，暖洋洋地鼓舞我們！

十六、轉角

夢想，是什麼？大概是夏天鹿野高台奼紫嫣紅、朵朵綻放的熱氣球。冉冉上行，隨高度遞升，人群漸漸化為點點，以鷹姿俯視縱谷山脈的層巒疊嶂，綠油油稻田自成塊塊方格，雲霧纏綿繚繞。於夢想之前，人類顯得渺小，於是習得謙卑。

曉葛有好多夢想，已完成的、行進間的、正萌芽的、尚未發生的；也難免NG。今日聊聊其一，至於它隸屬「完成項目」抑或「NG項目」，也許無標準答案，只能待您自個兒心領神會了……

■轉角

有陣子教書教到懷疑人生。校園鐘聲鎮日此起彼伏，於這堂課程接續下堂，由這間教室趕赴另間，自這班學生教到那班。一天倏地，日升又日落，終於拖著疲憊身心入辦，列隊夾道而來的卻是如山的公文、作業簿與待辦事項。

彷彿身陷流沙，越掙扎，越沉淪。它們蠶食著我，緩緩湮過腳踝、漫過膝蓋、直逼腰際。一陣混亂中，我抓到一根看似牢靠堅實的樹枝，它是我的夢想，領我跨越自己。

「創業當老闆吧！待時機成熟就能專心顧店，自己使喚自己了！」

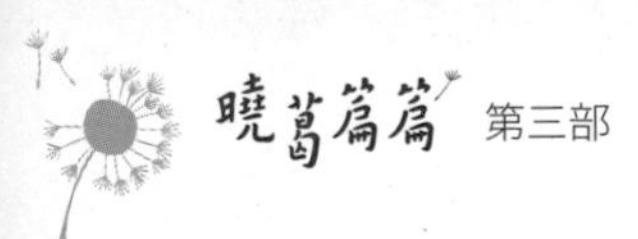

然，做什麼好呢？左思右想，對了！我愛吃滷味，不如就賣滷味吧！

曉葛是個無可救藥的理想分子，縱脫浪漫鼓勇直行，只有瞻前沒有顧後，一股腦兒呆呆向前衝。於是空有美侖美奐的藍圖，卻無銖銖校量的商業氣息。收益支出評估、行銷布局、建立標準化作業流程；這些理論顯然不存在曉葛人生字典中；而曉葛的開店邏輯公式更是簡單的令人捏把冷汗：「取個甜美店名＋開間甜美行鋪＋做個甜美老闆＝美夢成眞！」

我一向鍾情「轉角」這詞彙，拐個彎，轉角處處是驚喜；秉持如此幸福之理念（成爲過路人們的驚喜），店名卅秒便塵埃落定——轉角滷味。既名爲轉角，店點勢必居於轉角。除積極覓點，曉葛亦同步訂購營運所需之形形色色器具。各式各樣的前置作業，大自餐檯，小至鍋碗瓢盆，還得至批發市場瞭解食材行情後訂立價目；並尋求商譽、品質良好之合作廠商。名片橫三豎四地堆疊成冊，果眞是創業維艱。而白天還得兼顧教職，那陣子曉葛可忙得七葷八素，卻因懷抱夢想而不亦樂乎！

終於，最後一項物件齊備，特別訂製的立型招牌翩然而至。它以紅色鋪底，上頭瀟瀟灑灑的「轉角滷味」以黑色草書鮮明躍動地表述，像盞燈籠呢呢痴痴於轉角守候，佐以令人垂涎欲滴的滷汁飄香，此處將成爲可愛的街頭驛站！通電，作作有芒的紅光在燃燒，照亮夜歸人的路途，亦映著曉葛對前程盈盈的盼望。

轉角滷味，開張！

■大膽假設

轉角滷味由曉葛與二名夥伴各自分工，他們得勞苦功高包辦中藥材採購、原料批發、食材預滷、滷汁、滷醬、酸菜及辣油製作，並於現場加熱；而曉葛只需優雅從容地現場點餐、打包、結帳與出納。秉持胡適「大膽假設，小心求證」之精神，曉葛大膽假設自己「可能」是名成功的商業人士；至於理想與現實的差距，熬煉後，自然水落石出。

「老闆，麻煩酸菜多放一些，不要辣。」

「老闆，王子麵幫我另外包，不淋醬。」

「老闆，辣油分開裝，餐具多給一份。」

「老闆，高麗菜滷爛點，王子麵隨意涮涮就行。」

「老闆，王子麵二包加酸菜不加辣，一包不酸菜加辣和多淋點醬。」

這些指令誠如空中沒頭沒腦無端下起的冰雹，砸得曉葛滿頭包。有時眞確信自己來自火星，這些明明白白的地球語落入耳中，卻字字句句淪爲亂碼，於腦海中零零碎碎地漂浮，毫無章法，沒有邏輯，最後腦袋當機，只好憑運氣拼拼湊湊。加上曉葛有些臉盲障礙，意卽人臉辨識系統不發達，面對陌生人群甚至徹底失靈。平日倒好，課堂上可將學生座位表張羅講桌，讓葛老師得按表操作；生活中，路逢似曾相識卻苦道不出其名者，「嗨！」肯定是萬無一失的標準答案；至於商界，對於需時刻機伶的生意人而言，簡直災難！

「我記得你愛吃酸菜，所以多放些喔！」

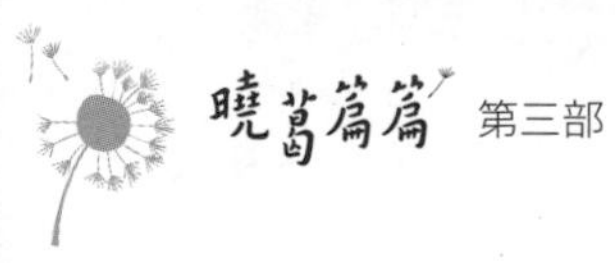

「你記錯人了，我不吃酸菜。」
「我記得你嗜辣，幫你多淋一瓢辣油喔。」
「呃，不好意思，我怕辣耶！」

「您的餐點好囉，謝謝。」
「咦？這份好像是剛才那位小姐的。」
「您的王子麵二包加辣不加酸菜，一包加酸菜不加辣不加醬好了。」
「我是王子麵二包加酸菜不加辣，一包不酸菜加辣和多淋點醬喔！」

還有回，火星人的終極直線思考，讓劇情更是越演越烈。
「老闆，我自備紅白環保袋，待會幫我裝這袋子。」
「你確定？」
「嗯。」
「眞的嗎？」
「是的！」
「那，好吧。」（爲免犯錯，再三確認。）

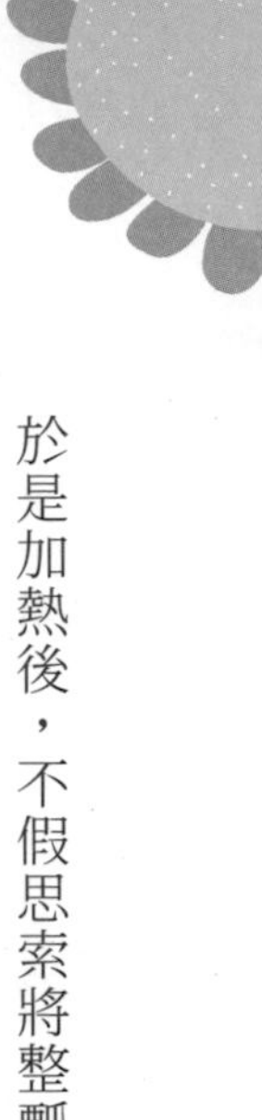

於是加熱後，不假思索將整瓢滷味倒入客人自備的紅白袋中，還充分淋上滷汁。客人呆愣半晌，久久維持一種難以言喻的怪異表情，眉頭深鎖、眼神放空、嘴微張，約莫半世紀才打破沉默。

「老闆，我其實不是這個意思。」

「什麼不是什麼意思呢？」

「以後，不要再把食材放入環保袋裡了。」

「可是，剛是你要求放裡面的呀？」

「我是指食材先以你們的乾淨透明袋包裝後，再置紅白袋中。」

「喔！原來如此啊！」

就這樣，轉角滷味不斷顛覆地球人類想像，讓人們領略何謂直線思考的最高境界！

■小心求證

林林總總導致的通膨，颱風來襲影響的菜價飆升，以往這類新聞報導，商家們的怨聲盈路與唉唉哼哼，對曉葛而言痛癢無關；直至轉角開業，曉葛才正式與地球接軌。秉持養生之道，轉角

自我要求天天重製滷汁爲饕家們的健康把關。如此，亦意味成本的節節攀高。日日得重新灑下大把大把蔥、薑、蒜，更遑論冰糖、鹽、醬油，還有不可或缺的花椒、八角、陳皮、桂皮、甘草這類香料。

而熱滷還得時時燃燒瓦斯，不巧碰上水災頻仍的夏，高麗菜一顆要價一百八十大洋！簡直要命！景氣低靡不振，人人口袋縮編，克勤克儉，食不重味，誰也不好過。倘跟著喊漲，那麼客人要嘛買不下手拒轉角於門外，要嘛不上不落買得爲難。心一橫，凍漲！咬牙苦撐，讓路過的人們得於繁忙苦悶中，還保留一份大啖滷味的小確幸。

惟面對日益不平衡的收支難免焦急，房東卻於此時雪上加霜。她說：「葛小姐，費用得漲。」這句話輕巧巧如根稻草落於肩頭，恰恰直達曉葛負載上限，我激越昂揚道：「萬物皆漲，非得如此嗎？」她眉宇透著一抹雲淡風輕，聳肩表示：「這也沒辦法呀！」我嘆了口氣，與新聞畫面的商家一致。收攤時，夜已深沉，冷清的街角偶有疾駛而過的車輛劃破靜寂。一邊刷洗檯面，一邊深深刻刻體會這一切。寫實的生活難免苦澀，頓時明白《朱子家訓》所言：「一粥一飯，當思來處不易；半絲半縷，恆念物力維艱。」

度過一番艱苦，於其中益發堅忍成熟後，才發現幸福絕非偶然，乃由許許多多你知道與不知道的，你看見與沒看見的，你認識與不認識的人們默默辛苦付出堆疊而來。因此富足的定義非寄於鐘鳴鼎食，而是珍惜。

憶兒時，母親爲一把青菜，從這攤比價到那攤；當時覺得迂拙，難道時間不比金錢可貴嗎？

只要某個攤販闊氣地嚷：「來喲！我們這裡買菜送蔥！」市場便掀起一陣波瀾，婆婆媽媽你推我擠地爭先恐後，握著手中戰利品暗自竊喜：「太好了！這下又攢了二十元！」此情此景，終於了然於心。

而關於曉葛大膽假設的驗證結果：「曉葛肯定不是作生意的料。」我的腦裡有行雲流水的文字，卻無精打細算的數字；有從心所欲的音符，卻無運籌帷幄的見識。

故事結局：轉角滷味最終，忍痛，關門止血。嘗試，說明我的勇敢；歷練，使我更有承擔。至少可問心無愧道：「嘿，曉葛當過老闆喔！」

第四部

我的天使們

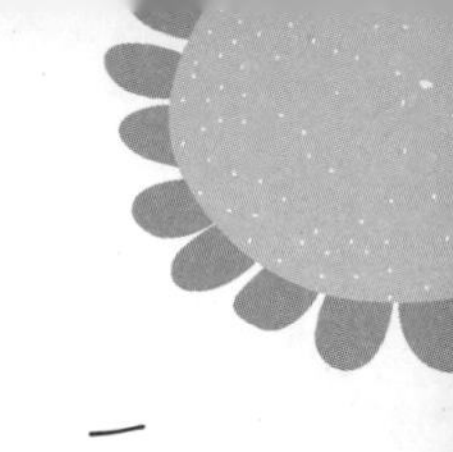

一、旅人老莫

■下一站

他朝我而來，白色保羅衫，卡其褲，駕著一對飽經風霜的駝色休閒鞋，身材厚實，右肩拽了坨脹鼓鼓的橘色背包，背包上頭，以斑斑點點汗漬聲明自己的不拘小節。

「葛小姐吧？」

「莫先生好。」

三月，乍暖還寒，一個看似平淡無奇的午後，兩條平行線於熙來攘往的人行道上交會。一棵枝繁葉茂的老樹爲我們打傘遮蔭，陽光滲過葉縫，流瀉一地畫意詩情的斑駁。

老莫，一名成熟而挺拔的長輩。炯炯的雙眼，朗邁的笑容，小麥色肌膚。字正腔圓的語調，自信的口吻，穩健的步伐，身上散發一股新鮮朝氣與特有魅力。

「我們到裡頭用餐吧，這間餐廳不錯，試看看！」

「好的，謝謝。」

這是幢古蹟改建的白色歐式建築，空氣瀰漫淡雅咖啡香及濃郁人文氣息。自大門入，一片蓊鬱簇擁庭園，戶外座位隨興散落。右側入大廳，片片晶亮的落地窗取代不解風情的堅毅牆垣，陽光輕巧溜進室內賣弄風騷。寫意垂掛的工業燈，花瓶綴飾的洋桔梗，悠悠蕩蕩的爵士樂，錯落有致的原木桌椅，在在令人身心舒暢。

點排餐對坐。週間，門可羅雀；倒好，意外包場，讓我們得優雅從容對話。

「聊聊過去當老師的有趣經驗吧！」

「@#@#QRR%&%&%。」

「當老師這麼精采，妳怎捨得離職呢？」

「#$^&^&*&$@@$，差不多是這樣。」

「有自己的想法是好事，最快何時可上班？我請人事部與妳聯繫。」

「五月二日，勞動節後。」

面試完成並職務說明後，老莫暢談人生總總。他臉上線條粗獷剛直，口吻卻溫暖熱忱，滿心智慧，句句哲理，字字珠璣。那眞是場令人動容的面試餐會，我們如老友侃侃而談，一見如故。他不同於一般主管，特別敞開心胸，用心傾聽，賦予尊重。曉葛於人生十字路口遇到老莫，邁向下一站里程，於文創泱泱大海中，成爲天馬行空、天眞爛漫的老莫祕書！

■最浪漫的事

老莫一年至少四個月駐國外，即便返台，亦鮮少入辦；他是個天生旅人，沒什麼可制約他。而己所不欲，勿施於人，他厭惡束縛，亦不束縛曉葛，寄予十足信任。任務於時效內完成，毋須交待細枝末節，最終報告綱領與結論即可。

而文創是什麼？似乎抽象，卻充斥你我身旁。午後茶點的精心擺盤，項上披掛的藍染圍巾，古色古香老宅新建的茶樓窗櫺，捷運文學看板的字裡行間，歷史街區的一磚一瓦，它們無孔不入地滲透生活，毫無框架，沒有章法。

老莫主責文旅，故曉葛日日首要之務，乃於網路及報章雜誌搜括相關資訊，去蕪存菁後編列排程，向老莫報告後再一同參訪標的。他於國外時，曉葛得獨當一面，自行規劃，鎖定目標前往，參觀後歸納心得，遇適切案件再予以上呈，由老莫評估是否進一步洽談合作。食、衣、住、行、育、樂，我們的觸角無限延伸，包羅萬象。

跟隨老莫出入見習很是快活，我們彷彿兩個充滿好奇心的大頑童，四處尋幽訪勝，一同探索台灣各個火紅著的，或被人遺忘了的動人角落。有時甚至漫無目的出走，於街頭信步尋找靈感，某個轉角處拐個彎，或大或小總能成功獵奇，永遠有收穫。

而老莫亦予曉葛充分作業空間，辦公室一牆原本空蕩蕩的書櫃，索性讓我當作空白畫布，於其間恣意揮灑，構築藍圖，並劃爲三塊大餅：「台灣何處去」、「台灣好食在」、「台灣好客棧」；而每塊大餅下再以區域分門別類集結成冊，一切井然有序卻活潑靈動，生意盎然。

因此除例行行政事務，曉葛工作重心便是蒐集各地美麗拼圖，分析求證後歸檔，再將零件歸納組裝，整合成一道道豐碩的人文旅程。而各類行程擬定後，甚至可排程試行。如此，日日所見、所聞、所思、所行皆爲美善。所以我說，這眞是最浪漫的差事，一點兒不浮誇！

■ 旅人

大概老莫和曉葛有相似頻率，因此共事幾乎無磨合期，一路暢行無阻。我們於謹守紀律、恪守原則的軀殼底下，內心還住著孩子，驅使我們去冒險，慫恿我們去成爲自己想成爲的樣子；看似癲狂，卻是淸醒。

老莫熱愛古賦詩詞，有回上日式料理店用膳，他大啖一口鮮美味噌，大概撈到一塊鮭魚心情大好，心血來潮道：「曉葛，妳朗讀《前赤壁賦》好嗎？」我高舉手機，穿越時空，悠悠吟誦蘇軾的一派豪情與曠達。「壬戌之秋，七月既望，蘇子與客泛舟遊於赤壁之下。……相與枕藉乎舟中，不知東方之既白。」讀畢，老莫娓娓訴說他的滿心沸騰。旁人的異樣眼光與我們無關，既然享受一份自在，又何必拘泥？

他的老橘包破了個大洞，照樣不離不棄與之相依爲命；我倒不介意美觀與否，只怕哪天他皮夾自縫兒逃之夭夭、溜之大吉，還得補辦證件，麻煩。於是那年生日，特地挑了個外型相仿的橘包送他。

「送你個新包，別再用破包了！」

「喔！感謝，感謝！」

隔天，卻照舊背著那只破橘包出門，他說：「用慣了。」我會心一笑，好吧！無拘無束何錯之有？不必改變。

後來，老莫再度啟程，飛往世界各地，到位地詮釋最適合他的角色——旅人。於歐洲出發前，他拿疊鈔票給我：「曉葛啊，有空就去買買彩券，中獎了，我們一人一半，妳可任意使用，而我自己過些年回來，還可住住上等的養老院呢！」我說：「等你回來我們一塊兒選號吧！這樣中獎率肯定更高！」他拗不過我，無奈笑著，而那把鈔票至今仍於曉葛抽屜沉沉地睡。儘管後來的我們各自忙碌，卻總有交集。每隔段時日不論處何角落，老莫定會抽空來電：「曉葛啊，妳好嗎？最近怎麼樣呢？過得好嗎？」

我們成了家人，彼此牽掛，互相惦念。

■ **篇篇之萌**

二〇二一年七月十日大半夜，老莫自美國來電：「曉葛啊！妳上回寄給我的文章，我讀了好幾遍，眞令人神往，我覺得妳可以做點什麼，出書之類的！」

因老莫一席語，《曉葛篇篇》得以問世。韓愈云：「世有伯樂，然後有千里馬。千里馬常有，而伯樂不常有。」曉葛從未想過自己是否為千里馬，但老莫讓我勇敢的去相信，自己是。

感謝老莫讓我成為更完整的自己，

亦感謝正閱讀《曉葛篇篇》的您；

您同為曉葛伯樂，促使曉葛步步朝理想邁進！

感謝與我同行，有您眞好！

二、阿凡達

■潘朵拉星球與火星的交會

從未想過能於地球表面遇見另個外星女孩，而我就是幸運地碰上了。阿凡達，來自潘朵拉星，同曉葛家鄉（火星）相仿，我們都是活於自己世界的另類物種。

初相見，她身著一襲大地色系褲裝，高挑、時尚、冷豔，身上散發一股犀利，教人難以逼近。曉葛早她入公司不過數月，內心卻興奮不已（總算晉級爲倒數第二菜），於是佯裝老練對她點頭示意，大概身上俏皮的鵝黃點點洋裝讓自己的稚嫩露了餡兒，她單單瞟了眼，回以莫測高深的輕淺笑容。

我們隸屬不同主管，卻發放同間辦公室，辦公室位處邊陲，老大多不在家，留我們固守城郭。可別以爲女孩兒們湊一塊兒便成熱鬧滾滾的夜市，我們的獨立辦公室可沉默得像宇宙。阿凡達和曉葛同樣寡言慢熱，工作中面無表情、看來不苟言笑的我們，臉部置中處，同樣坐落巍巍的縱貫山脈，清楚劃分左右兩側的深邃湖光，那樣迷濛教人費解，我們對彼此摸不著頭緒。

起初，我們以「請、謝謝、對不起」立定楚河漢界。妳不犯我，我不犯妳，相待以禮，相安無事。直至那日化妝間來了個不速之客，一隻翅膀剛成形的中強於牆角蠢蠢欲動。曉葛如廁恰與強哥四目相覷，牠心懷不軌，以觸鬚將我徹頭徹尾端相一番，呆愣一秒，我倉皇而逃。

曉葛：「嗨！」（深呼吸，故作鎮定。）

阿凡達：「呃，嗨！」（一臉詫異。）

曉葛：「那個，廁所有小強欸！」

阿凡達：「蛤？那怎麼辦？」

曉葛：「我很怕小強，請問妳敢打嗎？」

阿凡達：「其實，我也很怕耶！」

曉葛：「那可以幫忙嗎？」

阿凡達：「好喔。」

秉持劉伯溫「萬夫一力，天下無敵」之精神，我們共禦外侮。環顧四周，唯一戰備裝置爲辦公室那把些許破爛的掃帚。於門外朝洗手間探頭探腦一陣，就是誰也不肯朝前線多跨一步，只好採平行隊伍，共持帚柄末端，互相牽制地各自將身子挺得老遠，深怕強哥龍心不悅，無預警朝我方空襲。

佇廁所門口持帚胡亂揮舞的倆人，簡直是舉桃木劍四處招搖撞騙的江湖術士。一陣毫無建樹的兵荒馬亂後，壁邊小強依然冷眼睥睨，毫無畏懼，不爲所動，誠如修煉得道之高僧，牠笑看塵世中，眼前這兩位衣裳楚楚的笨傢伙。牠看似渺小，卻氣場強大的攻城掠地，殖民整座廁所，我們六神無主，束手無策；而牠老神在在，以帝王之姿傲慢地打量眼前兩名人質。倏然，將翅膀振了振，朝我們邁開二個小碎步。「啊！」我們誰也不講義氣，雙雙丟下掃帚棄械逃亡，一轉身，與打掃阿姨撞個正著。

「哎喲！妹妹，妳們幹什麼？」

「阿姨，廁所蟑螂好可怕喔！」（我們躲至阿姨身後，無情無義將她往火坑推。）

「這樣不就好了？」阿姨果斷抽取二張面紙，徒手且精準地將那隻笑看人間的強哥擲入馬桶，按下沖水鈕，強哥一生隨渦而逝。我們張燈結綵簇擁我們的救贖者，慶賀這邪不勝正的精采結局！

「阿姨，妳好棒喔！」

「唉！不知妳們是在怕什麼！」（阿姨撥了撥頭髮。）

而這場鬧劇倒有令人意想不到的收穫。據研究顯示：「共同敵人的出現將加強團隊之認同。」的確因著強哥，曉葛與阿凡達溶冰，銅牆鐵壁瓦解，我們饋以彼此會心一笑。午餐，我們愉快分享彼此的愛心便當，凡爸的紅燒滷肉與葛媽的香煎鮭魚。

如曼陀珠溶入可樂般，辦公室瞬間起了化學變化，幾乎無漸層與灰色地帶，迅速地升溫。我們發現彼此擁有相同頻率、反應、思維、觀點與邏輯；更有趣的是，於我們冰雪聰明的軀殼裡，雙雙藏了份天然呆萌，我們都還是個長不大的孩子。這著實令人驚訝、驚奇、驚喜，我們一拍即合，毫無保留敞開心扉，暢談彼此生命總總。好的壞的、快樂的難過的、傷心的失望的、期待的惱人的、成功的失敗的、富足的貧窮的、驕傲的困窘的、過去的現在的，還有未來的！

千載難逢，竟能遇著無血緣卻心靈契合的知己！曉葛遇見阿凡達，誠如俞伯牙當年遇見世上唯一明白其琴音的鍾子期，而我彷彿看見了俞伯牙的看見。

■ 真朋友

中午一小時半的午休，成了曉葛與阿凡達例行的姐妹約會時光。特別週五，我們總刻意安排節目，爲繁忙生活點綴幾許樂趣。那陣子公司附近敲鑼擊鼓開了間明星餐館，我們未能免俗，亦前往朝聖。

店外，以夢幻的紫蘿蘭色高調鋪陳門面，彷彿置身童話故事，它殷勤搔首弄姿對我們眨眼。入店，選了緊鄰落地窗的雙人座位。大片大片落地窗以木框縱橫交錯，將城市風光切割成片片馬賽克，頂部高高垂掛的個性工業燈泡，與腳底踩踏的復古花磚相得益彰，現代都會的新穎與陸零年代的典雅於此交錯融流，卻毫不違和。

當日店內倒出人意外，少了人滿爲患的氣焰。偌大空間清清爽爽，音樂淡淡鋪底，服務生身段柔美遞上水杯、餐具。我們相視而笑，真喜歡共同實現一個、一個小小願望，一切甚好！

翻閱菜單，音樂頓時變調。哇塞！上頭羅列的數字教人屏息、瞠目結舌。那價位對當時存款尚距起點不遠的我們，簡直天文數字！不約而同，我們清了清喉嚨。

「曉葛，妳覺得怎樣？」

「和妳想得一模一樣。」

「茶水都喝了耶！」

「還是得走人。」

此時服務生朝我方挺進，留下？起身？僅三秒時間考慮，非得當機立斷。說時遲，那時快，阿凡達撿起手機擱耳畔（電話壓根沒響），她自言自語焦頭爛額道：「蛤！怎麼會這樣？是，是，好的！好的！我現在立刻回去處理。」我心領神會強忍笑意，隨阿凡達朝門外走去，還不忘回頭向一頭霧水的服務生一本正經道：「不好意思，臨時有點狀況！」身著挺拔套裝的我們煞有介事、氣勢磅礡地踏出店門。至騎樓，終可盡情釋放能量，我們挽著手笑岔了氣，久久不能自已。我讚嘆她天外飛來的一筆，她感謝我的神助攻，我們唱一曲雙簧，合力演一齣荒唐。接著認認分分轉入最熟悉的巷弄，去吃上一碗再簡單不過的陽春麵，裡頭肉燥搭配滷蛋加貢丸，它們快

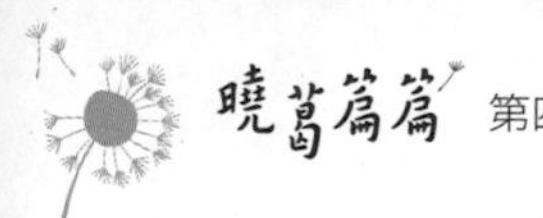

快樂樂相擁而舞。我們享受一份踏實，那碗陽春麵格外美味，因為，有眞情！

倘那日赴約者非彼此，或許我們會硬著頭皮、內心淌血地吃頓貴婦餐。而因著坦誠，我們可毫不諱言道：「嘿，本人月底窮愁潦倒，需開源節流，咱們改吃陽春麵吧！」

眞朋友為何？也許人人定義各自不同。而曉葛認為眞朋友，就是毋須佯裝自己擁有什麼，只要簡單、誠實、赤裸地呈現自己原貌即可。他不會嘲笑、不會批評、不會論斷、不會幫你打分數，僅投以理解目光，輕柔回應：「親愛的，我懂。」

眞朋友就是，能自在相處的那位。

■那年生日

那年生日，我很快樂，亦不快樂。

平日阿凡達同曉葛一樣使命必達，她認認眞眞度著每個上班日，仔仔細細完成每項任務；而那天為了給曉葛驚喜，趁空檔至附近郵局提款，想悄悄買塊蛋糕為我慶生，卻始料未及被她那好猜忌的主子給逮個正著，從此對她失去信任，事事卡關，處處刁難，樣樣質疑。最終，阿凡達被逼至絕境遞上辭呈，並得火速批准。我們沮喪了好一陣。是的，也許犯了點錯，然，罪不致死。何必如此不可一世？非得這麼盛氣凌人？阿凡達紅著眼眶對我說：「我可以吃苦，但無法忍受人格被汙衊，即便對妳百般不捨，我仍得捍衛尊嚴，希望妳理解。」強忍欲奪眶的淚，我點頭道：「沒事，我明白。」只是心如刀割。

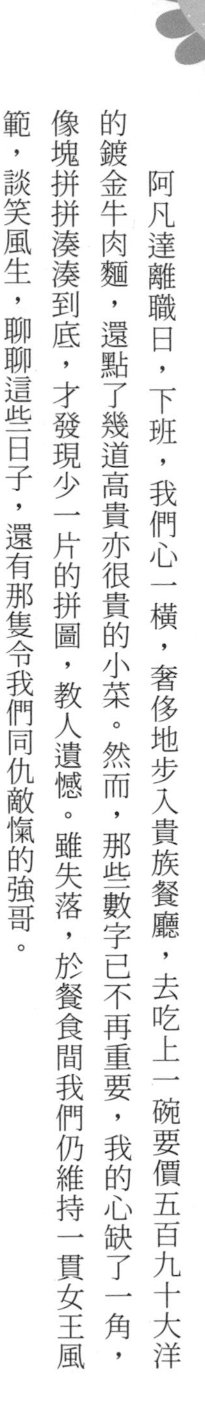

阿凡達離職日，下班，我們心一橫，奢侈地步入貴族餐廳，去吃上一碗要價五百九十大洋的鍍金牛肉麵，還點了幾道高貴亦很貴的小菜。然而，那些數字已不再重要，我的心缺了一角，像塊拼拼湊湊到底，才發現少一片的拼圖，教人遺憾。雖失落，於餐食間我們仍維持一貫女王風範，談笑風生，聊聊這些日子，還有那隻令我們同仇敵愾的強哥。

邁出餐廳，我們遲遲不歸。繞著這座鮮明卻無情得過分的城市，漫無目的遊走。儘管送君千里終須一別，卻捨不得放手。多希望那個夜晚能永無止境綿延，我們逃避一個殘酷的句點。誠如初相見時的沉默；然這次並非無話可說，而是說不上話。淌著盈盈的淚，我們於街頭再也無法壓抑地潰堤，旁人的異樣眼光一點兒不重要。直至筋疲力竭，於月台，我們顫著嘴角互道：「再見。」拖著上鉛塊的每一步履上了各自列車。分道，揚鑣。

整座城市還喧囂，人們衣著花花綠綠，如春天花團錦簇，這兒那兒四處地綻放，還有霓虹閃閃爍爍；而我戴上灰色眼鏡，一切成了黑白。翌日，阿凡達座位空了，我強打精神繼續本本分分，卻闔上心門。一個人上班，一個人午餐，一個人午休，一個人獨守辦公室。

■ 永遠的空位

後來，曉葛終究適應少了阿凡達的日常。我們各自忙碌，各自精彩，久久見一面，卻從未生疏。

那天，久違的我們相約午茶，空氣透著涼意，窗外飄著細雨。我點了杯熱茶暖手，望著上升

的縷縷白煙深呼吸，享受一抹茶香，一切一如既往。阿凡達出奇不意幽幽道：「我決定至國外定居，趁年輕多闖闖。」一時五味雜陳，壓抑紊亂思路，啜口茶，我雲淡風輕回應：「很好啊！祝福妳，只是無法送妳。」因爲曉葛害怕道別。

回程，闔傘。任憑雨絲於髮梢、肩頭撒野，它們輕盈卻沉重，我聽見下雨的聲音落在心底。有些悵然若失，但我明白距離無法隔閡我們堅定的友誼。眞正愛一個人並非自私黏膩地佔有，更非情緒勒索操控對方，成爲對方牽腸掛肚的羈絆；眞正的愛是以對方的快樂爲快樂，心甘樂意成全，將思念昇華爲祝福。

只是當時話說得太滿，阿凡達出發前夕，曉葛終究按捺不住自己。循著似曾相識的路徑，一股腦兒直奔阿凡達家附近的眷村宅落。不過晚上十點，那一帶已萬籟俱寂，我提著鞋跟躡手躡腳，兢兢翼翼地走。撥了數通電話，阿凡達就是不接！我慌了，倘錯過，下回見面不知何年何月。

好吧！豁出去！於印象中她居住的巷弄壓低音頻，綁手綁腳地喊：「阿，凡，達！阿，凡，達！」這怪異行徑，連野狗都忍不住嚷嚷。終於，二樓有戶人家開了窗，一熟悉身影把頭探了探，火速下樓。

我們和從前一樣笑岔了氣，激動握著彼此的手，深深刻刻珍惜眼前短暫的重逢。那夜，我們可是把那條巷子鬧得雞犬不寧。倒好，沸反盈天，沖淡些離愁，否則我們大概又要失控了。

懷著王勃《送杜少府之任蜀州》：「海內存知己，天涯若比鄰。無爲在歧路，兒女共沾

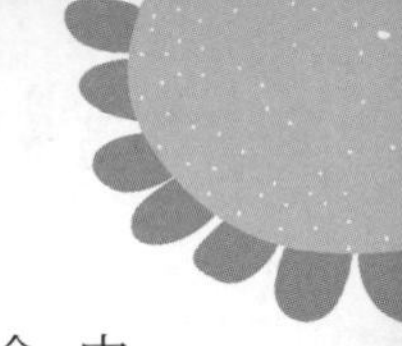

巾。」之心志，最終，我們給彼此一個深深的擁抱與款款的祝福。夠了！心滿意足矣，踏上歸途，曉葛面帶微笑。

後來，相隔兩地的日子，我們偶爾視訊，偶爾賴聊。
她沉迷插畫繪圖；而我快快樂樂埋首字裡行間。

曉葛與阿凡達從不黏膩，卻緊緊相依，
歷久彌新是我們的最高級友誼。
不論身處何方，
我深知，我們將永遠爲彼此保留一個舉足輕重的，空位。

三、黑色瀑布

■饒舌

幾年前，有部人氣韓劇《金祕書爲何那樣》頗受歡迎，大概不少人對祕書這行業感到好奇吧？

祕書的確有著異常繁瑣的日常，不但得莊重得體成爲門面，還得從容不迫一人詮釋多角：長官的窗口、代言、鬧鈴、行事曆、通訊錄、記事本、過濾器、資料庫、採購員、急救包、活動主持人，甚至是幕僚親信、精神搘拄。必須無微不至、方方面面、精準到位，錙銖必較。畢竟魔鬼藏在細節中，差之毫釐，繆以千里；一著不愼，滿盤皆輸。於是兢兢業業地忙碌，偶爾趁長官差旅的空檔，得偷閒沏壺清茶，便心滿意足矣。

「曉葛，跟妳調三月八日會議記錄。」

「好的，電子檔一分鐘後傳給您；紙本三分鐘後置您桌面。」

「曉葛，業務部甲案預定完成日爲何？」

「已和李總確認日期暫訂五月六日，並列入會議紀錄供參酌。」

「曉葛，晚上和汪汪公司王董餐敘，需備相對等級洋酒。」
「好的，廿分鐘後置您桌面，王董不牛、嗜辣，餐點已訂妥。」

「曉葛，這疊發票麻煩核銷。」
「好的，下班前完成。」

「曉葛，明早會議取消，我臨時有事請假。」
「好的，我將會議後延，再視輕重緩急重新調配時間。」

「曉葛，這份合約校對無誤後，便可用印寄出。」
「好的，下午四時半郵務員送件前完成作業。」

「曉葛！@#$%^%$#@!@#$%。」
「好的！好的！好的！好……的！」

鎮日接不完的電話，排不完的行程，追蹤不完的案件，處理不完的臨時狀況，張羅不完的細節。機票退退又訂訂，外賓來來又去去，跨國線上會議總有人唉唉哼哼道：「曉葛，會議時間我這頭可是半夜三更。」幫催進度，這部門苦苦哀求別落井下石；那部門拜託手下留情再給緩緩。瞧我朝右拐，債務人便急左彎，曉葛簡直成了討債集團首腦。

總歸來說，祕書這份工作極具挑戰，步調緊湊，節奏明快，風風火火；日日面臨隨時的變數與無限可能，得隨時應變，保持最佳狀態。整合公司各部資訊，將瑣瑣碎碎歸納後邏輯鋪排，讓一切環環相扣順水順風，業務達標，長官心花怒放，雞犬升天矣。

因此，祕書亦稱得上是份成人之美的好差事。其實只要竭盡所能，不論處何位，即便只是小小螺絲釘，都能成為團體中不可或缺的致勝關鍵！倒是那日日沒完沒了的聲聲呼喚，簡直可拉拉雜雜串成一曲饒舌，而每句歌詞起首皆為「曉葛」！

■黑色瀑布

「曉葛，喵喵公司周總下午二時到，麻煩接待。」

「好的。」

接待外賓乃祕書之稀鬆平常，為包辦項目最輕而易舉者。惟保持優雅適切舉止，口吻溫柔婉約，再殷殷關懷貴賓茶水需求，接著著手預備，最後溫文爾雅奉上，面帶微微笑，靜靜闔上門，即大功告成。

當日下午，曉葛於焦頭爛額間暫置手中急件，先行接待貴賓當中場休息。悠哉於茶水間沖泡咖啡，見它們騰騰冒煙，靜吐芬芳；闔眼，讓濃郁四溢的香氣沉澱擾攘的心。咖啡搞定，置托盤，裊裊婷婷扣門入室。會議室約莫十坪，白色壁面，深灰地毯，中央橫亙一條長長會議桌，右側牆上垂掛投影布幕，長官、貴賓依序排排坐。空調廿二，恰到好處，這是再倦也讓您寒到無法入眠的殘酷溫度。大夥兒只得專心覷著螢幕，聆聽主席娓娓道來的萬語千言。

我不驚不擾於周總身旁細語：「您的咖啡，燙，請小心。」

「謝謝。」

正準備將咖啡自托盤取出，突重心不穩一個踉蹌，手一滑，整杯剛出爐、熱滾滾的咖啡不偏不倚朝周總後腦杓垂直落下，曉葛情急試圖以手阻擋，卻回天乏術。時值夏季，可憐的周總僅著薄衫，一道黑色瀑布氣勢磅礴於其背後飛流直下！空氣結冰，與會人員紛紛起立哀悼。「葛曉曉！妳在幹嘛，妳玩完兒了！」是的，全場令人窒息的鴉雀無聲與萬籟俱寂，讓我扎扎實實聽見長官們心底的吶喊！

「對不起！我去拿紙巾！」我站得直挺挺，手足無措。而驚魂未定的周總猛一抬頭，正與曉葛四目相接。大概見我滿眼的歉意還鑲著搖搖欲墜的珍珠，便飛快收納情緒。

「別擔心，我沒事，妳的手很痛對不對？」

「對不起，我不是故意的，我去拿紙巾！」

「我沒事，妳的手燙到，快去沖冷水吧！」

「我……」

「眞的沒事，別擔心，妳快去沖水別受傷了！」

「……」

「大家都坐下吧，沒事！剛討論到哪兒，繼續，不必中斷。」

「……」

就這樣，周總淋了一身咖啡雨，卻強忍不適，面不改色完成會議，他從容卻霸氣的救贖了曉葛的窘境。轉身離開會議室前，還於臉上註記一抹盈盈燦笑，揮手示意要我快去沖冷水。轉身，帶上門，手辣燙燙地抖個不停，還灑了一地珍珠。珍珠是虧欠，是感激，是感動。

■ 寬恕

不論蓄意或無意，被傷害的經驗人人有之；而面對傷害，有人懷怨反擊，有人既往不咎。報復是把利劍，當你怒氣塡胸，耿耿於懷，忿忿不平，成日心心念念如何加倍奉還並還以顏

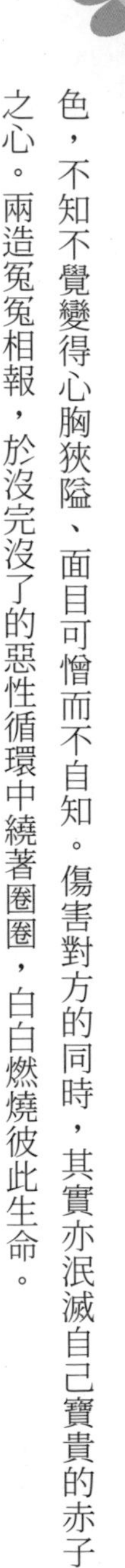

色，不知不覺變得心胸狹隘、面目可憎而不自知。傷害對方的同時，其實亦泯滅自己寶貴的赤子之心。兩造冤冤相報，於沒完沒了的惡性循環中繞著圈圈，白白燃燒彼此生命。

雨果：「最高貴的復仇是寬容。」仇恨無法消除仇恨，寬恕是唯一解藥。寬恕人的過失，便是自己的榮耀。它絕非代表軟弱怕事，而是意味自己的智慧、良善、堅強與格局，寬廣到足以跨越仇恨的地步。

寬恕大概是世上最慷慨、磊落之事，它擁有強大力量，是通往自由的一把鑰匙，能開啟心牢，挪去重擔，釋放人心。顏回：「人善我，我亦善之；人不善我，我亦善之。」寬恕是個超然決定，並非環境迫使，亦非隨波逐流的人云亦云。

甚願人生漫漫長路，你我皆能成爲他人的周總，並能遇見一位給你自由之鑰的周總。

讓我們盛滿愛去勇敢寬恕，去懷抱自由、豐盛、喜樂的幸福人生吧！

四、谷中百合

■心牢

高三有段期間家中經濟窘迫，簡直四壁蕭條，捉襟見肘。父母咬牙苦撐，雖照舊供應曉葛，然看在曉葛眼底，甚是心疼。

當時除面對滿山遍野的課本、參考書、測驗卷，還有排著長長隊伍的小考、週考、月考、模擬考。知曉葛者莫若桌上水晶球，每每被讀書進度逼到末路窮途，或被迫囫圇吞棗地吸收整座圖書館的知識庫，導致腦袋混沌、消化不良、懷疑人生時，便拿它搖搖晃晃，我與水晶球裡的耶誕老公公相視、相識、相知、相惜。

畢竟同爲天涯淪落人，他定理解我的苦悶愁煩。我們都坐著牢，只能隔著剔透玻璃痴痴眺望這世界的精采美妙。所幸曉葛這頭坪數寬敞些，還容得家裡、學校兩地奔波。而他背上終年負荷的耶誕禮物，誠如曉葛肩上的書包，裡頭超載的，是人們懸懸而望的企盼，立意良善卻無比沉重。

而我這顆大水晶球一震，揚起的並非皚皚雪花，而是漫天飛舞的數字。前期成績單才剛被絮絮叨叨，怎地下期又給郵差扔至信箱，成天翻來覆去地探討、反省、研究與沙盤推演，日子活得像本家電說明書，內容充分實際卻窮極無聊；像杯開水，清爽健康卻枯燥乏味。唯一救贖，大概

是朝思夕想的畢業旅行。

只是畢旅終究得燒錢，曉葛實在不願因自己的貪玩徒增父母負擔，便自作主張少報費用，缺額再想方設法慢慢地攢。日日入校前，至超商買蘇打餅，一包蘇打重重疊疊三層樓，恰恰一餐一排，佐以開水湊合湊合，對五臟廟虛應虛應故事。

最煎熬者倒非日復一日啖入嘴裡的單調，而是越逃避，越容易窺見鄰近同學便當盒裡，那琳瑯滿目的佳餚：炸雞翅、腿庫飯、滷牛楠、香煎鱈魚、麻婆豆腐。而自己桌面那包蘇打餅相形窮酸，只好努力斂起垂涎欲滴之目光，倔強的微笑，從容地細嚼慢嚥，不疾不徐，吞完一層如蠟的蘇打餅。

「曉葛妳怎麼又吃蘇打餅啊？」

「我在減肥。」

「妳哪裡肥？」

「羅馬不是一天造成的，多吃也就肥了。」

「妳知道，蘇打餅其實熱量也很高的嗎？」

「吼，關你喔！」

「要不要來顆滷蛋啊？」

「不用，謝謝喔！」

面對同學的噓寒問暖，曉葛實在不知從何說起，大概是無謂的自尊心使然，自導自演上映一部「我很好」的幸福劇本。而其實曉葛毫無演戲天賦，演技既不夠自然純熟，駕馭得亦不夠理想周到，也許心事早被全世界看穿，唯自己還蒙著頭，傻裡傻氣地欺騙自己。日子於考試接力中悄然隱沒，那日早自習總務報告：「今日是畢旅繳費最後期限，沒交視為棄權喔！」心頭大震，翻翻輕薄的皮夾，畢旅基金還差整整一千！雲淡風輕的表象下，內心風急雨驟，氾濫成災。棄權？可我好想參加。堅持？口袋叮噹作響的幾枚銅板無情提醒：「嘿！還少張大鈔呢！」

小明：「下週段考提早放學，我想去逛逛！」

小華：「算我一份！畢旅一定要帥帥的去！」

小強：「最近耐吉出一款新鞋，蠻好看的！」

小志：「對對對！我知道，我也超喜歡耶！」

小光：「趁月中零用錢還沒見底，快去買！」

小花：「曉葛，發什麼呆？下週一起去吧！」

曉葛：「呃，你們去就好，我想回家練琴。」

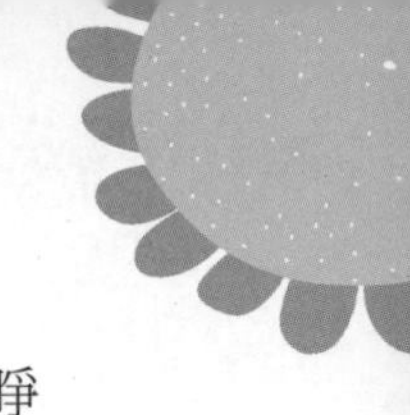

同學們七嘴八舌討論治裝計畫，自己卻如局外人圓鑿方枘，那些閒話家常字句扎心，這比眼睜睜見他們啃雞腿、嗑麥當勞還殘酷。治裝費？我連畢旅錢都沒下文！再也擠不出笑容，一陣酸楚讓我紅了眼眶，趁潰決前出走教室，逃離教室滿座的鳧趨雀躍，畢竟自己是唯一被屏除於外的火星人，內心著實難受。

想躲起來卻不知何去何從。最終想起一向特別照顧自己的學務主任李爸，便不知不覺朝學務處邁進。覷覷辦公室，李爸正於作業簿與公文砌成的堡壘中爭分奪秒地忙碌著。辦公室獨他一人，這可是千載難逢的好時機，我卻遲遲鼓不足勇氣，於門口飄來蕩去，像張跳針的唱片結結巴巴，於同句歌詞卡了半晌，這倒顯得行徑可疑，他探了探門外。

「曉曉嗎？」

「嗯。」

「怎麼啦？」

「路過。」

「進來吧！」

「……」

低頭入辦，一語不發，實在撿不起直視李爸的氣魄，只好望著他亂中有序的桌面直直發楞，沒事找事地把玩手指，梳整髮尾。

「妳好嗎？」這句輕描淡寫的問候，卻讓我風起雲湧，一向堅不可摧如銅牆鐵壁的強大自尊，瞬間瓦解。我撲撲簌簌地落淚，涕泗滂沱。李爸引我至沙發區，嘿嘿無言，只是靜靜陪伴，於一旁遞上面紙輕拍我肩，約莫一世紀之久，總算海晏河清，李爸打破沉默。

「怎麼啦？」

「……」

「有事儘管跟李爸說！」

「今天是畢旅繳費期限，我錢沒帶足。」

「還差多少呢？」

「一千元。」（我眼眶又紅了。）

「拿去吧！」（他自皮夾掏出一千，置我手心。）

「……」

「快拿去繳掉！」

「謝謝李爸，我可能要過陣子才能還。」

「沒事！別放心上！」

接過一千元，激動莫名，感動莫名，亦尷尬莫名。向李爸點點頭，緩緩踱回教室，一邊理理思緒。而那堂任課老師恰巧遲到，班上把握這份難得的忙裡偷閒，還亂七八糟的嬉鬧。

小明：「妳怎麼眼睛紅紅的，妳在哭嗎？」

曉葛：「……」

小華：「怎麼了？」

曉葛：「……」

小強：「大家都很關心妳，妳遇到什麼困難嗎？」

曉葛：「……」

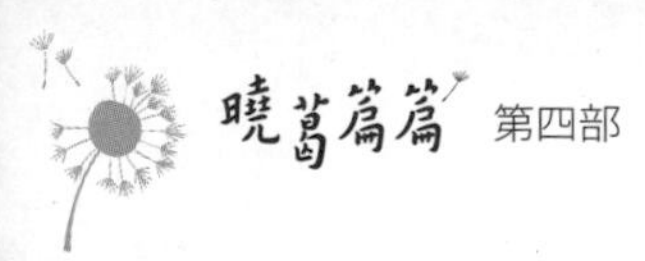

小志：「還是誰欺負妳？我們去找他算帳！」
曉葛：「沒人欺負我，我只是畢旅費差一千，剛去跟李爸借。」
實在演不下去，最終被攻破心防，哽咽著開誠布公。
小明：「吼，才一千，我借妳就好了呀！」
小華：「我也可以借妳，怎麼不跟我開口啊？」
小強：「妳一句話就有了，幹嘛這麼矜持咧？」
小志：「還有缺嗎？我可以幫妳出喔！」
小光：「不要哭啦，我們挺妳！」
小花：「下次有需要儘管開口！」
曉葛：「……」

這下我哭得更厲害了，驚覺自己苦攢不到的一千元，竟於同學們口袋中各自隨掏隨有，這貧富差距實在令人鼻酸。然，更重要的發現，原來自己從來不是隻身一人，我是被自己困住了，鎖上門，自願坐著心牢。

■ 谷中百合

順利繳納畢旅費後，我繼續攢，爲自己加碼添購一件紅色短版呢絨外套，外套上頭以一巨型別針取代拉鍊與排扣，看來率性可愛。那是某日放學，曉葛路過一間服飾店，不經意抬頭與櫥窗模特兒一見傾心。她穿著那件楚楚動人的外套朝我招手，切切地呼喚，教我目不轉睛，費了極大功夫才得抽身。於是，日日祈禱於達標前別被捷足先登；最終曉葛如願穿上它，華麗登場，快快樂樂出席畢業旅行！

猶記畢旅其中一宿，住宿墾丁小木屋，大夥兒待班導巡邏完畢卽傾巢而出，這間、那間四處串門子。大夥兒熱情與曉葛分享泡麵零食，還趁夜深人靜，男孩們應景地胡謅些怪力亂神，隨便個風吹草動，便迎來一陣驚天動地的鬼吼鬼叫，搞得半夜三更大夥兒連上個茅房都不敢關門。我靜佇陽台，仰望漫天星斗，它們對我調皮眨眼，我回敬一曲兒時合唱團教的民謠：「請你輕輕唱呀，我的小笛子，讓我再聽從前，甜蜜的老歌曲。唱出我美麗時光，唱出我快樂童年，請你輕輕唱呀，我的小笛子。」我釋懷地笑了，於這個一派輕鬆的夜。

重返校園，除繼續認分接受各樣考試洗禮，我又克勤克儉啖了陣蘇打餅，存妥一千大洋，再次回到學務處。

「怎麼啦？曉曉。」

「李爸，一千元還你，謝謝。」

「不用還了，拿回去吧。」

「不行，一定要還你。」

「倘有天妳遇到需要的人，再幫我借他就好。」

「可是……」

「孩子，去吧！心裡不必有任何負擔。」

李爸定睛看著我，目光如秋天皎潔純瑩的月，溫柔卻有力量。他透著鄉音的聲線低沉厚重，那是一份堅若盤石、穩如泰山的安定。他將盛著一千元的信封退至我手，我牢牢握著，點點頭，懷著盈盈感動折返教室。

「曉葛，妳眼眶怎麼又紅紅的。」

「沒事。」

「又偷哭吼？」

「煩吶！」

「有事跟我們說！我們罩妳！」

李白：「行路難！行路難！多歧路，今安在？長風破浪會有時，直掛雲帆濟滄海。」人生難免遭逢困境，或許舉步維艱、寸步難行，或許左支右絀、進退維谷；然，只要敞開心靈之眼，終會發現，山谷中布滿遍野的百合。

誠如當年含辛茹苦提挈曉葛的父母、洋溢豐盛慈愛的李爸、懷抱赤誠的一班同學、櫥窗裡的紅色短版呢絨外套……他們是山谷中為曉葛翩翩綻放的百合，帶來勇氣、信心、盼望、力量，以及幽暗中的一盞燈光，伴我一路前行，長風破浪！

五、芬芬之愛

■芬芬老師

芬芬老師爲父親摯友，她是風人的春風，是雨人的夏雨，將曉葛視如己出，愛我至深、至切。特別於曉葛小五至高二長長七年間，她將生活中的大部分空檔，無私地獻予曉葛。

放學後，同學們各自上補習班，而曉葛則扛著笨重的書包至芬芬老師家報到。她租了間雅房，房裡約莫五、六坪，陳設簡略，唯單人床一張，書桌一面，椅子一對，衣櫥一只，還有電子琴一台，如此，便成了曉葛的專屬家教中心。

每每，於房裡點盞燈，我倆並肩簇擁書桌前的微光，複習當日學校進度，檢討前次作業。她爲極致養生者，滾滾夏日不僅堅持溫水入喉，還將電扇風量調得若有還無，定規不得直吹，於是那台電扇老是可憐兮兮地面壁思過。她說：「風扇直吹有損健康，折射風才行。」於是赫赫炎天，我們一同悶於房內，揮汗埋首苦讀，倒是另類的有趣回憶。

「妳數學題目怎麼沒寫？」

「功課太多，作不完。」

「哪裡多了？我看妳是無心吧！」

「對！我就討厭數學，所以不想寫。」

「妳很不懂事，妳知道爸爸多愛妳嗎？」

「不要跟我講那些，我覺得很煩。」

「好，妳父親將妳託付我，我就代他將妳打醒！」

她隨手操起一旁傢伙欲痛扁曉葳，幽默的是，她拾的不是衣架，不是掃帚，不是藤條，亦非雞毛撢子，而是一把文弱弱的豬鬃梳，上頭還卡了堆雜毛。她痛切心骨朝著曉葳身上胡抽，而曉葳倒是昂首挺胸，站得筆直，不閃不躲，不哭不鬧，頑強不屈，執拗到底。

「好！妳就待房裡好好反省，我煎蔥油餅去！」

儘管火冒三丈，卻仍不忘爲我預備小點。戰到一半突然休兵，至廚房爲我煎一片香濃酥脆的蔥油餅，簡直電視劇演一半插入廣告之概念。其實我好愛吃蔥油餅啊！只是那天，因著倔強，刻意撇過頭，將蔥油餅晾一旁，讓它坐了一夜冷板凳。

■ 芬芬教育營

芬芬老師平日亦爲教職人員，結束戎馬倥傯的校務後，還得煞費苦心照料曉葳。擁戴「蒙以養正」之教育信念，對於曉葛，除課業、鋼琴，甚至品格教育及生活常規，無所不包。這是多偉大的情懷呢？我們毫無血緣關係，她卻心甘情願爲我燃燒青春，如此超然的愛！

驚人的是，芬芬老師與父親如出一轍，性格嚴謹，一絲不苟，力求完美，貫徹始終。故當時的曉葛不懂珍惜與感恩，只覺加倍束縛與壓迫。不論國英史地，每門學科她皆要求將課文一字不漏背誦；而她指導的鋼琴曲目，每首亦得按其公式如法炮製，內心苦不堪言，只想逃跑。

猶記有年暑假，父親破天荒讓曉葛報名青少年三天二夜營隊，難得可暫時逃避父親嚴嚴管束的曉葛，前晚可是樂不可支，輾轉不寐，眼睁睁巴望天明，迫不及待遠離家園。

翌日，一陣翻山越嶺終抵營會，竟於門口撞見芬芬老師！

「芬芬老師？」

「嘿！妳到啦！」

「妳……怎麼會在這兒？」

「我也報名啦！」

「……」（一陣青天霹靂。）

「『我們』的用餐桌次爲X桌，房間是X房。」

巴哈《D小調觸技曲與賦格》趁人不備震撼登場，管風琴以霸氣厚實音色，操弄華麗炫技音符，霎時風雲變色，瓢潑大雨，飛沙走石，一顆顆豆芽菜是滂沱的雨點，洪水氾濫成災，流竄四溢，教人萬念俱灰，黯然神傷，接著音樂漸漸淡出，褪得朦朦朧朧。

「……」

「妳先回房間卸行李，再回來用飯。」

拖著行李的曉葛，成一具行尸走骨的傀儡，忘了如何找到房間，忘了如何走回餐桌，忘了如何將食物放置嘴邊，忘了如何咀嚼吞嚥。反正一切都不重要了，營隊那群可愛俏皮的女孩兒，還有鄰桌那票青春陽光的男孩兒，都與曉葛無關了。

「曉曉，吃飯坐端正，以碗就口。」

「……」

「曉曉，吃點肉，營養才均衡。」

「……」

「曉曉，妳夾了好幾次這道菜，要留給別人吃才禮貌。」

「……」

是的，那三天二夜儼然成了「芬芬教育營」。

隨時育教於樂，隨處機會教育，可說是實而不華，言必有物！

■ 其實會想念

不知芬芬老師究竟如何逮到空檔，她成天同我膩一塊兒，居然還是談了戀愛，而有情人終成眷屬，她點頭許諾終身，決定遠嫁他鄉，並於曉葛高二那年舉行隆重婚禮。那日，她身著純潔白紗，芳蘭竟體，林下風致；而曉葛喜不自勝爲新娘伴奏一曲，親見芬芬老師於紅毯，將自己穩穩妥妥交予楚楚謖謖的師丈手中，臉上一抹清新妝容，面帶盈盈笑意。

曉葛也笑了，爲著芬芬老師的幸福，亦爲自己的重獲新生。

「我，自，由，了！」

後來的曉葛與芬芬老師聚少離多，我們各自忙碌，漸漸走成兩條風風火火的平行軌道。那日整理物品，瞥見桌角塵封的一枚心型音樂盒，撢灰，掀蓋，一條精緻可愛的貝殼項鍊對我招手，它將昨日重現。

「爸爸，星期天下午我想和同學出去。」

「不行，給我乖乖待在家看書！」

「我想去！我就是想去！」

「我說不准！就是不准！」

那成了一根稻草，讓曉葛累積已久的壓力瞬間爆發。我崩潰地喃喃自語：「爲什麼我的願望這麼小卻難以實現？我只是想和同學逛逛街，究竟有何不可？到底有什麼不對？」心裡對父親好多的埋怨，眼淚不爭氣撲簌簌的掉。戰事一觸即發，芬芬老師正巧於一旁，她輕拍我的背，於耳畔輕聲道：「不要哭，芬芬老師跟爸爸說，讓我帶妳去走走好嗎？」我不發一語，逕自啜泣。

芬芬老師出馬果然不同凡響，爸爸終究點頭答應了！

週日午後，我獲得短暫自由。芬芬老師領著我至某大學校區東轉西晃，她說：「妳好好讀書就可以上大學，大學很好玩喔！」接著帶我至書店繞繞，店裡琳瑯滿目應有盡有，我見一區設擺五花八門的貝殼項鍊，眼底澄瑩地透著光。她說：「妳選一條妳覺得最漂亮、最喜歡的，我送妳，當作今天的紀念品，好嗎？」

我挑了件駝色寶螺爲墜，搭配金鍊，看來精緻可愛。她讓店員細細包裝後，結帳，將禮物交付我手，微笑著，像夏天，將我冰封的心溶化。雖那條項鍊市值不過百元餘，然對曉葛而言，卻至珍至寶。因它會縫補曉葛受傷的心，塡滿曉葛人生中一個小小缺憾；那是超然的，芬芬之愛。

其實會想念。

自己竟如此幸運，被不計代價愛著。

於您生命中，是否有個老師會無私地愛著您？

我有。她是我的，芬芬老師！

六、銀河系

■銀河系

於鄉間教書那段歲月，最懷念莫過夏夜，好喜歡至鄰近海域吹風看海。倒是一點兒不寂寞，漁船這頭、那頭，沿長長海岸線燃起盞盞燈火。仰望空中繁星點點，俯視海面亦然。裝備齊俱的釣客們排排坐，大夥兒從從容容守候魚兒上勾，無鼎沸喧囂，無吆喝擾攘。風輕推潮水，低吟古調，一片片碎落的浪花是一個個雋永美麗的故事。五顏六色螢螢閃閃的浮標，於海面串成一座絢爛銀河。時間，靜止了。

徐志摩：「你我相逢在黑夜的海上，你有你的，我有我的，方向；你記得也好，最好你忘掉，在這交會時互放的光亮！」席慕蓉：「假如我來世上一遭，只爲與你相聚一次，只爲了億萬光年裡的那一刹那……我俯首感謝所有星球的相助，讓我與你相遇，與你……」人的一生，交會交織幾許？擦肩而過幾許？有時不及意會，轉眼如煙；有時驚喜一瞬怦然心動，卻因林林總總漸行漸遠；有時對的時間與對的人激起火花，有了故事並徐徐而行。

也許人們心中，各自懷抱一座銀河。將那些錯過的、逝去的、消散的、回顧的，化爲恆星，隨日子堆疊積累，一顆、一顆，一顆、一顆、一顆……他們於失眠的漫漫長夜、日記相本、一首老歌、一齣舊戲、一株木棉、一道家常料理、某個紀念日，抑或某個令人百感交集的情景中……

耀眼奪目地提醒：「嘿！我們仍在呢！」因此，再不悵惘可惜，因它們始終於我們內心深處的銀河系中，悠悠地放光。

■蔥油餅星球

高二那年，曉葛家附近開了間蔥油餅鋪。攤位設擺樸質無華，舊舊台車上掛了面自製招牌，以紅色簽字筆於紙板昭告世人：「蔥油餅廿五元；加蛋卅五元。」

「小姑娘，要不要來張蔥油餅？」

停下腳步，一位爺爺立餐車前笑逐顏開。他以歲月染得勻稱妥貼的銀白髮絲作爲華冠，榮耀地戴在頂上。一對瞇瞇眼，笑的時候裂爲二條縫，圓碌碌的眼珠子，睜睜自細縫裡欣賞大千世界。臉龐交橫縱錯的皺褶與紋路隨表情變換隊伍，花白鬍渣於雙頰零零落落恣意攀爬，嘴裡操著濃濃鄉音，誠摯而熱烈，慈祥又可愛。

「那，我買張蔥油餅。」

「加顆蛋會更營養吧？」

「可我身上零錢不夠。」

「……」

那是爺爺蔥油餅鋪開幕日，他顯得手忙腳亂。那些瓶瓶罐罐、鍋鏟、麵皮、袋子、胡椒粉、雞蛋們，彷彿動畫《美女與野獸》中，亞當王子城堡裡個性鮮明的器皿，淘氣地和爺爺玩捉迷藏。

「唉！油罐怎麼塞住了呀？」

「咦，鏟子剛明明擺這兒的呀！打哪兒去了？」

「哈！不就在這嗎？瞧我這記性，眞是，你喔，別再亂跑了！」

爺爺搔搔頭，緩緩彎下腰，翻箱倒櫃一陣，對著鍋鏟循循善誘。那幾近累格、無限放慢的每個細膩動作，如卡通《動物方城市》中的樹懶公務員，叫人心亂如麻。眼看校車即將到來，心底發愁卻不忍催促，只好故作鎮定看看招牌、瞧瞧地板，摸摸口袋、翻翻英文單字本，內心祈禱著，要不爺爺突然發憤，要不乾脆讓校車遲到吧！

「小姑娘，好了！爺爺特地幫妳加蛋喔！」

「呃，可是我身上零錢不夠耶！」

「不要緊，爺爺請妳，拿去！」

「謝謝爺爺！」

終究趕上校車，身上簡直擦了蔥油餅香水，那一袋還熱呼呼地暖著手，多麼樸實的幸福！而那日起，搭校車前，買蔥油餅成了例行公事。倒非愛餅成痴，而是每每經過巷口，爺爺總殷殷候

著，一瞧見曉葛便中氣十足地喚：「小姑娘，爺爺剛煎好一塊蔥油餅，正好給妳帶上吧！」

事實上，我從未見過他人向爺爺買餅，種種跡象顯示，曉葛可能是極少數，甚至唯一顧客；倒非滋味口感不好，而是動作過分從容。爺爺似乎志不在糊口，大概純粹退休擺攤讓自己窮忙，活絡活絡筋骨，讓生活更有朝氣。常常買餅加贈手工杏仁派，他老神祕兮兮東張西望，確認無人窺探，才將點心往曉葛袋裡塞，煞有介事壓低音量：「爺爺就給妳，別嚷嚷啊！噓。」

一開始同學們讚嘆不已：「蔥油餅好香啊！」數月後，紛紛改口：「曉曉，妳吃不厭嗎？我們天天聞著都怕了！」事實上並非吃不膩，而是我更期待，見到爺爺快快樂樂將蔥油餅交付我手，那神采飛揚的模樣。爲此，曉葛可是吃了近一年的蔥油餅，沒齒難忘。

那年耶誕前夕，一如往常至巷口，攤位不見爺爺蹤影，倒佇著一位氣質端莊的少婦。她瞧我走近，柔聲道：「請問，妳就是每天向我父親買蔥油餅的小妹，對嗎？」我愣住，點點頭。她微笑道：「謝謝小妹，我們全家都很感激妳。」接著遞了張卡片和杏仁派給我，我糊里糊塗言謝道別，便上了校車。

卡片裡的娟秀字跡：「小妹，不介意我們這麼稱呼妳吧？輾轉從爸爸口中知道妳是位心地善良又可愛的女孩，爸爸很喜歡妳。感謝妳長久以來對爸爸的支持，耶誕節到了，祝福有個快樂的假期。」然而，那日起，卻再沒見過爺爺，他的餐車也給連夜撤了。

轉眼歲歲年年，我仍魂牽夢縈當年蔥油餅的好滋味兒，亦殷殷惦記那聲精神抖擻的：「小姑娘！」爺爺始終不知我的名，於他眼底我就是個「小姑娘」。他見我時，總樂得合不攏嘴，而曉

葛恰恰從未見過自己爺爺，也就移情地將蔥油餅爺爺視為親爺爺了。

抬頭，仰望。瞧見了嗎？

那兒，左上角！有顆香氣四溢的星球，星球表面包著蔥油餅皮，它座落於父親那顆清澈純淨的水藍星球旁。再過去一點兒！那顆粉橘色，是外婆星球，她和太陽一樣發燙著呢！至於那顆橄欖綠，是伯父星球，裡頭四季如春種著央央水稻。還有那兒……

它們一齊閃閃、閃閃地照亮，曉葛的夜空。

七、那女孩對我說

幾年前，曉葛心血來潮報考街藝，當時錄取率極低，各路好手只得絞盡腦汁、各顯神通以虜獲評審芳心。應試時，每位考生擁專屬棚座，評審將逐一至各棚停留一至三分鐘，故須於極短時間，捕捉裁判之窗籠與目光。

那是個炎炎夏日的午後，斡張跋扈的火輪於空中張牙舞爪，考生們大汗涔涔各自於棚下練功。有人活靈活現把玩水晶球，有人錚錚鏦鏦撥弄吉他，有人精神奕奕手舞足蹈，有人栩栩如生繪紙素描，而曉葛攜了把琴寫意彈唱。利用考前空檔模擬彩排，預計將四首老歌串爲組曲，於三分鐘內領評審、觀眾穿越時光迴廊，來場復古迷你的音樂饗宴。

正專注，一眉清目秀的女孩兒映入眼簾。黑框眼鏡，青絲如緞，灰長版衫，率性牛仔，寫意帆布鞋。除一身文青裝扮，她還有雙愛笑的眼睛。

「嗨！我也是考生，棚子在那頭，妳的歌聲好純淨，我忍不住過來瞧瞧！」

「謝謝妳的鼓勵！」

「妳一定會考上的，加油，我支持妳！」

「謝謝！我們一起加油，一起過關喔！」

面對眼前這素昧平生的女孩兒，曉葛驚訝，驚奇，驚喜。其實更純淨的，是她的靈魂，如盈盈秋月澄澈剔透、皎潔無瑕、沉澱人心。還怦然心動，考試已正式登場。

彈唱間，眼前漫漫人潮，有顆鑽石在閃耀。那女孩兒摻雜其間，頭頂鴨舌帽，高舉手機，一邊兒殷勤錄影，一邊兒對我燦笑。我對她眨眨眼，內心滿是感激，如此美麗的心地！面對萍水相逢的曉葛，竟能給予滿載的信心與鼓舞。那一瞬，曉葛爆發無限能量，使我盡情揚聲歌唱！

放榜。曉葛幸運獲得評審青睞，可榜上卻遍尋不著她的名。內心憂喜參半，想給予關懷卻不知如何啟齒。她大概會讀心吧？主動捎來幾行文字，字裡行間是恬靜，是淡然。

那女孩對我說：「妳有股清新，是茉莉，淡淡清香。好開心認識妳這個認識一天，卻像一起長大的人。發現跟我一樣的妳，是最大的禮物。妳擁有純淨美聲，詩般靈魂，獨一無二，歌詞自妳口中唱出，就成了詩。妳擁有超能力，聽妳唱歌會瞬間感到幸福。而參加考試的最大收穫，就是遇見妳，已經很值得。」我熱淚盈眶。

這社會教我們爭競，教我們出人頭地，教叫我們鶴立雞群，教我們出類拔萃，教我們卓絕群倫，教我們高人一等；卻似乎忘了教我們人性的真正價值：「去愛，去相信，去付出！」

她跳脫世俗框架，將成敗置之度外，給予對手衷心讚美與祝福。彷彿汪汪洋海，於湛藍中擁抱悠遊的魚群、低調的藻類、繽紛的珊瑚、淘氣的海星。如此遼闊寬廣，如此生意盎然。

不可諱言，這世界仍有陰暗；然，光明總能克之。
這是那女孩給曉葛，以愛、以溫柔上的一課！

八、無聲之美（梅）

無聲，是怎樣的世界？

打開電視將音量歸零，你還有耐性看完一齣戲嗎？取得一張頂級音樂會門票，卻定規戴耳塞，你照舊出席嗎？想像於國家音樂廳，自己卻隻身無聲世界，遙望交響樂團賣力激情的演出，台上的曼妙身段，台下的如痴如醉與渾然忘我，直至旁人激動萬分拍手喝采，才如夢方醒，配合無聲地鼓掌。

事實上無聲族群未必弱勢，其視覺導向文化與動態語言獨樹一格。除聽損限制外，聾友可與聽人做大致相同之事。他們擁有豐沛蓬勃的想像力，活潑爽朗的性情，亦不乏傑出人士。而其賴以溝通之手語，非僅藉手勢串聯符號而湊合著的語言，它亦是門藝術。透過手勢、方位、表情、嘴型，同樣具抑揚頓挫與高低起伏，甚至比口語更生動且活靈活現。惟聾友無法透過電話溝通，聽不見警示鳴笛、鬧鈴、鐘響，故無法暢所欲言與聽人交流，因此相對格格不入。

曉葛曾歷時數年與聾友相處，並學習手語及聾文化。聾友們大多眞摯可愛、熱情浪漫，誠如你我。他們亦求知若渴，迫切網羅最新、最火、最正確訊息，只是礙於聽損時常碰壁，形格勢禁。而曉葛原本荒廢一陣的手語，於職場遇見聾同事梅後，總算再度派上用場。公司似乎刻意將曉葛與梅重疊行程之座位安排一處，甚至於辦公室，我們亦爲芳鄰。曉葛成了梅生活中的一道橋

梁，助其所處之無聲星球，盡可能順利與熱熱鬧鬧的地球接軌。

聽不見造成的隔閡甚鉅，難免誤會磨擦。而多數人會將重心落於梅外顯的任性，其實她的孤獨，是一般聽人難以感同身受的。長官報告重要事項，她一臉茫然；尾牙宣讀抽獎名單，她滿心困惑；運動會主持人說明遊戲規範，她眼底空洞；研習講師滔滔不絕論述，她筆記空白……

「葛，妳剛和潘總談話幹嘛看我？」

「梅，我無意瞄到妳而已，抱歉。」

「你們該不會在說我壞話吧？」

「我們在討論週報改版事宜。」

「妳搞不好也是壞人。」

「壞人何需花費這麼多心力在妳身上？」

「我怎麼知道？」

「當壞人不會加薪。」

「那妳剛才到底爲什麼要看我？」

「妳坐我旁邊，目光難免掃到。」

愛她至深的曉葛大概是公司解梅最透者，卻反而動輒得咎，她對我的一顰一笑加倍敏感，每每放大檢視。不過，與梅溝通倒可明箭明槍痛快淋漓，橫豎我們的手舞足蹈再激烈，旁人亦理不清頭緒，相對自在。或許亦可讓聽人偶爾換位思考，嘗嘗小梅平日鑿枘不入的滋味兒。

我始終相信，梅出現於曉葛生命中絕非偶然，倘能使她更加幸福，卽便成爲她電腦桌前的一瓶花束，爲其吐露芬芳也有意義。

離職當天，梅送了我一份禮物。

我說：「明天我就離職了，拍張照留念好嗎？」她點點頭。敞開辦公室側門，我們並肩至陽台，乘著三月涼涼的風、微微的陽光、淡淡的雲，一片祥和！她爽快同我拍了兩張照片，只是畫面中她的臉，卻如深秋落葉那般糾結。我說：「怎麼同我合影擺張苦瓜臉呢？」她幽幽道：「因爲妳要離職了，所以我笑不出來。」

曉葛瞬間紅了眼眶，那是認識梅以來，她最動人的表白。永遠記得那落寞神情，眼底彷彿映著冬日葉子褪盡的枯木，盡是滄桑。接著，她去了趟好一陣子的洗手間，我自作多情地想，她是去爲我暗暗落下幾粒珍珠了。

後來的幾個月，曉葛不時收到梅的來訊。

「妳休息夠了，可以回來了嗎？」

「妳要不要回來呢？」

「妳趕快回來上班！」

字裡行間，沒一句思念，卻道盡思念。

她已將最美的禮物獻給我，一顆赤裸裸的眞心。

無聲世界其實很美，因爲寧靜，所以加倍用心，

被迫強化的視覺，亦被賦予更多創造力與線條。

其實他們可以不孤單，多點包容、理解與關懷，

只要你願意，便能暖洋洋地，走入他們的心……

第五部

仙履奇緣

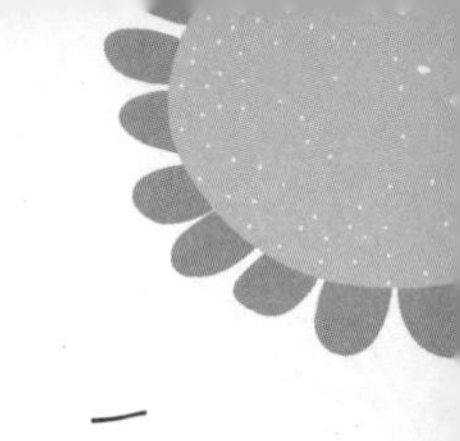

一、仙履奇緣

微寒的一月，至嘉義布袋旅行，下榻高跟鞋教堂附近之民宿。這是個靜謐漁村，旭日冉冉東升，又悄悄沉淪。從容淡泊，不驚不擾，與世無爭。

清晨敞開房門，迎向朦朧微光，風輕拂，涼爽宜人，甚是愜意。

緩緩步出民宿，一隻水藍高跟鞋於不遠處挺直軀幹，誠如野柳高傲的女王，她們一致地堅守女人嫋嫋娉娉的優雅身段。並無特別規劃，隨意繞繞，拋棄手機、導航、網絡，從心所欲。迷路，就當探險吧！撇開瞻前顧後綁手綁腳的大人樣，今日盡情作個孩子！

立柏油路上，兩側矮小樸實的樓房向前無限延展，人煙淡然。隨手捕一把放誕不羈的朔風，它卻又自指縫間流逝，頭也不回地浪跡天涯；誠如昨日鮮明的青春，總是與人們漸行漸遠著。

閉目片刻，彷彿嗅到兒時的窗邊茉莉。好久不曾有過如此純淨無瑕與起初的感動。長大後，即便費心入手的茉莉香水，仍遠不及兒時那株百分百純天然、以無憂無慮釀造的一抹芬芳。

睜開眼，薄霧散盡，天空益發明朗，太陽高掛藍色布幕之上，灑落一地耀眼金黃。拐個彎，一間海產店朝我揮手，盛情難卻，於是率性赴約。

■神奇虱目魚套餐

「早安！要吃什麼？」（老闆親切招呼。）

琳瑯滿目的菜單熱鬧哄哄地張羅了整面牆，一向挑食的曉葛卻神速下了決定，虱目魚粥於圖文並茂的壁紙上，格外引人入勝。

「我要一碗虱目魚粥，謝謝。」

「不多點些？我這兒魚貨產地直送，很新鮮喔！」

「沒關係，吃不夠再加點。」

「好喔！」

大清早尚無人流，挑了居中座位。一扇窗於背後隱隱透著涼意，放眼望去，得清楚瞧見老闆裡裡外外忙進忙出的身影。雖上了年紀，歲月於臉上刻劃幾許風霜，體態倒是靈活輕盈，一點兒不輸年輕小夥子。鐵桌、鐵板夾層及不施脂粉的水泥地，為店面鋪上灰色基底。雖陳舊，卻寬敞通風錯落有致，窗明几淨，甚是舒心。

「來囉！」老闆手腳俐落，兩三下上桌。

碗裡半條肥美扎實的虱目魚於粥中泅，我眼睛瞪得老大，分量著實驚人，誠意十足，大啖了

口。「哇！美味！」老闆瞅著我的反應，嘴角就著太陽穴邊咧成一道細長峽谷。我一把夾起虱目魚欲秤秤斤兩，想不到碗底還潛藏兩粒沉沉的巨蚵。覷了老闆一眼，他點點頭，眉開眼笑。

「來！試試看！」（虱目魚正被曉葛持箸凌遲，老闆冷不防又捎來鰻魚飯。）

「呃，這是？」

「很好吃喔！試試看！」

「哇！謝謝！」

將鰻魚塞進嘴裡，《Por una Cabeza》（一步之差）倏地奏下，提琴與鋼琴的纏綿悱惻，領著舌尖味蕾同鰻魚一進一退，重現一九九二年《女人香》Frank中校與Donna於舞池款款跳著探戈的經典橋段，時而慵懶，時而昂揚，時而激越。鮮甜肉質與濃郁醬汁無懈可擊地完美融合，造就一口口洋溢的幸福；而核心元素，歸功於樸厚的人情味；於熙來攘往的大城裡，這可是稀世珍寶。

「這也試試，很新鮮喔！」（探戈尚未舞畢，老闆竟又遞來一盤炸鮮蚵。）

「呃，好，謝謝！」

望著老闆殷勤作工的身影，實在不願其蒙受虧損，結帳時試圖報答。

「沒這麼多，付粥的錢就行了！」

「可是……」

「請客是我心甘情願，歡迎有空再來喔！」

「好吧，謝謝！」

買虱目魚粥送鰻魚飯，再加碼炸鮮蚵，簡直不可思議，令曉葛受寵若驚。踏出店門，陽光更熾，誠如曉葛心中節節高升的一股熱情。是誰灑了糖粉？空氣，有點甜。

■ 一畝黃金田

下一站，沿海堤漫步，一座烏魚子曝晒場映入眼簾。情不自禁朝它邁進，靠倚牆垣，瞠目結舌，曉葛可從未見過如此橙紅飽滿的烏魚子黃金田。

「別淨在外頭看，直接從側門進來吧！」

員工們一邊兒忙著收成，還對曉葛熱情招呼，我興奮而入。一排排層次井然的高架木板鋪著白巾，上頭是成雙成對累累的烏魚子，它們自在寫意晒著日光浴。頂邊雖垂掛黑色天棚，陽光卻

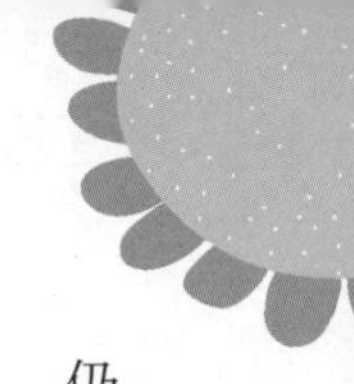

仍調皮地絡絡滲過縫隙，映得烏魚子晶瑩透亮、璀璨奪目。我看得出神，有種無端的心滿意足。

「可以拍照啊！」

「謝謝！」（曉葛拾起手機，慎小謹微地拍了幾張）

「唉！妳直接把烏魚子拿起來拍才好看啊！」

「可是，這是你們的寶貴收成耶！」

「唉！有什麼關係！」

「謝謝！好美喔！」

一名員工索性將一片烏魚子塞我手心。

那真實觸感與想像截然不同，軟中帶Q，誠如小時候把玩的水球。

「妳比較美啦！手機拿來，幫你拍照！」

「嗯，好。」

「站過去一點，那邊角度比較好！」

「喔，好。」

「笑開一點啊！」

「嗯，好。」

「拿烏魚子的手舉高一點喔！」

「喔，好。」

「妳可以跟我們老闆合照嗎？」

「嗯，好。」

「ȸ¥°π÷×°¥ȸ¥¥∋·√%¥·√π°ˇ¥∋·……」

「喔，好。」

向左點、向右點、站過去、靠過來……我任其擺布。大概因這片醉人的黃金田，還有人們臉上清晨朝露般的誠摯眼光；與城市貧瘠的土壤相形之下，這兒的灑脫、超然，著實無價。

■仙履奇緣

白日的布袋仍停留熱辣辣的夏，而傍晚越乘越涼，終成名符其實的冬。高跟鞋初上華燈，於漸漸沉寂的布袋濃妝豔服、綻放光芒。佇邊兒，選個絕佳視角，眺望前方夕陽餘暉同高跟鞋映於水池的一抹斑斕，風徐徐，揚起波光瀲灩。也許旅行的眞義，除增廣見聞、調整步伐、收藏珍饈異景，更重要的是沉澱靈魂，找回初心。

泛黃日記本裡的傻丫頭上哪兒去了？有時苦苦遍尋不著，其實她從未走遠，可惜當局者迷，非得偶爾抽離現實，跳脫爲旁觀者，才得看清事理本相。轉角孤芳自賞的老梅，巷口電纜交織的五線譜，天邊顫顫巍巍的風箏，樹下鬍鬚斑駁的大黃狗，書架塵封多時的三毛，收音機耳熟能詳的旋律……細細品味，一景一物皆可能懷抱我們起初追逐的、甜美的夢。

褪去世俗賦予的定義：人們的熱切期許，普世的成功價值，名片的華麗抬頭，存摺重重落落的數據，權狀的或大或小，衣著的品味高低……我們仍是當年那個活潑頑皮的孩子，他們並非栩栩如生的記憶，而是仍眞實深刻地存在。

我找到了玻璃鞋！它不是仙杜瑞拉遺失的愛情，而是起初的熱忱，久違的開懷大笑，還有……

鬆開被塵世無端捆綁的心，將一切，歸零。

也許一無所有，本爲人之初。

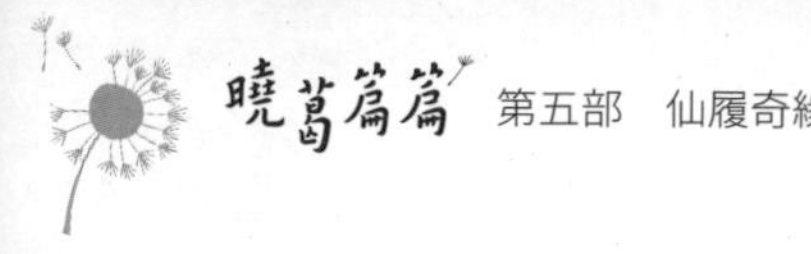

二、反璞歸真

至宜蘭輕旅。翻山越嶺，終究踏上這片綠絨絨的蘭陽平原。

那日，天空陰沉繃著臉，映得一頁波瀾不驚的海洋灰頭土面，龜山島於雲霧繚繞間玩起捉迷藏，可惜底座給露了餡兒，我會心一笑，簡直長不大的孩子！

邁入市區，置身礁溪街頭。琳瑯滿目的溫泉客棧，五花八門的美食饗宴，熙熙攘攘的人們。暫且擱下谷歌地圖，恣意兜兜繞繞，於不經意的轉角，或許得以撞見它卸下妝容、洗淨鉛華的模樣；畢竟觀光景點為商機而起，曉葛更期待溶入初始化之在地生活。

網路饕家分享的炊金饌玉與山珍海味一應俱全，然，曉葛情之所鍾者，唯「米粉羹」也；這可是出了蘭陽平原，打燈籠再尋不著的好味道！米粉羹之基礎，以粗版米粉勾芡為底蘊，而其風骨內涵則由店家各自為政。香菇、黑木耳、丁香魚乾、甜不辣、紅蘿蔔絲、菜脯、筍子、柴魚片、黑輪……不論比例如何拿捏調配，最終只需淋上一匙黑醋，便是標準答案，自是絕佳風味，令人百食不厭！

米粉羹簡直萬花筒，永遠有驚喜。隨機來碗，覓得閒適一隅，於老樹下臨風品味。還騰騰地冒煙，那濃郁滑口的湯頭總得趁熱；這瓢夾雜鹹甜菜脯，那瓢夾帶鮮美香菇，還有那瓢……舀起啥皆不打緊，黑醋總能完美平衡所有滋味兒，妥貼到位征服味蕾，讓人一口接一口地淪陷。不一

會兒水落石出，底部一塊掌心大的油豆腐安如盤石地候著，像極童年時的曉葛，布丁非得將黑糖留至最末，好酒永遠沉甕底。

食畢，攜杯珍奶於湯圍溝溫泉公園席地而坐。入夜，白日的喧囂擾攘稍稍沉澱，泡腳池綿綿延延，錯落有致的路樹，樹梢隨風搖曳沙沙作響。一旁小販正高談闊論，關乎國家大事，亦免不了婆婆媽媽，這一切看似稀鬆平常，實則彌足珍貴。

想起陶淵明出仕十三年的曲曲折折，而後歸隱寫下的《歸園田居》：「……羈鳥戀舊林，池魚思故淵。開荒南野際，守拙歸園田。方宅十餘畝，草屋八九間。榆柳蔭後檐，桃李羅堂前。曖曖遠人村，依依墟里煙。狗吠深巷中，雞鳴桑樹顛。戶庭無塵雜，虛室有餘閒。久在樊籠裡，復得返自然。」

突然心生羨慕老陶豁達的襟懷，

也許反璞歸眞，是人們至終回家的路。

而人類，不也是自然的一部分嗎？

我暗暗朝小販們，舉杯，啜飲一口珍珠。

敬，我心心念念的米粉羹！

敬，手中的無糖珍奶去冰！

敬，被雲霧厚蓋的龜山島！
敬，老陶歸隱田園的決心！
敬，此時此刻的健康平安！
敬，此情此景的恬逸從容！

那日於宜蘭，不過自在吐納，
懷抱一份穩妥平實，享受簡單的幸福。

夜深人靜之際，才心甘情願步回旅社，
然後隨蘭陽平原，悠悠沉沉地，睡去。

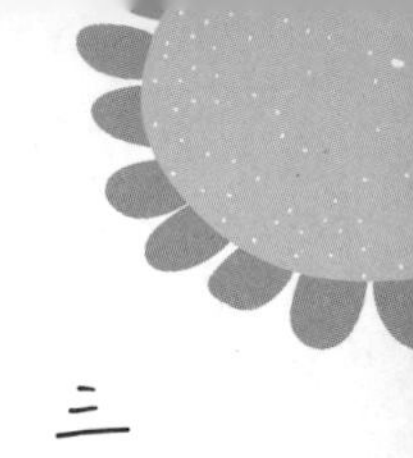

三、走過

那日，再次走過，一個令我魂縈夢牽之境。

自南投埔里沿台十四甲線蜿蜒而上，綿延起伏的峻嶺崇山，一重，一重，又一重，於這頭纏纏繞繞，於那頭兜兜轉轉。陽光濃郁，時而於公路灑落一地陸離斑駁的樹影；時而晶晶耀耀於窗邊梟趨雀躍。一陣曲裡拐彎，一抹綠松石赫然映入眼簾，她與世無爭鑲嵌山谷間，層巒疊嶂安安穩穩矗立一旁，兢兢業業，莫敢驚擾，守護她妥妥地入睡。據民宿老闆所言，那是「碧湖」，俗稱「萬大水庫」。

路過清境，邂逅農場三五成群的羊，牠們全神貫注低頭品味腳前牧草，看來總是飢腸轆轆，放眼望去，偌大草原無一例外。於是就近挑隻大腹便便的肥仔欲與合影，不料，牠出其不意發出驚天動地「咩！」一聲巨鳴，將曉葛驚得癱軟於地，尚不及反應，牠便絕裾而去。臨行前還回眸覷覷，大概告誡我識相些，落花有意，流水無情，別再苦苦糾纏。

往返三點二公里之高空景觀步道，群山於側如海浪波濤洶湧、砰訇翻騰；知了沒完沒了地強聒不舍。漫步海拔一千七百五十公尺處，儘管烈日啃噬肌膚，體感溫度卻涼爽宜人。不免俗套依循觀光行程走一遭綿羊秀，逛一輪馬術表演，心一橫來根純正羊奶冰。我像個孩子，嘗了口直打哆嗦，搖頭嚷嚷：「喔！不！這驚人的羊臊味兒！」

再度啟程，續於台十四甲線扶搖直上，徜徉合歡群山懷抱間，感受自身的渺小有限與自然的廣大無垠。周邊環繞的，是拔地而起、野心勃勃、力爭上流的峰叢，於峰之上仍有高峰，而高峰的高峰之上，尚有更形險峻之巔。它們盛氣凌人、不可一世，驕傲地睥睨眼底螻蟻般謙卑前往朝聖的車陣。

終抵武嶺，置身海拔三千二百七十五公尺，俯瞰稱臣腳底的白雲朵朵，它們綿綿柔柔，無限延伸。天氣晴，澄瑩剔透之蒼穹彷彿伸手可觸。而重重落落精雕細琢的山稜線，於陽光照耀下益顯清新俊逸，更展力道遒勁。我讚嘆造物者的奇妙作爲，那樣一絲不苟卻又極致浪漫地鋪張大地。好美！美得震懾人心，美得教人屏息，美得莫可名狀！

父親節前夕，重溫曾與父親旅行之軌道：於清境，於武嶺，於合歡群山間。走過父親走過的路徑，踏著父親踏著的足跡，複習那共履的一步一腳印。原計畫至武嶺地標，於過去與父親合影之處再次攝像紀念，期待將身旁騰空，致父親。不料標的物重建中，而我與父親的老位置就這麼永永遠遠地，被塵封於記憶。難掩失落，佇足公路旁，空氣冷冽而清新。口中喃喃道：「爸爸，父親節快樂，我很想念您，我都好，那您呢？」

猶記那天，父親難得卸下威嚴，我們開懷大笑，駕車追著天邊一團繾繾綣綣的棉花糖。呼嘯而過，是身旁鬱鬱蔥蔥的千巖萬壑，是窗口徐徐習習的氣息，是我們偶爾放逐出走的胸臆。

爲了難以忘懷的昨日，爲著無與倫比的今朝，我再次按下快門，重寫一頁日記，將其收納另紙相片中，只可惜這回少了父親。

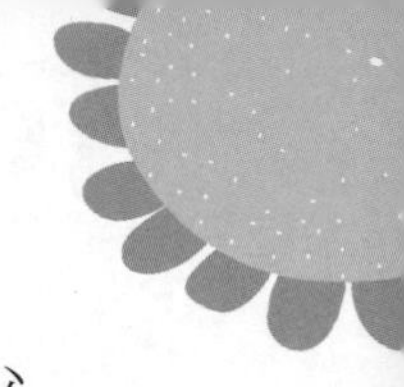

不經意，清風拂面，掀起陣陣草浪，髮絲迎風飛舞，彷彿父親溫暖的手掌。不禁莞爾，原來父親不曾離開。他的歡笑與淚水，倔強與牽掛，鐵腕與柔情，悲傷與喜悅，剛毅與婉轉，堅定與灑脫……父親，一直都在。

因爲想念，所以舊地重遊。
走過，幽幽，合歡群山間，
踏過，悠悠，父親之記憶。

欲重拾一份遺落的美好與快樂，才發現其實從未失去過。
原來它們早已烙於心版，刻於腦海，流淌於血液中……

四、日月之禮

■品味一抹靜

於制高點鳥瞰日月潭，眺望澄碧之水，幽幽靜靜，銜接遠山。天候不佳，潭面與山巒蒙上一層薄紗，虛無縹緲，矜持朦朧。

拾級而上，造訪當年先總統蔣公夫婦共植之桃實百日青，二樹今糾結纏繞化為夫妻木，鶼鰈情深，傳為佳話。於樹下，仰視。一九七一年的風風雨雨已於漫漫時光長河悄然隱沒。轉眼白衣蒼狗，滄海桑田，時移世易，歲月重新洗牌。誰猶記得那凌雲壯志與悲歡離合，誰還介意那風起雲湧或孰是孰非，誰又在乎那絕代風華及成敗得失。那些紛紛籍籍終成歷史一卷舊著，翻頁，邁向下個紀元；過去，流為傳奇。

「天涯倦客，山中歸路，望斷故園心眼。燕子樓空，佳人何在，空鎖樓中燕。古今如夢，何曾夢覺，但有舊歡新怨。異時對，黃樓夜景，為餘浩嘆。」（譯文：遊子已倦，望山中歸路，對家園深切思念。如今燕子樓空蕩蕩，佳人不在，樓中獨留呢喃之燕。古今萬事皆成空，幾人得自夢中醒，有的只是難了的舊歡新怨。而後世面對這黃樓夜色，定為我長嘆。）一生於宦途跌宕起伏，歷經千迴百轉的蘇東坡，對人生之體悟與感喟，不知蔣公是否心有戚戚焉？

倚涵碧文學步道徐徐而行，並向十二位文學名士致意：岩上、向陽、林黛嫚、李瑞騰、陳義芝、羅智成、嚴忠政、林廣、紀小樣、鄧相揚、廖嘉展、陳憲仁。其作品刻鏤以石以鋼，使衆人得見證墨客筆下古樸堅貞之愛情；字字句句隨日月潭朝朝暮暮，悃悃款款地定義雋永。

乘船三地遊歷，水社碼頭—玄光寺碼頭—伊達邵碼頭，於各個角落欣賞日月潭之萬種風情。佇立甲板，船身駛過，水波蕩漾，輕哼一曲兒時記憶：「山清水明幽靜靜，湖心飄來風一陣，行呀行呀進呀進。」天候不佳，遊客搖搖落落，倒適合一向踽踽涼涼的曉葛，雨絲飄零，於髮梢，於肩頭，婆娑起舞。

最終落腳伊達邵，至老街蹓躂蹓躂。掏出兩百大洋，順手撿了頂米色草帽，攬鏡自照甚是可愛。如此，實踐曉葛之人生哲學：「幸福毋須構築豪奢放逸之上，越簡單，越快樂！」當然，還得外帶一杯南投魚池人的驕傲，溫順滑口的「台茶十八號紅玉紅茶」！

至碼頭吹風散心，天色發沉，獨留左側山壁半輪赤烏隱隱鍍著金邊，映得半池潭水羞紅了臉；而右側山腳則架起一道七彩虹霓，曉葛自作多情地想，那肯定是爲迎接我的造訪！

於日月潭畔，漫步。

品味，一抹靜。

■ 天使是他的名

「難以忘記初次見你，一雙迷人的眼睛……」不遠處，一名街頭藝人賣力演唱庾澄慶膾炙人

口的《情非得已》，曉葛拾了個遠離人群，卻仍得清晰聆聽的好位。

過去，亦懷抱街藝夢。幻想一邊流浪體驗人生，一邊積攢食宿旅費，那還眞符合曉葛一向不切實際的浪漫！圖得倒非銀兩，而是快樂！當時街藝制度各自爲政，如欲考取，還得切切實實親赴各縣市，按部就班逐縣報考。因此那年，曉葛身影幾乎遍布各地，只爲網羅證照地圖。

重返現實。夜幕低垂，華燈璀璨，大概因著雨絲暫歇，原本稍稍冷清的碼頭漸漸熱絡。人們手中拎著晚餐，紛紛就著廣場階梯席地而坐。也許度假心情格外放野，大夥兒隨音樂唱和，曉葛亦不例外，於岸邊品樂、品茗、品從容。

演唱者不經回眸，曉葛驚覺，那是過去恩人！

猶記當時千里迢遙至外縣市考取街藝證照，至現場，驚覺線材未齊備。一向面皮薄如紙的曉葛只好硬著頭皮，隨機找了個看來慈眉善目的前輩，說明自己窘境，怯生生詢問可否提供協助，不料對方毫不猶豫爽快答應。他是考場老手，見曉葛不及格的簡陋設施頻頻搖頭，索性大方將器材搬至曉葛棚內借用。

設定完成，輪到曉葛應試，他隨侍於側爲我打氣道：「放心，妳一定會考上的！」見他朗朗灑脫的笑容，如天使綻放光芒！結束，曉葛不斷言謝，而他率性道：「小事！」便揚長而去。

二年後異地重逢，是奇蹟。

收攤前，他詢問衆人：「帶來最後一首，想聽什麼呢？」

我鼓起勇氣大喊：「天天想你！」

「當我佇立在窗前，你越走越遠，我的每一次心跳，你是否聽見……」張雨生的《天天想你》，蕩蕩悠悠歷經歲月洗禮，自一九八八年度過數十寒暑，承載多少人的青春記憶，道盡多少人的苦澀愛戀。而今於日月潭畔再度迎風揚起，這時代依舊傳唱，懷抱難以言喻的感動，唯願雨生聽得見。曲終人散，熄燈謝幕。他埋首打理傢伙，我趨前。

「嘿！還記得我嗎？有次考試器材沒帶，多虧你的幫忙。」

「喔！我記得，妳唱歌很好聽。」

「謝謝你當時的協助。」

「小事，後來妳有去走唱人生嗎？」

「！@#$%^%$#@#$…」

「##$%！@#%^@#$…」

簡單寒暄，合影留念，再次分道揚鑣。

這次仍未問其名，於曉葛心中，「天使」是他的名。

■日月之禮

於日月潭駐足二日，滿心愜意，濾掉生活雜質，將自己初始化，恢復原廠設定。

過去友人曾邀約泳度日月潭，當時曉葛因泳技欠佳而婉拒；倘未來尚有邀約，曉葛仍敬謝不敏。這次，純粹以不忍喧譁鼓譟，無理取鬧打破這片美麗的沉寂。

因這抹靜，乃日月饋以曉葛，至珍至重之禮。

五、後來的你，好嗎

「嘿！後來的妳，好嗎？」
「我已擁有許多，曾嚮往的。」
「哇！恭喜美夢成眞呢！」
「……」

■另類小人國

至新竹度假，於客棧旅宿。該客棧十足特色，ㄇ型聚落中環繞一座小型動物園，並以人造河分劃各區。深邃的藍天，悠遊的白雲，鬱鬱蔥蔥的樹叢、草皮，爲動物庇蔭的涼亭、木屋，俯瞰園區，精緻考究。

沏壺午茶，至陽台晒晒仲夏過分濃烈的金色陽光；隨客房所處位置得見各樣可愛動物。活潑親人玩世不恭的環尾狐猴，輪班站哨隨時戒備的狐獴，大熱天披掛毛衣四處遊走的鴕鳥，群雌粥粥說長道短的紅鶴，渾身刺青氣定神閒的斑馬老大，收訊不佳動輒類格的陸龜，談情說愛狂冒粉紅泡泡的鴛鴦，身段曼妙裊裊婷婷的黑天鵝，穿戴盔甲雄壯威武的大犀牛……

是的，曉葛眞於動物園住了一宿。

「瞧！那隻狐猴躍至飼養員背上撒野了！」
「鴕鳥看來簡直熱爆，牠怎能不中暑呀？」
「犀牛出來囉！活像部水泥坦克出巡呢！」
「陸龜發現自己有心跳，牠總算肯動了！」
「這兒沒壞人，狐獴還神經兮兮站崗呢！」

呼聲此起彼落，人們褪去深明大義的面具；此處，是唯有小孩，無大人的另類小人國！

■ 隨它去合唱團

入夜，因非假日，客棧住宿率明顯寂寥。自落地窗放眼望去，園區燃亮的幾盞微光恰到好處，予旅客一份妥貼安心，卻又不驚不擾。拋開冷氣，至陽台享受夏夜輕拂的一抹薰風。視線幽暗朦朧間，啥也不得見。啟門一瞬，瞠目結舌！

迎面而來，一陣驚天地，泣鬼神的喧譁擾攘充斥窗籠間。這兒！那兒！音效立體而分貝爆表。知了、蟋蟀、青蛙、禽鳥，我所知道與不知道的，牠們快快樂樂於星空下展開音樂會。只可惜未受專業訓練，於是爭先恐後、毫無層次地大鳴大放，誰也不讓著誰，各自努力出類拔萃獨領風騷，好好一首曲子給哼成唇槍舌戰，嘔啞嘲哳，硝煙彈雨，沸反盈天。

我會心一笑，索性跟著「嗚！嗚……」加入混戰，反正已無可救藥的參差不齊，不如就瞎攪和，就大亂鬥吧！想像自己是置身舞台中央的指揮，企圖釐整這片雜亂無章，卻於各自爲政的律動中遍尋不著統一拍點，只好空中胡亂比劃，最終自暴自棄將團名命爲「隨它去合唱團」！

■後來的你好嗎

闔上眼，依稀回到小時候伯父的菜園。

夏夜，亦如此熱鬧非凡。

後院井邊兒拴樹下的老黃悶得慌，暴躁的很，一點兒風吹草動便大驚小怪地吠吠嚷嚷，惹得一旁雞鴨鵝不快，橫眉豎目聒聒噪噪予以回敬。而蟋蟀、知了、青蛙不幫著勸和不打緊，倒是一來一往這裡加點油，那裡添點醋，跟著咄咄逼人，火上還給淋油。於是就這麼無限往復，掀起一波未平一波又起的陣陣波瀾，大夥兒就這麼徹夜刺刺不休，永無寧日。

睜開眼，重返新竹客棧。一樓壁面彩繪的兩頭斑馬間，設置一座復古別緻的電話亭。經過時，鈴聲大噪。我接起一通跨越時空的電話。那是來自童年，葛曉曉的問候。她輕道：「嘿！後來的妳，好嗎？」幾許感動，幾許悃悵，它們五味雜陳，如清秋樹影下仰望的一輪斑駁淡月。

後來的曉葛，的確實現許多夢寐以求的，卻也失去了些曾經視爲的理所當然。伯父的菜園仍

原地守候，只是伯父、父親，還有那條成天大呼小叫的老黃狗，他們皆成曉葛日記裡逐漸泛黃的一頁頁，很是令人懷念。

歲月至爲公平，誰能躲過光陰滔滔？李白大概悟及此道，便瀟瀟灑灑寫下《對酒》：「昨日朱顏子，今日白髮催。棘生石虎殿，鹿走姑蘇臺。自古帝王宅，城闕閉黃埃。君若不飲酒，昔人安在哉！」（譯文：昨日的紅顏少年，而今白髮催人老。石虎殿中荊棘叢生，姑蘇臺上野鹿奔走。自古帝王宅邸城池至終封閉於塵埃裡荒蕪。如不飲酒，想想，那些古人如今何在？）

正因韶光易逝，更該享受、珍惜當下！

於是我輕回：「我很好。只是難免於某些日子，隱隱地悯然。」

那麼，你呢？

後來的你，好嗎？

六、英雄之名

■偽漁人之夜

季夏夜，漁港逗留整晚，乘著涼涼海風，靜伴夜釣者們守候魚兒上勾，期待一份樸質的欣喜，簡單的心滿意足。一輪玉盤幾近飽滿鑲於夜幕，如此大器、典雅、從容、婉約，卻不慎打翻寶盒，灑得珍珠漫天飛舞。

遠方一盞明明滅滅的綠色燈塔和玉輪遙遙對望，情意綿綿地照著海波粼粼地閃耀。啊！多美的夜色！若說曉葛熱愛垂釣未免太過，不過是享受一份淡泊寫意與無束無拘之精神。

不知不覺，光陰寸寸隱沒，天幕緩緩褪去它的厚重堅實，逐漸澄瑩透亮。它儼然成了造物者手中的調色盤，自深不可測的漆黑化爲深深淺淺的丈青、濃灰、靛藍、淡紫。驀然回首，驚覺身後清晰的山稜線上，一抹琥珀暖暖地獨據一方；我仰臉，見它越發光彩奪目，至終，綻放千絲萬縷的絢麗金光。破！曉！朝陽爲人們撕去日曆中的舊頁，迎來嶄新活力的週末假期！

清晨卯時，一艘漁船承載滿滿當當的希望自港內抖擻出發；岸邊，一宿未歸零零落落的釣客尚無散去之意，仍專心致志定睛各自浮標，它們任重道遠，背負漁人連更徹夜的殷殷企盼。

■真英雄

「嘿！嘿！嘿！」一陣淒厲喊叫劃破天際，驚醒睡眼惺忪的漁港。一名中年男子沿岸奔馳，動地驚天地嚷，曉葛出一回神，他竟一躍，縱身入海。愣眼巴睜，我快步趨前探看，只見男子於海面浮浮沉沉，他卯足全力單手托住一個小男孩兒。岸上釣客見狀趕緊屈身，伸手一把將男孩兒給拖拽上岸。

原來是名英勇的父親，爲搶救失足落水的寶貝兒子奮不顧身。

「先生還好嗎？伸出手來！讓我們拉你一把！」

「先別管我，我沒力了，請先照顧我的孩子！」

孩子平安上岸後，吐了口鹹鹹海水，一身泥濘，周章狼狽地佇岸邊。他覷著仍於海上漂漂蕩蕩的父親，渾身戰慄，哭得力竭聲嘶。「別怕，沒事了！你現在很安全喔！」一向敬畏海洋不諳水性的曉葛具體幫不上忙，只能幫著安撫男孩，讓旁人得專注搭救父親。

而那父親體態圓潤飽滿，攀爬格外費勁兒，於衆人鼎力相助下終歸上岸。端坐一旁鏽蝕的鐵椿稍作喘息，腳邊卻淌了一地血水；大概被海底貝類切割劃傷，看來傷勢不輕，令人不忍直視。

「你怎麼會掉下去呢？」（父親焦急詢問男孩。）

「我的拖鞋還在海裡。」（男孩嗚嗚咽咽道。）

「你是爲了撿拖鞋才掉下去是嗎？」

「……」（男孩仍舊抽泣。）

「不要哭，這沒什麼，沒事了，你不要哭。」

「我，腳，好，痛！」（男孩上氣不接下氣哭道。）

「你腳很痛是嗎？受傷了嗎？哪裡？」

「……」（男孩怯怯喬喬踮著腳尖。）

一旁釣客執竿，將男孩的涼鞋給打撈上岸。

「鞋子穿好，別哭了，沒事了！沒事了喔！」

男孩驚魂未定，餘悸猶存，剛才的險象環生顯然使他愣愣瞌瞌。大概明白自己闖禍，不敢趨近父親，只得老遠怔怔呆望。這陣不小的騷動驚擾海巡人員關切，於是攜帶急救箱協助初步處理傷口。

「直接把我的肉剪掉！好過在那開開合合，省事。」

「不好吧，這可是肉。」

「沒關係，就幫我剪吧！我自己剪不到。」

「@＃$％^＆＆^％$＃＃$％^……」

畫面血腥，曉葛見專人接手便默默撤退。

遙望眼前這幅怵目驚心卻感人心曲的畫作，令人動容。

■ 英雄之名

「愛叫懦夫變得大膽。」這經典名句除適用刻骨銘心之愛情，套於親情大概亦可成立吧！誰不怕痛？誰無懼死？那位父親於髮引千鈞之際，義無反顧躍入海中，不計代價救拔孩子；身負重傷卻仍掛念孩子心緒狀態，拿一塊肉換取孩子性命，他面不改容、毫不遲疑。

內心的震撼，將曉葛拉回從前與父親相處的一幕場景。我們於車上一言不合激烈衝突後，父親難過地凝視曉葛，語重心長道：「曉曉，妳知道爸爸有多愛妳嗎？我願意爲妳捨命在所不惜。對爸爸而言，妳比我自己更重要。」可惜當時不夠成熟，一心執拗於父親對自己的種種限制，見父親刻劃縷縷細紋的臉龐還噙著淚，我卻冷血地別過頭。

而今對照此情此景，我眞眞切切地相信，倘曉葛意外落海，父親肯定同樣爲我出生入死。也或許，任何一位父親都心甘情願爲自己孩子犧牲奉獻吧！

陽光專橫跋扈地殖民整座漁港，幾隻海鳥空中盤旋打點營養早餐，浪潮熱鬧新鮮翻滾沸騰，

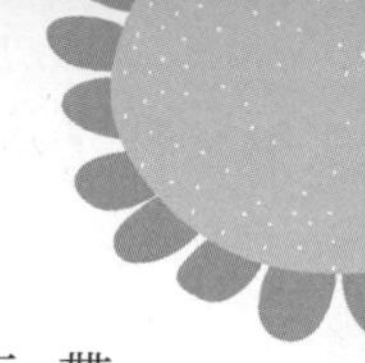

帶來蓬蓬勃勃的朝氣。這趟通宵港遊對曉葛而言，至大收穫並非桶裡的紅槽，或是仍扎掙的一尾石斑；而是親眼目睹一位眞心實意愛著孩子的父親，那樣眞情流露，令曉葛紅了眼眶。

這世上有一個人願爲你蹈赴湯火，爲你粉身碎骨，爲你付出一切。

他可能沒沒無聞，毫不起眼，不過凡夫俗子。

也許是司機，是軍人，是老師，是攤販，是廚師，

或者是木匠，是醫生，是工人，是律師，是警察……

不論高矮胖瘦，不拘貧富貴賤，

概括而論：他是你我的英雄，他的名爲「**父親**」！

七、古月照今塵

■古月照今塵

大稻埕，是座古今交錯的城市，隨意自一幢鋼筋水泥大樓拐個彎，便進入時空隧道。街角巷弄簇擁百年建築，紅磚瓦、磨石地、斑駁的板門、鏽蝕的欄干、亞字砌鏤空的牆垣、地道的中藥鋪、正統的南北貨雜糧行、繽紛的永樂布市。於靜謐茶樓裡，除了滿室漫溢的芬芳，還有踩著吱吱作響的古老木梯；狹長的深深宅院裡，一進、二進間座落的美麗天井，她節制地灑下一隅幽幽微光……

廿世紀初，這兒肯定熱鬧風光，都住著些誰呢？我不清楚。想像頭戴斗笠的三輪車伕滿街來來回回地奔波載客；政商名流殷殷切切穿梭其中，日進斗金，腰纏萬貫；酒樓才貌雙全的藝旦們於觥籌交舉間吟詩作對，合奏一曲南管，博得滿堂彩；文人雅士與騷人墨客薈萃一堂，互相激盪。街道上仍新鮮著的巴洛克建築群，它們各自闊綽精彩地爲主人展示財務報表；江山樓、蓬萊閣、波麗路、維特咖啡、永樂座，如雨後春筍林立的酒家、餐廳、咖啡館、劇場、商行；滿載的碼頭與一九〇八年通車的縱貫鐵路……它們一氣呵成締造大稻埕的榮景與風華絕代！

百年後的今日，它精神蓬勃依舊，然，三輪車已被時代出局，路口停放一台科技前衛的電動車；街角那間古意盎然的殼裡，進駐廿四小時燈火通明的超商；精緻雕花的窗櫺上吊掛灰頭土臉

的冷氣室外機；繁忙的商務碼頭蛻變爲百姓的休閒遊憩場所。猶如身著長袍馬褂卻手持智慧型手機，些許違和不調，卻又展現中西合璧與古今融流之趣味地貌。

而接著百年後的廿二世紀呢？肯定亦無人知曉今日這兒又住了些誰。哎！實在拗口了。李白云：「今人不見古時月，今月曾經照古人。古人今人若流水，共看明月皆如此。」也許大稻埕就是那抹淡月，儘管春去秋來、時局流轉，它始終佇足原地，恬靜地望著來來去去。人們走近了，又走遠了；彷彿參與世事，實則袖手旁觀……

歷史，值得敬畏。它深深刻劃歲月的軌跡、諄諄告誡時光的荏苒，稍不留神，便年華老去，已歲歲年年。曉葛於處處故事的大稻埕中，亦成了故事之一環。

■ 迴轉

路上，縱橫交錯的指標提示人們或向前、或向左、或向右，不論情願與否，似乎非得順著車流而行才合時宜；迴轉，成了迷途者的專屬選項。而刻意迴轉，又何妨？

有時路越走，越迷惘。回首來時路，今昔對比，於過去錯落有致的風景中，漫山漫谷的吉野櫻、清新脫俗的睡蓮、熾熱燃燒的楓紅、結滿寒霜的枯枝……所歷的幾番寒暑會答覆你，於你抽絲剝繭後，總能重拾初衷。

而既然昨日確實存在過，便有緬懷與紀念之價值。故，我們參觀古蹟、傳唱老歌、鑽研詩詞、堆疊日記、填充相簿……人類締造歷史，歷史成就未來。過去非絆腳石，而是引領我們穩妥前行的一盞明燈，使我們益加剛強睿智。所以曉葛從不吝惜去擁抱那些看似逝去的人事物，回憶總會敞開大門，使他們得於平行時空為自己加油打氣。

想念外婆。某個夏天蠢蠢欲動的午後，我們樹下乘涼。不經意抬頭，她興奮道：「妳看！樹上閃閃發光的葉子，好像對我們微笑！」我瞧葉子風中搖曳、沙啞地對我們歌唱；五月，微辣的陽光穿透葉面，使它們一枚枚瑩瑩地放光。那是記憶中我與外婆間最動人的畫面。時至如今，只要天晴，曉葛便仰望樹梢燦爛的片片葉，傾聽微風輕柔揚起的喃喃細語，然後，我亦微微地笑了。

想念父親。某個同他鬧彆扭的夜，凌晨，見門縫流動的光影，半啟房門，父親靜靜端坐客廳，珍視地修復被我弄壞的節拍器。他挺著與曉葛一致規格，高聳鼻樑的側臉，手持螺絲起子，刻意趨緩動作，深怕吵醒我，那眼神慈愛專注；從此我明白自己是如何被深愛著。

這就是為何曉葛老愛迴轉，過去塑造今日之我，它隱隱帶給我力量。即便往事難免夾雜傷痕，那就期許自己懷抱蘇軾「回首向來蕭瑟處，歸去，也無風雨也無晴」之氣概吧！

歷史，是根。

根扎穩後，才得向上發長，才得枝繁葉茂。

八、盼

前些時日，疫情嚴峻，人們過得可壓抑。疊疊累加的數據，節節攀高的情緒。敵軍無所不在，隨時乘虛而入、攻其不備。出門視同作戰，只好以口罩、酒精、疫苗共禦外侮；可惜雙方實力差距懸殊，教人不得不謙卑，不得不謹小慎微。於是不論親疏遠近，皆被迫結爲網友，以視訊取代碰面，以線上替代實體；街道空蕩蕩、冷清清，這恐怕是過去人類始料未及的吧！

而過去的我們，週末都做些什麼呢？

或許漫步人聲鼎沸的街角，拐彎入座咖啡館，點杯熱摩卡。書本是青林黑塞，於其中覓得高山流水，細細咬文嚼字，倦了，閉目與空中水木明瑟的輕音樂擁舞。

或許買張電影票，手捧爆米花束，挑部好片，逃離現實，隨人物之喜而喜，隨人物之悲而悲；時而驟然而笑，時而黯然神傷。

或許棒球場裡一陣胡混，任意撿個隊伍支持，不諳遊戲規則，那就盲從地鼓噪吶喊吧！不過渴望重新體會滿腔的熱血沸騰，揮灑幾滴淋漓的汗水，宣洩平日鋪天蓋地的壓抑。

或許快炒店大啖一番。三杯中卷、蔥爆牛肉、客家小炒、鳳梨蝦球、薑絲大腸，還搭配一手沁涼啤酒，呼朋引伴，三五好友，高談闊論，掏心挖肺，喋喋便便，扯扯拽拽。

所幸終究雨過天青，情勢日益明朗，人們紛紛出籠，恢復自由之身與過去榮景。

那天，曉葛抽空至海邊散心。潮退，水落石出。螃蟹橫行藻礁間，賊也似，兢兢業業地走走停停；幾個孩子拎著桶子大驚小怪嚷嚷：「這邊！」「那邊！」組成一支快打部隊，於長長海岸線展開警匪追逐。「抓到了！」孩子們將罪嫌羈押看守所，幾顆頭顱緊湊桶子前欣喜若狂；而那幾隻無故落難的蟹，身心難免煎熬。

孩子的爹娘將休旅車暫靠一旁，揚起後車蓋遮蔭。桌椅茶具一應俱全，他們斜躺椅背，談笑風生，雅致品茗。「嘿！弟弟不要再過去！小心不要跌跤喔！」老媽子終究憋不住，還是得絮絮叨叨幾句才舒心。

一粒鵝蛋黃，漸行漸偏。天邊給烙得透紅的火燒雲，於海面燃起璀璨煙花，波光閃閃，明明赫赫。這家人，欣賞著眼前絢爛的汪汪大洋，還有李清照當年眼中的「落日熔金」與「暮雲合璧」之景；而曉葛則於幕後，細細品味眼前這其樂融融、笙磬同音的一家人。於曉葛眼中，他們是一幅暖心畫作，將其命名為「盼」；它透露日常樸質的意趣，與簡單的幸福。

也許前陣子的沉寂，讓人們越發明白，珍惜當下。

行到水窮處，坐看雲起時。

眼前為嶄新局面，讓我們滿懷盼望，去相信，明天會更好！

國家圖書館出版品預行編目資料

曉葛 篇篇／曉葛著. --初版.--臺中市：白象文化事業有限公司，2023.2
面； 公分
ISBN 978-626-7189-85-6（平裝）

863.55 111018053

曉葛 篇篇

作　　者　曉葛
校　　對　曉葛
發 行 人　張輝潭
出版發行　白象文化事業有限公司
412台中市大里區科技路1號8樓之2（台中軟體園區）
出版專線：（04）2496-5995　傳真：（04）2496-9901
401台中市東區和平街228巷44號（經銷部）
購書專線：（04）2220-8589　傳真：（04）2220-8505
專案主編　李婕
出版編印　林榮威、陳逸儒、黃麗穎、水邊、陳婕婷、李婕
設計創意　張禮南、何佳諠
經紀企劃　張輝潭、徐錦淳、廖書湘
經銷推廣　李莉吟、莊博亞、劉育姍、林政泓
行銷宣傳　黃姿虹、沈若瑜
營運管理　林金郎、曾千熏
印　　刷　基盛印刷工場
初版一刷　2023年2月
定　　價　420元

曉亭